I0619117

Irrtümlich Gräfin

(Das Haus Haverstock, Buch 3)

Zwei verblüffende Zufälle führen zu der Heirat des leichtsinnigen Earls von Finchley und Lady Margaret Ponsby, der schüchternen Tochter eines Herzogs, die ihn aus der Ferne anbetet …

Bücher von Cheryl Bolen

Historische Regency-Liebesromane:
Reihe: Das Haus Haverstock
Zufällig eine Lady
Herzogin aus Versehen
Irrtümlich Gräfin
Ex-Spinster by Christmas

Reihe: Brazen Brides
Die falsche Gräfin
Sein goldener Ring
Hochzeitsnacht mit Hindernissen
Miss Hastings abenteuerliche Fahrt nach London

Reihe: The Brides of Bath
Die Braut in Blau
Mit seinem Ring
Das Geheimnis der Braut
Diesen Lord Zu Lieben
Love In The Library
A Christmas in Bath

Reihe: The Regent Mysteries
With His Lady's Assistance
A Most Discreet Inquiry
The Theft Before Christmas
An Egyptian Affair

Reihe: Pride and Prejudice Sequels
Miss Darcy's New Companion
Miss Darcy's Secret Love
The Liberation of Miss de Bourgh

The Earl's Bargain
My Lord Wicked
His Lordship's Vow
Christmas Brides (Three Regency Novellas)
A Duke Deceived

Romantic Suspense:
Falling For Frederick

Reihe: Texas Heroines in Peril
    Protecting Britannia
    Murder at Veranda House
    A Cry In The Night
    Capitol Offense

Liebesroman aus dem 2. Weltkrieg:
It Had to Be You (Previously titled *Nisei*)

Amerikanischer historischer Liebesroman:
A Summer To Remember (3 Amerikanische Liebesromane)

IRRTÜMLICH GRÄFIN

(Das Haus Haverstock, Buch 3)

Cheryl Bolen

Übersetzung von Susanne Döring

Copyright © 2015 by Cheryl Bolen

Irrtümlich Gräfin ist ein Roman. Namen, Personen, Orte und Ereignisse sind das Produkt der Erfindungskraft der Autorin oder werden für Erfundenes verwendet. Alle Ähnlichkeiten mit tatsächlichen Geschehnissen, Orten und Personen, lebend oder tot, sind rein zufällig.

Alle Rechte vorbehalten.

Kein Teil dieser Veröffentlichung darf ohne die vorherige Erlaubnis der Autorin kopiert, gespeichert oder in irgendeiner Form oder durch irgendwelche Mittel übertragen werden.

WIDMUNG

Für meine Schwester Colleen, die immer für alle in der Familie da ist. Ich liebe und schätze Dich – auch wenn Du den Namen bekommen hast, den ich hätte haben sollen!

Kapitel 1

In was für eine verflixte Klemme hatte John Beauclerc, der 11. Earl of Finchley, sich gebracht. Je höher er die Treppe zum Salon seiner Grandmère hinaufstieg, desto kleiner fühlte er sich. Hatte er dieser lieben Dame nicht vor erst zehn Wochen versichert, dass er sich nicht mehr so von Orten angezogen fühlen würde, wo man um hohe Einsätze spielte? Aber nun war er wie ein fehlgeleiteter Schuljunge wieder hier und bereitete sich darauf vor zu schwören, dass er seine schlechten Gewohnheiten ändern würde – und um ein paar hundert Pfund zu erbitten, damit er die Zeit bis zum nächsten Vierteljahr überstehen könnte.

Er brauchte ihr nicht zu erzählen, dass er wegen einer schrecklichen Pechsträhne jeden Schilling davon Lord Bastingham schuldete. Auch nicht nötig, ihr zu sagen, wie viele Kaufleute ihn ständig mahnten. Auch nicht, dass er gezwungen gewesen war, neue Stellungen für seinen Reitknecht und Kutscher zu finden, da ihm die Mittel fehlten, seine Pferde weiter zu halten.

Bevor John den Treppenabsatz erreichte, kam er an dem Romney-Portrait seines verstorbenen Großvaters vorbei. Seine Schritte verlangsamten sich, als sein Blick über den alten Herrn glitt. John war sich sicher, dass Großvaters Augen grün gewesen waren, aber die Farbe war über die Jahre zu einem trüben Braun nachgedunkelt.

Unter der makellosen weißen Perücke und den buschigen grauen Augenbrauen schienen diese dunklen Augen seinen Enkel böse anzuschauen. Ein kalter Schauder lief Johns Rücken hinab und er sah zur Seite.

Lieber Gott, selbst die Toten dürften inzwischen über Johns liederliche Lebensweise Bescheid wissen.

Ein paar Augenblicke später öffnete er die Tür zu Grandmères Salon. Sie saß dort auf ihrem Sofa und balancierte ein schräges, tragbares Schreibpult auf ihrem Schoß. Gerade noch hatte sie etwas auf ein Papier gekritzelt und schaute ihn jetzt mit einem Zwinkern im Blick an.

Obwohl sie eine äußerst gestrenge Matriarchin sein konnte, hatte Grandmère das Aussehen eines Engels. Jetzt hoben sich die Winkel ihres zartroten Mundes zu einem Lächeln, das das Funkeln in ihren blassblauen Augen ergänzte. Sie war klein, rund und hellhäutig und hatte flauschiges weißes Haar. So lange er denken konnte, waren ihre Wangen rosig gewesen, aber seine Mutter – Gott habe sie selig – hatte gesagt, dass die Farbe auf Grandmères Wangen von französischem Rouge stammte.

Er ging zu ihr hinüber, verbeugte sich und küsste ihre Hand. „Es tut gut, dich zu sehen, Grandmère."

Ihre Augenbrauen zogen sich zusammen. „Gib nicht vor, dass du nur kommst, um deine Großmutter zu sehen, John Edward. Ich weiß, dass du wieder unartig warst."

Er unterdrückte ein Stöhnen. Zehnjährige Jungen waren unartig. Wenn man sechsundzwanzig war ... nun, er schätzte, zügellos würde den Mann, der er geworden war, besser beschreiben. „Ich protestiere. Ich mag zwar der Unartigkeit schuldig sein, nicht aber der Vernachlässigung meiner liebsten Verwandten."

Sie runzelte die Stirn. „Ich bin deine einzige Verwandte."

„Und besuche ich dich nicht mindestens einmal in jeder Woche?"

„Deine Zuneigung zu deiner Großmutter könnte die einzige bewundernswerte Eigenschaft sein, über die du verfügst."

Also hatte sie über das Spielen gehört. Und vielleicht auch Schlimmeres. „Kann ich es ändern, dass ich der Sohn meines Vaters bin?"

Ein Schatten der Trauer flog über ihr Gesicht. „Die Hoffnung meines Lebens war, dass mein Enkel der Mann sein würde, der mein Sohn nie sein konnte."

Er seufzte. „Es tut mir wirklich leid, dass ich eine solche Enttäuschung bin."

„Aber nicht leid genug, dass du etwas tun würdest, um das zu ändern."

Sein Gesicht hellte sich auf. Er schenkte ihr ein breites Lächeln. „Ich bin seit dem letzten Vierteljahr nicht mehr in Newmarket gewesen!" Vielleicht hätte er die Pferderennen in Newmarket nicht erwähnen sollen. Schließlich hatte Papa dort sein Ende gefunden, als er, unter dem Einfluss einer großen Menge Branntweins, von einem Pferd zu Tode getrampelt worden war, als er versuchte, es während des Rennes zu besteigen.

Sie runzelte die Stirn.

„Und", fügte er fröhlich hinzu, „mein Kammerdiener wird bestätigen, dass die Anzahl der Tage, wo ich mit einem Kater erwache, erheblich geringer geworden ist." In der Erinnerung an das unselige Ende seines Vaters achtete John durchaus darauf, dass er seinen Verzehr von alkoholischen Getränken in Grenzen hielt. Außer natürlich, wenn er mit seinen Kumpanen zusammen war. Man konnte ja nicht wie ein Mädchen wirken.

Sie runzelte noch immer die Stirn. „Selbst dein Vater benutzte nie ein solches Wort in meiner Gegenwart!"

Er bemühte sich, zerknirscht auszusehen. „Verzeih' mir."

„Du kannst dich trotzdem hinsetzen."

Das hätte er lieber nicht getan. Es ließ ihn sich in der Gegenwart seiner eisernen Großmutter klein fühlen. Er brauchte seine vollständigen sechs Fuß und zwei Zoll, um seinen Mut zusammenzunehmen. „In der Tat kann ich nicht bleiben."

„Also bist du nur gekommen, um zu sehen, ob ich nicht im Bett gestorben bin?"

Seine Brauen zogen sich zusammen. „Bitte, sprich nicht von so etwas!"

„Dann, wie ich die ganze Zeit vermutet habe, willst du dir Geld leihen – Geld, das du versprechen wirst, zurückzuzahlen, wenn das neue Vierteljahr beginnt."

Er konnte ihrem Blick nicht standhalten. „Du kennst mich zu gut."

„Setz dich, mein Junge."

Er hatte sich ihren Befehlen nie widersetzen können (außer dem, sich zu bessern). Er ließ sich ungelenk auf einem seidenbezogenen Sofa ihr gegenüber nieder und erwartete, sich eine lange Predigt über seine üblen Gewohnheiten anhören zu müssen. Seine Augen blieben auf dem Aubusson-Teppich unter seinen Füßen haften, während er wartete. Und wartete. Grandmère räusperte sich, sagte aber kein Wort.

Nach einer kurzen Weile sah er auf. Dieser harte Ausdruck auf ihrem Gesicht war unerwartet.

„Ich gebe dir keinen Penny."

Seine Augen weiteten sich. Noch nie zuvor hatte sie ihm wirklich etwas abgeschlagen.

„Es ist fast zehn Jahre her, dass du Oxford verlassen hast und deine Gewohnheiten sind immer noch die eines Jungen, der gerade Geschmack an Wein, Frauen und Pharo gefunden hat!"

Jedes Wort, das sie sagte, entsprach der Wahrheit. Er erinnerte sich noch an die Freude, als er Oxford verlassen und Finchley House am Cavendish Square wieder eröffnet hatte, als er sich mit gleichgesinnten jungen Männern bei White's zu Brandy und Pharo und allen anderen Arten von Glücksspiel getroffen hatte und ... an die Damen! Konnte jemand solcher Vergnügungen wirklich jemals müde werden?

Bei Gott, nach all den Jahren, in denen er um sechs Uhr morgens aufgewacht war, um seine Füße auf kalten Steinboden zu setzen, hastig etwas in sich hineinzustopfen und sich dem Unterricht gegenüber zu sehen, schätzte er jetzt jeden Moment in der Hauptstadt. Er war nie glücklicher gewesen. Er stand auf, wann er wollte, und an keinem Abend der Woche war er müßig zu Hause. Er, Christopher Perry, David Arlington und Michael Knowles – Kumpel seit ihren Tagen in Eton – waren immer zu einem Spaß bereit. Alle vier liebten auch die Damen. (Nicht, dass jemand die Tänzerinnen der Oper und Angehörige der Halbwelt direkt als *Damen* bezeichnet hätte.) John hatte nicht das geringste Bedürfnis, an eine sittsame und respektable Ehefrau gekettet zu sein.

Sein Blick wandte sich wieder dem Teppich zu. „Du hast Recht, Grandmère, wie immer."

„Es wird Zeit, dass du sesshaft wirst."

„Warum kann ich nicht warten, bis ich dreißig werde?"

„Bei dem Tempo, dass du vorlegst, junger Mann, befürchte ich, dass du die dreißig nicht erreichen wirst."

Neigten alle Frauen zu solch weitgreifenden Vorhersagen von Unheil? Das war ein weiterer guter Grund, die Mausefalle des Pastors zu meiden. „Ich bin mit meinem Leben, so wie es ist, sehr zufrieden." Er blickte zu ihr auf. „Außerdem müsste ich die Frau, an die ich gek... äh, die ich heiraten möchte, erst noch treffen."

„Natürlich hast du noch niemanden gefunden! Du hast kein Interesse an anständigen Damen. Bist du auch nur einmal auf einer der Gesellschaften bei Almack's gewesen?"

„Warum sollte ich an diesen teuflisch langweiligen Ort gehen? Sie servieren nichts Stärkeres als Tee!"

Sie schaute ihn böse an. Das hatte Grandmère, die ihn immer aus der Tiefe ihres weichen Herzens heraus behandelt hatte, noch nie getan. „Mein Entschluss ist unumstößlich. Ich hatte gehofft, eines Tages mein gesamtes Vermögen meinem einzigen überlebenden Verwandten zu überschreiben, aber ich werde das nicht tun, bevor du nicht mehr Reife gezeigt hast als bisher." Sie seufzte. „Es ist ein großes Glück für dich, dass mein Vater nicht starb und mir sein Geld hinterließ, solange diese beiden Verschwender, dein Großvater und dein Vater, noch lebten, denn die hätten den letzten Penny durchgebracht."

Es war ein Jammer, dass die Earls von Finchley selbst keinen roten Heller hatten und von dem Vermögen von Johns Urgroßvater mütterlicherseits abhingen, der der wohlhabendste Brauer der britischen Inseln gewesen war. Und trotz allem, was Grandmère sagte, wünschte John zu Gott, dass der alte Brauer gestorben wäre, solange sein Schwiegersohn noch lebte, so dass das Geld das Eigentum der Earls von Finchley wäre.

„Ich weiß nicht, wo das Glück für mich ist, wenn ich nicht an das Geld herankommen kann", protestierte er wie ein widerspenstiger Junge.

„Eines Tages, wenn du eine Frau findest und deine eigene Familie gründest, wirst du dankbar dafür sein."

„Aber ich sehne mich nicht nach einer Frau und Kindern."

Ihre Augen wurden schmal, als sie ihn betrachtete. „Der Mensch ist sich nicht immer bewusst, was er wirklich will. Er ist ein Geschöpf, das jeder Veränderung großen Widerstand entgegensetzt. Aber ich weiß, wenn du sesshaft wirst, wirst du einen guten Ehemann und Vater abgeben. Seit du ein kleiner Junge warst, habe ich etwas in dir gesehen, was sowohl deinem Vater wie deinem Großvater fehlte."

Seine Augenbrauen wanderten fragend nach oben. „Bitte, was soll das sein?"

„Ehre."

* * *

So sehr sie Mode liebte, wurde Lady Margaret Ponsby das nie endende Ritual des Ankleidens und Schmückens und sich auf der Suche nach einem Ehemann vorteilhaft zu Präsentierens müde. Es gab Morgenbesuche, und Routs, und Musicals, und Gesellschaften und Almack's.

Sie war jetzt zweiundzwanzig und bedauerlicherweise nicht angekommen. Ihre älteste Schwester war seit einigen Jahren glücklich verheiratet. Ihre nächstälteste Schwester stand kurz davor, ihr Leben mit dem des angesehenen Parlamentariers, Richard Rothcombe-Smedley zu verbinden. Und ihre jüngste Schwester Caro hatte elf Heiratsanträge abgelehnt. (Alle sagten, sie wartete auf einen Herzog.)

Es wurde allgemein behauptet, dass sie und Caro fast wie Zwillinge aussähen, aber es war Caro mit ihrer lebhaften Art und dem Funkeln in ihren Augen, die die Herzen aller Männer einfing.

Nicht wie die unglückliche Margaret, die unfähig war, eine intelligente Unterhaltung mit einem Mann zu führen. Nicht, dass sie dumm war; sie war nur übermäßig schüchtern. Mama hatte einmal gesagt, dass eine ihrer Schwestern ganz genauso gewesen wäre. Die einzige Schwester, die nie geheiratet hatte.

Ihre Schwägerin, die Herzogin von Aldridge, rauschte in Margarets Schlafzimmer, begegnete ihrem Blick mit einem sanften Lächeln und schloss sachte die Tür hinter sich. „Bevor wir zu Almack's gehen, wollte ich mit dir sprechen." Sie kam, um sich auf die Kante von Margarets Himmelbett zu setzen. Die blonde Herzogin war bereits angekleidet und sah in einem elfenbeinfarbenen Kleid, das den perfekten Hintergrund für die Aldridge-Diamanten bildete, strahlend aus.

„Ich will ja nicht aufdringlich sein", begann Elizabeth, „aber es ist wohl Zeit, dass ich mit dir das gleiche Gespräch führe wie mit Clair im letzten Jahr."

Margaret warf ihr einen verwirrten Blick zu. „Ich wusste nicht … oh! Jetzt verstehe ich es! Bis du meinen Bruder geheiratet hast, hatte Clair überhaupt kein Interesse an ihrem Aussehen. Was hast du nur gesagt, um eine solche Veränderung herbeizuführen?"

„Ich habe ihr eine Frage gestellt."

Jetzt schaute Margaret noch verwirrter. „Was für eine Frage?"

„Ich fragte, was sie sich vom Leben wünschte."

„Obwohl ich ihre eigene Schwester bin, hatte ich zuvor gedacht, sie wäre als unverheiratete Frau ganz glücklich."

„Das war sie." Ein Lächeln verschönerte Elizabeths hübsches Gesicht. „Aber sie wollte ein eigenes Heim, eigene Kinder und schließlich auch einen Ehemann, um all das haben zu können."

„Derzeit scheint mir, dass ihr letzterer Wunsch jetzt der erste ist." Wann immer Clair mit Mr. Rothcomb-Smedley zusammen war, war sie … nun, sie hatte tatsächlich gelernt zu flirten – etwas, was niemand je erwartet hatte, bei Clair zu erleben.

„Meine liebste Schwester, ich habe gesehen, wie wundervoll du mit den Kindern am Trent Square umgehst. Ich habe das große Interesse gesehen, dass du in Lydias Hingabe an ihren Sohn zeigst. Niemand ist besser geeignet, Mutter zu sein, als du."

Margaret konnte nicht anders als auf die Wölbung des Babybauchs an der Taille der Herzogin zu sehen. „Ich denke, du wirst auch eine sehr gute Mutter sein." Elizabeth war die geborene Matriarchin. Sie hatte ganz alleine das weitläufige

Haus am Trent Square Nummer 7 als Heim für notleidende Witwen und Kinder von in Spanien getöteten Offizieren eingerichtet.

„Dein Bruder sagt dasselbe. Ich hoffe, Lydia nachahmen zu können."

„Oh, ich auch. Ich finde es sehr traurig, dass die Mütter der feinen Gesellschaft ihre Kinder an Ammen, Erzieherinnen und Gouvernanten abgeben. Ich möchte wie Lady Lydia sein."

„Dann habe ich Recht. Du möchtest heiraten und Mutter werden."

„Mehr als alles andere." Aus einem ihr unbekannten Grund fühlte sie, dass sie dieser Frau – einer Schwester durch Heirat – mehr von sich enthüllen könnte, als selbst Caro, der Schwester, die ihr in ihrem ganzen Leben am nächsten gestanden hatte. „Ich habe oft die arme, verwitwete Mrs. Leander beneidet."

Elizabeth nickte. „Ich weiß, wie sehr du an ihrem kleinsten Jungen hängst."

„Ich bin so gemein, dass ich darüber gejammert habe, warum ich ihn nicht haben kann, wo sie schon vier andere hat."

„Du wirst einen eigenen bekommen. Um einen Ehemann zu finden, solltest du aber deine Schüchternheit ablegen, wenn du mit Männern zusammentriffst. Sie halten deine Zurückhaltung für Unnahbarkeit. Du bist schließlich die Tochter eines Herzogs und jeder meint, dass es nichts Unnahbareres gebe als einen Herzog."

„Ich wünschte, ich hätte das besser gelernt, als ich jünger war. Ich fürchte, jetzt ist es zu spät, um einem alten Hund neue Tricks beizubringen. Ich scheine unfähig zu sein, eine prickelnde Konversation zu führen – oder irgendeine Konversation – wenn ein Mann in der Nähe ist."

„Gibt es niemanden, den du bewunderst?"

Margaret dachte an die immer gleiche Gruppe sich kaum unterscheidender Männer, die sich in ihren gesellschaftlichen Kreisen bewegten. Keiner von ihnen hatte je ihren Herzschlag beschleunigt. Tatsächlich war sie nie einem Mann begegnet, der sie in dieser Art berührt hätte.

Aus einem seltsamen Grund huschte ihr Geist zu dem prächtigen Haus der alten Witwe Finchley gegenüber ihrem eigenen am Berkeley Square. Warum war Margaret so von dem liederlichen Enkel der Dame fasziniert? Sie hatte nie ein einziges Wort mit ihm gewechselt. Er mied Almack's und andere ähnliche Bastionen des Anstands. Sein Name wurde ständig durch die Zeitungen gezerrt und mit den Namen der unanständigsten Frauen verbunden. Und die Gesellschaft, in der er sich bewegte! Seine Freunde waren ebenso hemmungslos wie er.

Und doch fand sie sich von dem großen, schlaksigen jungen Earl angezogen. Sie neigte dazu, an das Fenster ihres Zimmers zu laufen, wann immer sie ein einzelnes Pferd zum Haus der alten Witwe kommen hörte, nur in der Hoffnung, einen Blick auf diesen Mann genießen zu können. Sie war beinahe besessen von seiner dunklen Gestalt.

Es war dieselbe Art der Besessenheit, die sie jeden Tag die Zeitungen ihres Bruders auf der Suche nach Neuigkeiten über die Eskapaden des jungen Earls durchblättern ließ.

Ihr Blick traf den Elizabeths. „Nein. Ich kenne keinen Mann, der mich je angezogen hätte."

„Ach du meine Güte. Keinen?"

Margaret schüttelte traurig den Kopf. „Es scheint, dass ich mich von passenden Männern nicht angezogen fühle."

Elizabeth warf ihr einen verwirrten Blick zu. „Du meinst doch sicher nicht, dass du dich von einem *unpassenden* Mann angezogen fühlst? Das würde ich kaum glauben, wenn man deine ... zurückgezogene Art bedenkt."

„Du kannst es ruhig sagen. Ich bin eine Maus. Ich glaube, der unscheinbarste Stein wird immer von dem angezogen, der am hellsten leuchtet."

„Du bist kein unscheinbarer Stein." Der Blick der Herzogin ging zum Fenster und sie versank für einen Moment in ihren Gedanken. „Gibt es einen ... Tunichtgut, der deine Aufmerksamkeit erregt hat?"

„Das wäre möglich, aber ich hatte keine Gelegenheit, seine Bekanntschaft zu machen."

„Lieber Gott, du meinst doch nicht am Ende den Earl von Finchley!"

Margarets Mund blieb offen stehen. „Woher weißt du das?"

„Ich ... ich wusste es nicht. Aber ich habe gesehen, dass du oft lange an diesem Fenster stehst."

„Bitte, verschwende keinen weiteren Gedanken an diese lächerliche Idee. Daraus kann nie etwas werden. Ich habe mit dem Mann nicht einmal gesprochen."

„Und ich hoffe, dass du das nie tun wirst. Er ist absolut unpassend." Elizabeths Gesicht wurde weich. „Du verdienst jemanden viel Besseres als ihn."

* * *

Johns Rechtsberater sah mit ernstem Gesichtsausdruck auf. „In den fünf Jahrzehnten, seit ich in diesem Beruf bin, wurde ich noch nie gebeten, ein solches Dokument aufzusetzen."

Seine dichten, silbrigen Augenbrauen zogen sich zusammen. „Weiß Ihre Großmutter von dieser Anzeige?"

„Noch nicht, aber sie ist der Grund dafür. Wenn meine Großmutter darauf besteht, dass ich heirate, kann sie das haben. Sie hat nie gesagt, dass ich in die Braut verliebt sein muss. Auch nicht, dass wir unter demselben Dach leben müssen."

Er lächelte in sich hinein, als er die Zeitungsanzeige überflog, auf die er mehr als drei Dutzend Antworten erhalten hatte.

Ein Gentleman mit bescheidenem Vermögen sucht eine vornehm erzogene Dame zwecks Heirat. Die zukünftige Ehefrau wird eine einmalige Zahlung von £100 erhalten, danach aber von dem zukünftigen Ehemann getrennt leben und keine weiteren Ansprüche an ihren Ehemann stellen.

„So unüblich es ist, ich kann Ihnen versichern, dass der Ehevertrag, den ich aufgesetzt habe, völlig legal ist. Ich habe ..." Mr. Wiggington schaute in einen Brief. „... Miss Margaret Ponsby als den Namen der Braut eingetragen."

„Ich habe sie ausgesucht, weil ihr Name wie einer klingt, den meine Großmutter gutheißen würde."

„Ich bin nach Windsor gefahren, um die Unterschrift der Dame auf den Verträgen einzuholen."

John war sehr zufrieden mit sich selbst.

* * *

Ganz gleich, in welche Klemme John sich brachte, er ging nie so weit, Geld von seinen Freunden zu borgen. Er hatte keinen besseren

Freund als Christopher Perry, der so wohlhabend war wie ein Nabob. Nachdem er als einziger Sohn nach fünf Töchtern geboren wurde, hatten Christophers Eltern ihn mit Zuneigung, Aufmerksamkeit und allem, was ihr Vermögen kaufen konnte, überschüttet.

John hatte immer gewusst, dass er sich auf Perry verlassen könnte, ihm aus finanziellen Schwierigkeiten zu helfen, aber das war eine Grenze, die er nie hatte überschreiten wollen. Seiner Meinung nach würde es ihn ebenso wirksam von Perry trennen, wie eine Säge die Äste eines Baums abtrennte, wenn er diese Grenze überschreiten würde.

Ein tüchtiger, durch und durch englischer Butler öffnete die Tür zu Perrys elegantem Haus am Piccadilly und führte John, den er sofort erkannte, in die Bibliothek. „Ich werde Mr. Perry informieren, dass Eure Lordschaft hier ist."

Einen Moment später schlenderte Perry in den Raum. Er war ein gutaussehender Mann, der immer mit untrüglichem Geschmack angezogen war. Wenn jemand ihn sehr genau ansah, konnte er vielleicht ein paar Hinweise auf den Hintergrund von Perrys Familie als Juweliere jüdischen Glaubens entdecken – eine Religion, die die Familie schon lange aufgegeben hatte. Jedoch war da die bräunliche Gesichtsfarbe, die man mit den Ländern des Mittelmeers verbindet und die vorstehende Nase hatte einen Haken in der Art derer, deren Ahnen aus den biblischen Ländern stammen.

Die Perrys hatten völlig englische Sitten angenommen. Perrys verstorbener Vater hatte sogar einen Sitz im Unterhaus gewonnen.

„Ich bin überrascht, dich so früh wach und

unterwegs zu sehen", sagte Perry anstelle einer Begrüßung. „Es ist erst zwei Uhr nachmittags. Schläfst du nicht gewöhnlich bis vier?"

„Ich musste meinen verdammten Rechtsberater in einer wichtigen Angelegenheit sprechen."

Perry hob eine Augenbraue.

„Ich habe beschlossen zu heiraten."

Perrys dunkle Augen weiteten sich. „Zur Hölle, was sagst du da! Wen zum Teufel hast du vor zu heiraten? Pass auf, wenn es Mary Lyle ist, binde ich dich an den verfluchten Stuhl und erlaube dir nicht, das Haus zu verlassen."

Er hatte sich auf John zu bewegt, aber als er diese Ankündigung vernahm, seine Richtung geändert und eine Flasche Portwein ergriffen. „Das schreit nach einem Drink. Du auch?"

„Nichts dagegen."

Nachdem Perry zwei Gläser gefüllt und eines seinem Freund übergeben hatte, sagte John: „Es ist nicht Mary Lyle. Habe sie seit einem Monat nicht mehr gesehen – nicht mehr, seit ich meine Kutsche verkaufen musste."

Perry nickte wissend und ließ sich neben John in einen Sessel fallen. „Ein Titel reicht nur so weit, um die Damen zu beeindrucken."

Jetzt hob John eine Braue. „Ich würde sie nicht wirklich als Dame bezeichnen."

„Nein, ich nehme nicht an, dass jemand das tun würde." Perry nahm einen kleinen Schluck Portwein. „Ich kenne dich zu verdammt gut. Du kannst nicht heiraten wollen, weil ich es wüsste, wenn du in dieser Richtung irgendein Interesse hättest." Er schauderte übertrieben. „Garstige Angelegenheit, so eine Ehe."

John stürzte sein halbes Glas hinunter. „Da werde ich nicht widersprechen."

„Dann sag mir doch bitte, was dieses Gerede von Heirat bedeuten soll?"

John beschrieb seinen Plan in groben Umrissen. „Siehst du, alter Junge, ich werde dich bitten, bei dieser Heirat mein Trauzeuge zu sein. Und ich muss dich bitten, mir die versprochenen hundert Pfund für die zuvorkommende Braut zu zahlen. Ich werde sie dir zurückerstatten, sowie meine Großmutter dem *reifen* Mann, den diese Heirat ihrer Meinung nach aus mir machen wird, eine Summe Geld überschreibt."

„Natürlich, Alter. Alles für einen Freund."

John stand auf und schüttelte ihm die Hand.

„Was, wenn die Dame ein echter Drachen ist?" Perrys Gesicht verzog sich, als hätte er gerade in eine Zitrone gebissen.

„Ich hoffe, dass ich sie nur einmal sehen muss."

Perry erhob sich und brachte ihn zur Tür.

„Treffen wir uns morgen früh vor St. George?", fragte John.

„St. George am Hanover Square?"

John nickte. „Und bring die hundert Pfund mit, um meine Braut zu bezahlen."

„Was für ein verflixtes Wort. *Braut.* Das löst in mir ein Gefühl aus wie ein Morgen, nachdem ich zwei Flaschen Brandy verputzt habe."

„Es ist keine echte Braut."

„Sag mal, Finch, wird deine Großmutter uns morgen in St. George Gesellschaft leisten?"

„Ich habe sie eingeladen, aber ihr nicht gesagt, was geschehen wird."

* * *

Am nächsten Morgen stand die unglückliche Jungfrau Margaret Ponsby vor der St. George's Kapelle am Schloss von Windsor. Der

Hochzeitstag, auf den sie sechsundvierzig Jahre lang gewartet hatte, schien sich jetzt als nichts als ein grausamer Scherz zu erweisen. Ihr Bräutigam, Mr. Beauclerc, hätte sie vor mehr als einer Stunde hier treffen sollen. Zuerst dachte sie, jemand hätte sich mit ihr einen herzlosen Spaß erlaubt, aber es hatte sie ja niemand gezwungen, auf diese Anzeige im Morning Chronicle zu antworten. Hinzu kam die Tatsache, dass der Angestellte des Rechtsberaters sich erheblichen Anstrengungen unterzogen hatte, um ihre Unterschrift auf dem Ehevertrag einzuholen.

Kapitel 2

Die ganze Zeit seit ihrer Unterhaltung mit Elizabeth hatte Margaret sich im Geiste mit den weisen Beobachtungen ihrer Schwägerin beschäftigt. Was sie am allermeisten wollte, das musste sie zugeben, war zu heiraten und Kinder zu bekommen. Sie hatte daher beschlossen, ernsthaft zu beten, dass sie sich zu passenden Gentlemen hingezogen fühlen würde.

Sie fragte sich, welcher perverse Vorfahre an ihrem merkwürdigen Hang zu einem höchst unpassenden Junggesellen schuld war. Warum konnte sie nicht wie Clair sein? Clair konnte intelligent über jedes Thema sprechen – und Clair hatte sich in einen Mann verliebt, der höchst angesehen war. In ihren wildesten Fantasien konnte Margaret sich nicht vorstellen, wie Clair eine Verbindung mit einem bekannten Wüstling auch nur in Betracht zog.

In Begleitung ihrer Zofe war Margaret still durch den Green Park geschlendert und ging jetzt ziellos durch die Straßen von Mayfair. Ihr waren Tage lieber, an denen sie ein Ziel hatte, Tage, an denen sie die Gelegenheit hatte, die Kinder am Trent Square zu sehen. Was für ein Gefühl der Erfülltheit sie gewann, wenn sie sie am Klavier unterrichtete. Sie waren wie eifrige, kleine Schwämme, die alles Neue in sich aufsogen, und jedes von ihnen hatte erstaunliche Fortschritte gemacht.

Als sie sich dem Hanover Square näherten, beschloss sie, dort in die Kirche zu gehen. Sie würde eine Kerze anzünden und beten, dass sie mehr wie Clair werden könnte, dass sie sich von einem ehrbaren Gentleman angezogen fühlen würde.

Sie könnte eine zweite Kerze anzünden und den Allmächtigen bitten, ihr die Fähigkeit zu verleihen, mit Gentlemen zu reden. Es war ein Fluch, so schmerzhaft schüchtern zu sein.

Das große Holzportal der Kirche quietschte, als sie es öffnete. Innen war es kalt und dunkel, aber sie hatte die Kirche ganz für sich. Sie ging den Mittelgang hinab, wandte sich zu einem Seitenaltar, wo sie eine Kerze anzündete, fiel dann auf ihre Knie und begann zu beten.

Lieber Gott, ich fühle mich schrecklich egoistisch, Deine Zeit mit meinen unwichtigen Anliegen zu verschwenden, vor allem, weil ich mir der vielen Vorzüge meiner Geburt wohl bewusst bin. Ich bin zutiefst dankbar, dass Du mich in eine liebende Familie hast hineingeboren werden lassen. Ich will mich auch weiter um die weniger Glücklichen kümmern, auch wenn Du mein Gebet nicht beantwortest. Meine Bitte ist: ich flehe dich an, mich zu einem guten Mann zu führen. (Und es wäre wundervoll, wenn ich meine ewige Schüchternheit loswerden könnte.)

Die Tür öffnete sich und sie hörte Männerstimmen. Da dies Stimmen von Männern von Stand waren, nahm sie an, dass einer von ihnen der Vikar hier sein müsste. Würde er sich an sie erinnern? Zweifellos würde er sich an Caro erinnern. Jeder erinnerte sich immer an ihre lebhafte Schwester. Vielleicht würde er sie für ihre beliebtere Schwester halten.

Da sie sich von Natur aus so unauffällig wie möglich benahm, betrachtete sie weiter die flackernde Kerze und betete zu ihrem himmlischen Vater, ihre bedauerlichen Eigenschaften zu ändern.

Zu ihrer völligen Überraschung näherten sich ihr die Schritte einer Person und einen Moment später sagte ein Gentleman: „Sind Sie Miss Ponsby?"

Prinzipiell war sie das, obwohl man sie immer mit *Lady* Margaret Ponsby angesprochen hatte. Niemand nannte sie je einfach *Miss* Ponsby. Schließlich war sie die Tochter eines Herzogs. Der Vikar müsste das wissen. Sie wandte sich um, um ihn anzusehen.

Es war jedoch nicht der Vikar. Es war Lord Finchley!

Er sah zu ihr herab.

Woher kannte er ihren Namen?

Gestern hatte sie gesagt, dass noch nie ein Mann ihr Herzklopfen verursacht hätte. Das stimmte nicht mehr.

Wenn es um ihr Leben gegangen wäre, hätte sie ihm nicht antworten können. Ihr Blick wich zur Seite. Alles, was sie tun konnte, war zu nicken.

Obwohl sie wünschte, sie könnte seine wundervolle, gutaussehende Männlichkeit in sich hineinschlürfen, war sie zu schüchtern, um ihn anzustarren.

„Miss Margaret Ponsby?"

Sie mied seinen Blick und nickte wieder. Was könnte der Grund dafür sein, dass er ihren Namen wusste?

„Haben Sie jemanden mitgebracht?"

Sie nickte. Warum er das wissen sollte, verstand sie nicht.

„Gut. Mein Freund Perry – Christopher Perry – wird mein Zeuge sein." Er drehte sich um und sprach zu seinem Begleiter. „Sei ein guter Mann und gib der Dame ihre hundert Pfund."

Jetzt kam der andere Mann zu ihnen. Guter Gott, wollte er ihr Geld geben? Hatten sie vom Trent Square gehört? Sie war sicher, dass sie das Geld dort gut verwenden konnte.

Seine Lordschaft war wohl nicht halb so liederlich, wie er die Leute glauben machen wollte.

Christopher Perry übergab ihr einen schweren Beutel.

Sie fand ihre Stimme wieder. „Danke sehr", flüsterte sie heiser, als sie versuchte, das Geld in ihr Handtäschchen zu quetschen.

Eine Seitentür neben der Sakristei öffnete sich und sie sah auf, um den Vikar dort in zeremonieller Kleidung zu sehen.

„Wollen Sie mich nicht zum Altar begleiten, Miss Ponsby?", fragte Lord Finchley.

Sie hielt ihren Blick abgewendet, stand aber auf und tat, was er sagte. Es lag nicht in ihrer Natur, einen Gentleman in Frage zu stellen. Sie war viel zu gutmütig. Und zu schüchtern.

„Wo ist Ihre Begleitung?", fragte er.

„Meine Zofe ist hinten in der Kirche." Sie war erstaunt, dass sie tatsächlich einen vollständigen Satz zustande gebracht hatte.

„Sie wird die Heiratsurkunde unterschreiben müssen", sagte der Vikar.

Heirat! Seine Lordschaft musste beabsichtigen zu heiraten. Heute. Das würde erklären, warum der Vikar so gekleidet war.

Sie fühlte sich plötzlich sehr traurig. Jede

vernünftige Faser in ihr wusste, wie absolut
unpassend Lord Finchley war. Trotzdem war der
Gedanke, dass er eine andere Frau heiraten
würde, fast wie der bevorstehende Tod eines
lieben Menschen. Sie wurde von Neid auf die
Braut erfüllt. Wie schamlos, in Gottes Haus eine
der sieben Todsünden zu begehen, aber sie war
gegenüber dieser wilden Eifersucht, die jede Zelle
ihres Körpers erfüllte, einfach machtlos.

Zu ihrem Erstaunen bot seine Lordschaft ihr
seine   Hand.   Immer   gefällig   und
entgegenkommend legte sie ihre behandschuhte
Hand in seine und stand auf. Er führte sie zum
Altar.

Ihr Herz begann zu rasen – sicherlich eine völlig
einmalige Erscheinung. Wo war die Braut? Lord
Finchley musste sie, Margaret, als Zeugin der
Zeremonie haben wollen.

Sie war wirklich erstaunt, dass er ihren Namen
kannte. Sie war natürlich mit seiner Großmutter
bekannt, aber sie hatte deren Enkel nie persönlich
kennengelernt. Nie.

Ihr erster Gedanke war, dass er sie mit Caro
verwechselt hatte. Männer erinnerten sich immer
an Caro und zwischen den beiden Schwestern
bestand eine starke Ähnlichkeit. Aber er hatte sie
deutlich Miss *Margaret* Ponsby genannt.

„Sind Sie bereit anzufangen, Euer Lordschaft?",
fragte der Vikar.

Lord Finchley nickte.

Wäre Margaret nicht so scheu gewesen, hätte
sie nach der Braut gefragt. Sollte dies eine
Stellvertreterehe werden? Vielleicht brauchte
seine Lordschaft sie als Vertretung der Braut. Wie
schade, dass sie nicht mehr tun konnte, als neben
ihm zu stehen und zu beten, dass er das Zittern,

das sich ihrer bemächtigt hatte, nicht bemerkte.

Zu ihrem größten Erstaunen nahm Lord Finchley ihre Hand in seine. In ihren zweiundzwanzig Jahren hatte nie ein Mann ihre Hand gehalten. Die Intimität eines solchen Aktes überwältigte sie fast. Nie zuvor hatten unanständige Gedanken sie heimgesucht, während sie im Hause des Herren weilte. Bis jetzt.

Es war schamlos, dass diese Berührung ihrer Hände ein seltsames Rühren in ihrem Körper ausgelöst hatte. Lieber Gott! Zu ihrer Sünde des Neids (denn, so sehr sie es auch versuchte, konnte sie ihre neu gefundene Eifersucht auf Lord Finchleys Verlobte nicht unterdrücken), kam ihr neues Laster der Lust! Wenn sie noch länger im Haus Gottes bliebe, welche anderen Laster könnten sie beflecken? Sie könnte nie wieder einen solch heiligen Ort aufsuchen. Ein längst verstorbener Ponsby musste sie verflucht haben.

Ihre Nerven waren in einem solchen Zustand der Erregung, dass sie nicht auf die Worte des Vikars achtete. Bis Lord Finchley angesprochen wurde.

Der Mann, den sie aus der Ferne angebetet hatte, wandte sich ihr zu, hielt ihre beiden Hände und schaute ihr in die Augen.

Der Vikar sprach. „Willst du, John Beauclerc, diese Frau zu deiner angetrauten Ehefrau nehmen ...“

Lord Finchley nickte. „Ja, ich will.“

Einen Moment später sprach der Vikar sie an. „Willst du, Margaret Ponsby, John als deinen Ehemann annehmen?“

Es lag der schüchternen Lady Margaret völlig fern, dies aufzuhalten. Diese beiden Männer wünschten deutlich, dass sie die Frage bejahen sollte. Daher nickte sie.

Der Vikar, dessen Haare sich schon sichtbar lichteten, bot ihr ein freundliches Lächeln. „Wiederholen Sie. Ich, Margaret Ponsby …"

Sie schluckte. Ihre Lider hoben sich und sie sah in die Augen seiner Lordschaft. Sie waren schwarz und eindringlich und sie war sich der Verbindung zwischen ihnen und der Verbindung zwischen ihren verschränkten Händen verblüffend bewusst. Der Vikar sagte ihr die Worte vor und sie wiederholte den langen Satz, ohne zu stottern. „Ich, Margaret Ponsby … nehme dich, John Beauclerc zu meinem angetrauten Ehemann, ihn von diesem Tag an zu für immer zu halten, in guten wie in schlechten Tagen, in Reichtum wie in Armut, in Gesundheit wie in Krankheit, ihn zu lieben, zu schätzen und ihm zu gehorchen, bis dass der Tod uns scheide, wie dies von Gott bestimmt ist; und dies verspreche ich hiermit."

Warum hatte man sie nicht gebeten, den Namen der abwesenden Ehefrau zu benutzen – Margaret wusste es nicht. Als sie dort in der Sakristei standen, sich an den Händen haltend, erlaubte sie sich die Vorstellung, wie wundervoll es sein musste, mit John Beauclerc, dem Earl of Finchley, verheiratet zu sein.

Als der Vikar seine Lordschaft bat, den Ehering auf Margarets Finger zu stecken, wurden sie von einer Frauenstimme unterbrochen.

Margaret und Lord Finchley wirbelten herum und sahen die verwitwete Gräfin sich langsam aus der ersten Reihe erheben und auf sie zukommen. „Ich möchte, dass Lady Margaret diesen Smaragdring bekommt. Er wurde in den letzten zweihundert Jahren von jeder Gräfin von Finchley getragen."

Liebe Güte. Sie konnte nicht die Smaragde der echten Gräfin annehmen. Aber natürlich war Margaret viel zu zurückhaltend, um je zu protestieren.

Lord Finchleys Augen wurden groß. „*Lady* Margaret?"

Die Witwe übergab ihrem Enkel den dicht mit Smaragden besetzten Ring. „Du hast sehr gut für dich gesorgt, John. Wenn man bedenkt, dass die neue Gräfin die Tochter eines Herzogs ist!"

Kapitel 3

John verschlug es die Sprache. Guter Gott, war diese junge Frau die Schwester des Nachbarn seiner Mutter am Berkeley Square, des Herzogs von Aldridge? Vereinzelte Erinnerungen tauchten in seinem betäubten Gehirn auf. War nicht der Familienname der Herzogs Ponsby? Kein Wunder, dass ihm diese Margaret irgendwie bekannt vorgekommen war. Er hatte sie vermutlich beim Betreten und Verlassen von Aldridge House in all den Jahren dutzende Male gesehen. Aber wie zum Teufel war sie heute hierher gekommen?

Furcht überkam ihn. Windsor. Oh, lieber Gott, hieß die Kapelle am Schloss von Windsor auch St. George's? Er hatte jetzt keinen Zweifel mehr, dass Miss Margaret Ponsby aus Windsor – die Dame, die auf seine Zeitungsannonce geantwortet hatte – vermutlich in der St. George's Kapelle stand und auf ihren Bräutigam wartete – und ihre hundert Pfund.

Wie zum Teufel war Lady Margaret Ponsby in St. George's am Hanover Square genau zur gleichen Zeit aufgetaucht, für die er seine Hochzeit geplant hatte? Er hatte niemandem außer seinem Rechtsberater und Perry und in der letzten Minute Grandmère davon erzählt. Niemand sonst wusste von der Zeremonie und er war sich ziemlich sicher, dass keiner von denen, die Bescheid wussten, es Lady Margaret erzählt haben könnte.

Selbst, wenn man die irrwitzige Namensgleichheit berücksichtigte, warum hatte sie zugestimmt, die Zeremonie durchzuführen? Er fing sofort an, die verdammte Frau zu hassen. Wenn sie dachte, sie könnte ihn in eine echte Ehe locken, träumte sie.

Diese gemeine, hinterhältige alte Jungfer hatte sogar den Smaragdring der Finchleys angenommen!

Er wünschte verteufelt, dass sein Rechtsberater hier wäre. Er brauchte Rat, wie er diese Heirat auflösen konnte.

Er musste auch ein privates Gespräch mit dieser ... dieser Frau führen, die sich ihm aufgedrängt hatte. Was nicht einfach sein würde, wenn man bedachte, dass seine Großmutter um die falsche Finchley-Braut mit einer Ergebenheit herumflatterte, die man einer verdammten Königin erweisen sollte.

„Und wo ist der Herzog?", fragte Grandmère Lady Margaret.

„Er ist zu einer Schwurgerichtsverhandlung in Middlesex."

„Mein verstorbener Mann hasste die Tage, wenn er in den Verhandlungen sitzen musste." Grandmère senkte ihre Stimme. „Ich hoffe, dass Ihr Bruder nicht verärgert sein wird, dass Sie einen ... einen angeblichen Wüstling geheiratet haben, denn ich verspreche Ihnen, Finchley wird sich als guter Mann erweisen, und als guter Ehemann. Er brauchte nur den Einfluss einer Ehefrau, um ihn zu zähmen."

„Mein Bruder wurde nicht gefragt. Ich bin volljährig", sagte Lady Margaret.

Was erklärte, warum sie nicht die Zustimmung ihres herzoglichen Bruders zur Hochzeit brauchte.

In seinem ganzen Leben hatte John sich nie versucht gefühlt, seine Hand gegen eine Frau zu erheben. Bis jetzt. Er wurde von einem unglaublichen Verlangen erfüllt, diese Frau zu schlagen, durch deren Trick er in die Falle gegangen war. Natürlich könnte er nie die Hand gegen eine Frau heben.

Johns größte Hoffnung war, dass der herzogliche Bruder der Frau darauf bestehen würde, die Heirat seiner Schwester mit einem berüchtigten Wüstling zu annullieren. Er musste mit Wiggington sprechen, um zu erfahren, wie man sich aus einer solchen kirchlichen Katastrophe befreite.

„Ich werde einen Ball geben, um den Earl und die Gräfin von Finchley in die Gesellschaft einzuführen." Grandmère warf John einen Blick zu. „Würde dir nächste Woche passen?"

Er zuckte die Schultern. „Ähm ... es könnte nicht mit unserer ... Hochzeitsreise ... zusammenpassen." Er zwang sich zu einem Lächeln. „Wie lieb von dir, heute hierher zu kommen, Großmutter, aber ich möchte unbedingt mit ... meiner Braut ... alleine sein."

Seine Großmutter schlang ihre Arme zu einer langen Umarmung um ihn. „Ich bin so glücklich, dass du dich entschlossen hast zu heiraten, und ich könnte über die Wahl deiner Braut nicht glücklicher sein. Lady Margaret wird eine wundervolle Gräfin abgeben." Sie senkte ihre Stimme bis zu einem Flüstern. „Hoffentlich wird sie das ihre Schüchternheit verlieren lassen."

Dann ging seine Großmutter zu Lady Margaret und zog diese ... diese Frau an ihre Brust und sagte lauter nette Dinge zu ihr.

John nutzte die Gelegenheit, sich zu Perry zu

stellen und seine Augen zu verdrehen.

„Du hast mir nicht gesagt, dass du die Tochter eines Herzogs heiratest!"

„Es ist ein riesiges Durcheinander. Ich erkläre es dir später."

„Ich sehe nicht, wie du deinen Plan, sie gleich zu verlassen, durchführen willst. Du weißt, dass Aldridge den Ruf hat, Männern, die seine Schwestern schlecht behandeln, mit einem Duell zu drohen? Erinnerst du dich an die Sache mit Morton? Der Mann ist noch immer nicht nach England zurückgekehrt. Aldridge hat gedroht, ihn zu töten, wenn er käme."

Wie hatte John es geschafft, das Ganze derart gründlich zu verderben?

„Ein Gutes hat es jedoch", flüsterte Perry.

John beobachtete, wie seine Großmutter sich lebhaft mit dieser ... dieser *Lady* Margaret unterhielt, als wäre er nicht anwesend. „Ich schaffe es nicht zu glauben, dass hieraus etwas Gutes entstehen könnte."

„Du brauchst doch Geld, oder?"

„Und ob."

„Es heißt, jede der Schwestern des Herzogs von Aldridge bringt dreißigtausend mit."

John blieb der Mund offen stehen. Dreißigtausend war eine enorme Summe. Es war ihm nie zuvor in den Sinn gekommen, eine Erbin zu heiraten, um sich aus seinen finanziellen Schwierigkeiten zu befreien. Das lag daran, dass er an keine Frau gekettet sein wollte. Vor allem *nicht* an die jüngere Schwester des mächtigen Herzogs von Aldridge.

Seine Großmutter verabschiedete sich schließlich und humpelte den Mittelgang hinab. Der Vikar war auch gegangen und Margarets Zofe

saß still in der letzten Bank. Es blieben also nur
John, Perry und die Frau, mit der er sich
unglücklicherweise gerade verbunden hatte. Er
schaffte es, Perry und Lady Margaret einander
vorzustellen.

Perry grinste und schien ausgesprochen stolz
auf sich zu sein, als er sagte: „Ich erwarte, dass
sie in Zukunft nicht mehr Lady Margaret, sondern
Lady Finchley genannt werden wird."

Die bloße Vorstellung, dass diese ... diese Frau
seine Ehefrau war, bereitete John Übelkeit. Seine
Augen wurden schmal. „Ich nehme an, dass du
Recht hast. Jetzt sei ein lieber Kerl und lass mich
mit ... meiner Braut alleine."

Nachdem Perry die Kirche verlassen hatte,
wandte John sich ihr zu. Wenigstens war sie nicht
hässlich. Wenn er nicht so schlecht auf sie zu
sprechen gewesen wäre, hätte er sie sogar hübsch
finden können. Nicht umwerfend, natürlich. Aber
sie war recht nett anzusehen mit ihren
kastanienfarbenen Haaren und grünen Augen.
Oder waren sie blau? Vielleicht eine Mischung aus
beidem. An ihrer Gestalt war nichts Abstoßendes
und sie kleidete sich mit außergewöhnlich gutem
Geschmack, obwohl ihr weiches Musselinkleid
ebenso unauffällig war wie sie selbst. Nichts an
ihr würde je nach einem aufmerksamen Blick
heischen. „Ich möchte, dass Sie sich neben mich
setzen, damit wir ... unsere Situation besprechen
können."

Sie gingen zur vordersten Bank. Er musste sich
Mühe geben, nicht zu explodieren. Er war so
wütend, dass er sie anschreien wollte, aber er
musste sich ihrer Zusammenarbeit versichern
und konnte es sich nicht leisten, schroff zu ihr zu
sein. „Mylady, es interessiert mich, warum Sie bei

dieser ... Eheschließung mitgemacht haben. Wir haben uns ja noch nie kennengelernt. Wie kam es, dass Sie genau zu der Zeit hierher kamen, als ich erwartete, eine Fremde namens Margaret Ponsby zu heiraten?"

Ihre Lider senkten sich und er sah, dass sie zitterte. Aber sie antwortete nicht. Ihm fiel ein, dass seine Großmutter ihm gesagt hatte, dass Lady Margaret schüchtern wäre. Lag es daran, dass sie seine Frage nicht beantwortete?

Nach einer kurzen Weile sah sie zu ihm auf. „Darf ich Sie fragen, Mylord, warum Sie eine Fremde heiraten wollten?"

Die Frage war nicht unbegründet. „Ich habe kein eigenes Geld und meine Großmutter – die äußerst darauf bedacht ist, dass ich sesshaft werde – hielt ihr Geld zurück, bis ich heirate."

Sie war einen Augenblick ruhig, bevor sie weitersprach. „Also hatten Sie, ich meine, haben Sie, nicht vor, dass das eine richtige Ehe sein soll?"

Wenigstens war sie nicht dumm. Schrecklich ruhig, aber nicht dumm. „Das ist richtig."

„Ich muss zugeben, Mylord, dass mich das alles sehr verwirrt. Wie kam es, dass Sie vorhatten, mich zu heiraten?"

Zorn stieg in ihm auf. *Ich hatte verdammt nicht vor, die Schwester des Herzogs von Aldridge zu heiraten.* Er musste seine Gefühle beherrschen und vernünftig – sogar freundlich – mit dieser Frau reden. „Ich stand in Verbindung mit einer Miss Margaret Ponsby in Windsor. Wir haben uns nie getroffen."

Ihre Augen wurden groß. „Sie ist eine entfernte Cousine von mir, Mylord. Sie sprechen von der unverheirateten Dame, die nahezu fünfzig Jahre alt ist?"

Er stöhnte innerlich. „Ich weiß nichts über sie. Sie hat auf meine Anzeige geantwortet und war bereit, im Austausch gegen einhundert Pfund an dieser Zeremonie teilzunehmen."

„Ach du liebe Güte! Ich dachte, Sie – oder Mr. Perry – wollten mir das Geld für unser Heim für Offizierswitwen geben!" Sie griff in ihr Handtäschchen und gab ihm den Beutel zurück. „Hier. Sie müssen dies Miss Ponsby aus Windsor geben. Ich glaube, sie braucht es."

In sich hineinknurrend schnappte er sich den Beutel. „Jetzt, Mylady, muss ich Sie bitten, mir zu sagen, warum Sie bei der Trauung mitgespielt haben." Obwohl John nicht eingebildet war, wusste er, dass Frauen ihn attraktiv fanden. Hatte diese Frau geplant, ihn für eine Ehe einzufangen?

Wieder antwortete sie einen Moment lang nicht. Schließlich hoben sich ihre Wimpern. „Ich dachte, ich sollte als Vertreterin der Braut einspringen."

„Aber ich habe doch gefragt, ob Sie ..." Er schloss den Mund wieder.

„Ich war überrascht, dass Sie meinen Namen kannten."

Sie wusste offensichtlich, wer er war. Fast hätte er glauben können, dass Grandmère ihm diese Herzogstochter angehängt hatte. Fast. Seine Großmutter war zu einem Betrug unfähig. Weil sie die ehrlichste Person war, die er je getroffen hatte, wusste er, dass seine Großmutter nie etwas so Hinterhältiges tun würde. „Nun, es ist ein verdammtes Chaos. Es tut mir leid, dass ich Sie in mein unordentliches Leben verwickelt habe. Ich werde sehen, ob mein Rechtsberater es arrangieren kann, diese ganze Heirat wieder zu annullieren.‟

Sie nickte ernst.

„Ich wäre Ihnen sehr dankbar, wenn Sie niemandem etwas darüber erzählen würden.‟

Ihre Brauen zogen sich zusammen, als sie wieder nickte.

„Ich werde Sie entweder am Berkeley Square aufsuchen oder Ihnen schreiben, wenn ich etwas weiß.‟

* * *

Wiggington lehnte sich in seinem Stuhl zurück und betrachtete John mit ernstem Gesicht. „Das Gesetz ist völlig klar, wenn es um eine Annullierung geht. Nur wenn Sie beweisen könnten, dass einer von Ihnen vor der Heirat unzurechnungsfähig war, kann eine Annullierung genehmigt werden.‟

Johns erster Gedanke ging zum Herzog von Aldridge. Die Vorstellung, dass er es zulassen würde, dass man sich über seine Schwester lustig machte, weil sie einen Irren geheiratet hatte, war lächerlich.

„Und, Mylord, ich bin sicher, dass Sie nicht im Oberhaus um eine Scheidung bitten wollen. Die hohen Kosten und die öffentliche Aufmerksamkeit lassen diese Möglichkeit ausgeschlossen erscheinen.‟

Erstens hatte John nicht die Mittel, eine Scheidung durchzuführen, und zweitens würde der Herzog von Aldridge es nie erlauben, dass seine Schwester auf diese Weise der Mittelpunkt eines so öffentlichen Skandals würde. Was sollte er tun? Er wusste, dass Wiggington seinen Klienten als Narren verfluchen musste. Hatte Wiggington ihm nicht gesagt, dass der Ehevertrag das ungewöhnlichste Dokument sei, das er je beurkundet hatte?

„Warum, Mylord, können Sie nicht einfach in ihrem ursprünglichen Plan fortfahren, nach der Zeremonie getrennte Wege zu gehen?"

„Weil mein ursprünglicher Plan nicht eine Heirat mit der Schwester des Herzogs von Aldridge vorsah! Ich dachte, ich würde eine Fremde heiraten – eine alte Jungfer, die froh über die hundert Pfund sein würde, die ich bot – aber wie es aussieht, habe ich die verdammte Nachbarin meiner Großmutter geheiratet." Er runzelte die Stirn. „Meine Großmutter ist unglaublich begeistert über diese Heirat."

„Sie sind sicher, dass Sie sich nicht von der Schwester des Herzogs trennen können? Wenn Ihre Großmutter so erfreut ist, wird sie jetzt sicher ihr Portemonnaie für sie öffnen."

John schüttelte den Kopf. „Sie wird erwarten, dass ich um diese Frau herumschwänzele. Glauben Sie mir, ich weiß, wie meine Großmutter denkt."

„Und ich nehme an, es gefällt Ihnen nicht, um eine Frau herumzuschwänzeln?"

„Mir wird davon übel."

Wiggington zuckte mit den Schultern. „Ich wünschte, ich könnte Ihnen helfen, aber es steht nicht in meiner Macht."

„Ich könnte so weiterleben, als ob keine Heirat stattgefunden hätte, aber was ist mit Lady Margaret? Ich fühle mich scheußlich, dass ich sie um die Gelegenheit gebracht habe, einen Mann ihrer Wahl zu heiraten."

Nachdem er Zeit gehabt hatte, über die Angelegenheit nachzudenken, verabscheute er sie weniger. Er hatte auch verstanden, dass ihre Schüchternheit der Grund dafür gewesen war, dass sie weder den Vikar noch ihn über die Zeremonie hatte ausfragen können.

„Lieber Gott. Ich hatte nicht an die Lage der unglücklichen Frau gedacht."

John stand auf. „Ich rechne darauf, dass Sie mit Anwälten und anderen Rechtsberatern diskutieren, ob es irgendeinen Präzedenzfall gibt, der es mir ermöglichen wird, diese unglückselige Verbindung zu lösen." Er stürmte aus der Kanzlei seines Rechtsberaters hinaus.

* * *

Wie ihr Bräutigam gefordert hatte, sagte Lady Margaret zu niemandem ein Wort über diese Scheinehe, aber dennoch beschäftigte sich jeder ihren Gedanken an diesem und dem nächsten Tag damit. Es war unmöglich, sich nicht daran zu erinnern, wie es sich angefühlt hatte, neben Lord Finchley zu stehen, Hand in Hand, als sie vor Gott und der Welt ihre Liebe beteuerten. Etwas, das nichts ähnelte, was sie jemals empfunden hatte, war über sie gekommen, als sie vor diesem Altar standen. Sie hatte sich erlaubt zu glauben, dass wirklich ihr Leben mit dem seinen verbunden werden würde. Ihr Herz war aufgegangen, als sie ihn beim Sprechen des Eheschwurs ihren Namen sagen hörte.

Sie wusste, dass sie völlig bar jeden Stolzes sein musste, auch nur darüber nachzudenken, wie sie aus der Scheinehe eine echte machen konnte, dennoch gingen deutlich alle ihre Gedanken in diese Richtung. Sie wusste, auch wenn sie neunzig Jahre alt werden würde, könnte sie nie einen Mann finden, der Lord Finchley an bloßer, ungezügelter Anziehungskraft überträfe. Für sie. Ganz offen gesagt, es gab keinen anderen Mann, den sie je gewollt hätte. Nur ihn.

Sie erinnerte sich auch an die Worte seiner Großmutter, wie sie Margaret gesagt hatte, dass er einen großartigen Ehemann abgeben würde. Würde er? Nichts könnte ihr besser gefallen, als seine Frau zu sein.

In Fleisch und Blut war Lord Finchley etwas größer, als sie gedacht hatte. Und obwohl sie ihn immer für ziemlich dünn gehalten hatte, war ihr aus der Nähe aufgefallen, dass er eine pantherähnliche Kraft ausstrahlte, vor allem durch seine muskulösen Oberschenkel, die in elegant geschnittenen Hosen gesteckt hatten. Obwohl er erlesen gekleidet war, verrieten doch sein Auftreten, die einfache Art, in der seine Krawatte gebunden war und das Fehlen von diamantenen Hemdknöpfen und Sporen, die andere Männer für notwendig hielten, eine Sorglosigkeit, die sie attraktiv fand.

Ihr Atem ging schwerer, als sie sich zurückrief, wie sie in die Vollkommenheit seines jugendlichen Gesichts geschaut hatte. Darin lag immer noch etwas von einem leichtsinnigen Jungen. Vielleicht lag es an der Art, wie sein mahagonifarbenes Haar ungeordnet in seine Stirn fiel, direkt über diesen teuflisch blitzenden schwarzen Augen. Margaret vermutete, dass das Grinsen, das er seiner Großmutter zeigte, ungefähr noch das gleiche war, das er als spitzbübischer Junge gezeigt hatte. Für Margaret gab es keinen Zweifel daran, dass er ein Lausejunge gewesen war. Und ein liederlicher junger Mann.

Es war ihr bedauerlicher Fluch, dass sie von einer so unerschütterlichen Anziehung durch einen überaus abstoßend berüchtigten Wüstling besessen war.

In ihrem ganzen Leben hatte sie nie ein

Geheimnis vor Caro gehabt – außer ihrer heimlichen Verehrung für Lord Finchley.

Und jetzt erzählte sie Caro nichts über diese Heirat. Sie hatte Lord Finchley ihr Wort gegeben, dass sie zu niemandem davon sprechen würde und in ihrem ganzen Leben hatte Margaret noch nie eine Unwahrheit gesagt. (Nun, außer, als sie der Gouvernante gestanden hatte, dass sie – nicht Caro, die wirkliche Schuldige – es gewesen wäre, die die Französischlehrbücher ins Feuer geworfen hatte.)

Es war schwierig, Caro nichts von einem so überaus wichtigen Ereignis zu erzählen. Aber Caro würde nicht verstehen, warum es so wichtig war, da Margaret ihr ganzes Leben lang Caro ihre Bewunderung für Lord Finchley verschwiegen hatte.

Es war sogar noch schwieriger, diese „Heirat" nicht mit der Herzogin zu besprechen. Die Frau ihres Bruders war die einzige Person, die von Margarets tiefen Gefühlen für seine Lordschaft wusste. Selbst wenn sie nicht durch ihr Wort Lord Finchley gegenüber gebunden wäre, hätte sie es Elizabeth doch nicht gebeichtet, weil sie wusste, dass Elizabeth alles mit Aldridge teilte und Margaret verlor fast den Verstand bei der Vorstellung, wie zornig ihr Bruder sein würde, wenn er erführe, dass sie einen Spieler, Frauenhelden und trinkenden Wüstling geheiratet hatte. Über Aldridges Drohungen gegen Viscount Morton wurde innerhalb der Familie noch im Flüsterton gesprochen – obwohl niemand genau wusste, was Lord Morton genau Sarah angetan hatte, um derartige Verachtung zu verdienen.

Selbst in der zweiten Nacht, als ihr Körper vor Müdigkeit schmerzte, konnte sie noch immer nicht schlafen. Schon graute der Morgen fast, als ihr ein brillanter Einfall kam. Sie setzte sich kerzengerade im Bett auf, ihr Herz schlug vor Aufregung schneller.

Sie dachte, dass sie vielleicht eine Möglichkeit gefunden hatte, Lord Finchley und ihr selbst genau das zu geben, was sie sich am meisten wünschten.

Jetzt musste sie nur noch ihm den Plan unterbreiten.

Kapitel 4

Sie hasste es, heute nicht zum Trent Square gehen zu können. Mit den Kindern dort zu arbeiten war das einzige, was Margaret je getan hatte, was ihr wirklich eine persönliche Befriedigung verschaffte. Aber ihre ganze Zukunft konnte davon abhängen, was sich heute zwischen ihr und Lord Finchley ereignete.

Um Caro und Elizabeth nicht anlügen zu müssen, blieb sie am Morgen lediglich weit über die Stunde, an der sie ihre Toilette hätten beginnen müssen, im Bett liegen und als Caro sie fragte, seufzte sie und sagte: „Es macht mich wirklich traurig, aber ich bin absolut nicht imstande, heute zum Trent Square zu gehen." Caro nahm selbstverständlich an, dass Margaret sich nicht wohl fühlte und gab eine ziemlich lange Rede voller guter Ratschläge, wie sie sich schneller würde erholen können, von sich.

Sobald ihre Schwestern Aldridge House verlassen hatten, sprang Margaret aus dem Bett, rief nach ihrer Zofe und wies sie an: „Lass mich aussehen wie eine richtige Schönheit!" Insgeheim wusste sie, dass das unmöglich war, aber es zählte nur, dass sie so schön wie möglich wirkte.

Sie hatte etliche Gedanken auf die Auswahl des moosgrünen Kleids verwendet. Jedes Mal, wenn sie dieses weiche, anliegende Musselinkleid getragen hatte, waren ihr viele Komplimente gemacht worden. Nicht nur, weil die Farbe ihr besonders gut stand, sondern auch, dachte sie, weil es ihren Busen vorteilhafter hervorhob als ihre anderen Kleider. Das bedeutete, dass, das grüne Kleid, wenn sie es trug, tatsächlich ihre weiblichen *Vorzüge* hervorhob, anstelle fast die Brust eines Jungen anzudeuten.

Schon in das Kleid gewandet, setzte sie sich an ihre Frisierkommode und beobachtete Annie intensiv dabei, wie sie ihre Haare frisierte. Das Mädchen war so begabt, dass Margaret sie für fähig hielt, einen Pinsel in eine Blume verwandeln zu können. In weniger als zwanzig Minuten gelang es der jungen Zofe, Margarets Haar aus einem unansehnlichen Gewirr in eine Frisur zu verwandeln, die einer griechischen Göttin würdig gewesen wäre.

Als Margaret aufstand und sich im Spiegel betrachtete, funkelten Annies Augen. „Mylady, ich denke, wir haben Ihre Erwartungen erfüllt. Sie sind eine Schönheit."

Margaret wusste, dass sie nie eine so außergewöhnliche Schönheit sein würde wie Elizabeths Schwägerin, die Marquise von Haverstock, aber sie war zufrieden, dass sie an diesem Nachmittag so gut aussah, wie es irgend möglich war.

Sie hatte viele Überlegungen angestellt, um die richtige Zeit für ihren Besuch in Finchley House zu wählen. Sie hatte einige Erfahrung mit wilden, jungen Männern, denn ihre beiden jüngsten Brüder – die sich jetzt beide bei Wellington befanden – waren schrecklich ausgelassen gewesen, bevor Aldridge ihnen Offizierspatente kaufte und sie zwang, in die Armee zu gehen. Sie hatten sich an allem beteiligt, wofür Lord Finchley jetzt berüchtigt war. Sie mieden Almack's und die

Aussicht, anständige junge Damen zu treffen; sie spielten um höhere Summen, als sie zur Verfügung hatten; sie hatten einen Hang zu Tänzerinnen aus der Oper; und sie nahmen groß Mengen alkoholischer Getränke zu sich, während sie bis zum Morgengrauen ausblieben – und schliefen daher bis weit in den Nachmittag.

Sie war sich ziemlich sicher, dass seine Lordschaft in seinem Bett liegen und schlafen würde, als sie bei Finchley House im Cavendish Square ankam.

Sie hatte ihr Haus leise verlassen und hatte den kurzen Fußweg zum Cavendish Square angetreten – mit einem Umweg nach St. George's, um eine Kerze anzuzünden. Sie fiel auf ihre Knie und betete, dass sie nicht ihr übliches, stummes Selbst sein würde, wenn sie versuchte, mit Lord Finchley zu sprechen.

Nachdem sie den Hanover Square verlassen hatte, übte sie, was sie sagen wollte. Zuerst stellte sie sich darauf ein, zu versuchen, Caro nachzuahmen. Caro war in ihrem Leben noch nie um Worte verlegen gewesen. *Ich muss so tun, als wäre ich Caro.* Außerdem wappnete sie sich für die Sünde, die sie zu begehen plante.

Denn Lady Margaret Ponsby, zweiundzwanzig Jahre alt, war dabei, zum zweiten Mal zu lügen.

Als sie in den Cavendish Square einbog, begann ihr Herz heftig zu schlagen. Sie wusste genau, welches Haus dem Earl von Finchley gehörte. Sie hatte es gewusst, seit sie ein kleines Mädchen gewesen war. Tatsächlich war es eines der bescheideneren Häuser am Cavendish Square.

Sie näherte sich der glänzenden, schwarzen Tür von Finchley House und ihre Hand zitterte, als sie den Klopfer betätigte. Keine Zelle in ihrem

Körper, die nicht auch zitterte. Sie machte ein weiteres, stilles Stoßgebet, dass ihre Stimme ihr inneres Beben nicht verraten würde.

Diese Bitte wurde *nicht* erfüllt. Als der Butler, ein Mann mittleren Alters, die Tür aufschwang und sie mit einem hochmütigen Blick durchbohrte, schwankte ihre Stimme, als sie sagte: „Lady Margaret *Finchley* zu Besuch für seine Lordschaft." Sie hätte bei dem Gedanken, Lady Finchley zu sein, ohnmächtig werden können.

* * *

Als Clark die Vorhänge von Johns Schlafzimmer öffnete, war Johns erster Instinkt, seinen treuen Diener anzubrüllen. Aber dann erinnerte er sich daran, dass er seinen Kammerdiener angewiesen hatte, ihn mittags zu wecken. Er war nicht wirklich sicher, ob er seine Augen schon würde öffnen können. Er war auch nicht sicher, dass er seinen dröhnenden Kopf würde von seinem Kissen heben können. Ein Jammer, dass Perry am Abend zuvor bei White's diese letzte Flasche Brandy geholt hatte. Oder war das gewesen, nachdem sie White's verlassen hatten? Verdammt wollte er sein, wenn er sich erinnern konnte.

„Ich habe vorausgesehen, dass Sie heute Morgen Ihre Arznei brauchen würden, Mylord", sagte der immer perfekte Kammerdiener, als er sich dem Bett des Earls mit einem Tablett in der Hand näherte, auf dem ein Glas stand.

„Sei ein guter Mann und hilf mir hoch. Ich fühle mich heute nicht so recht wohl."

Während Clark noch seinem Herrn behilflich war, klopfte es an der Tür. „Herein", krächzte John.

Sanford öffnete die Tür, betrat aber das Schlafzimmer seines Herrn nicht. Seine Brauen zogen sich zusammen, sein Gesichtsausdruck verkrampfte sich zu einem Fragezeichen. „Lord Finchley, ich soll Ihnen ausrichten, dass Lady Margaret *Finchley* auf Sie wartet."

Es dauerte ein paar Sekunden, bis John das verstand. Als ihm klar wurde, wer diese Margaret Finchley war, sprang er unflätig fluchend aus dem Bett, seine Kopfschmerzen gingen in der kochenden Wut, die ihn verzehrte, völlig unter.

„Es scheint, dass mein erster Eindruck, dass sie ein abscheuliches, hinterhältiges Frauenzimmer ist, richtig war", murmelte er in seinen Bart. Er hätte sich beinahe überzeugen lassen, dass sie nur schüchtern und scheu war. Ha!

„Erlauben Sie mir, Sie zu rasieren, Mylord, bevor Sie die Lady begrüßen", sagte Clark.

John ignorierte seinen Kammerdiener und schenkte dem wartenden Butler seine Aufmerksamkeit. „Sage Lady *Finchley*, dass ich sie in Kürze im Salon sehen werde."

Dann traf sein drohender Blick seinen Kammerdiener. „Ich werde mich nicht rasieren lassen, um dieser … dieser Klette gegenüberzutreten. Hilf mir beim Ankleiden!"

Zehn Minuten später betrat er seinen Salon. Die Dame stand dort und schaute aus einem der Fenster, die zum Square gingen. „Seien Sie so freundliche, Madam, und sagen Sie mir, was Sie hier tun – und warum Sie meinen Namen benutzen!"

Sie drehte sich um und schaute ihn mit einem niedergeschmetterten Ausdruck auf ihrem Gesicht an. Er war sich nicht sicher, dass sie nicht gleich anfangen würde zu weinen. Was dazu führte, dass er sich gemein fühlte. Obwohl er wusste, dass sie volljährig war, wirkte sie heute wie ein ängstliches Kind. Er musste zugeben, dass sie ein anmutiges Geschöpf war. Wenn er sich von tugendhaften jungen Damen angezogen fühlen würde, hätte sie ihm sicher sehr gefallen. So, wie die Dinge lagen, empfand er jedoch keine Zuneigung für solche Geschöpfe.

Seine Stimme wurde sanfter. „Wollen Sie sich nicht setzen?"

Sie nickte ernst und nahm auf einem Sofa nahe dem Kamin Platz. Er setzte sich auf ein identisches Sofa ihr gegenüber. Ihre Augen trafen sich für einen Moment. Jetzt erinnerte sie ihn noch mehr an ein verschrecktes Kind – oder einen sich duckenden Welpen. „Verzeihen Sie mir meinen Ausbruch", sagte er.

Sie nickte. Guter Gott, sie würde doch nicht weinen? Würde sie irgendetwas sagen?

Er wartete. Und wartete. Grandmère musste Recht haben damit, dass die Dame außergewöhnlich schüchtern war.

Schließlich holte sie tief Luft und begann zu sprechen. Er bemerkte ein Zittern in ihrer Stimme. „Verzeihen Sie mir, Mylord, dass ich Ihren Namen so benutzt habe."

„Ich schätze, Sie haben das Recht dazu, aber es wäre mir ebenso lieb, wenn Sie es nicht tun würden."

Ihre Blicke trafen sich wieder. „Weil Sie kein Bedürfnis haben, jemals an eine Frau gekettet zu sein?" Ihre Stimme war etwas schärfer geworden.

„Ich würde das einer Dame gegenüber nicht so ausdrücken, aber ja, Sie haben meine Gefühle über die Ehe sehr korrekt beschrieben."

Sie nickte. „Ich freue mich, das zu hören, Mylord. Wir sind uns in unserer Abneigung der Ehe völlig einig."

Er zog seine Brauen hoch. „Ich habe noch nie von einer Frau gehört, die nicht verheiratet sein wollte."

„Das liegt daran, dass das Leben als unverheiratete Frau so völlig unattraktiv ist. Ich möchte keine alte Jungfer sein. Eine verheiratete Frau hat so viele Möglichkeiten – ihr eigenes Heim und eine angesehene Stellung in der Gesellschaft nicht einmal erwähnt."

So hatte er das noch nie betrachtet. Bei Jupiter! Sie hatte Recht. Aber was war mit Liebe? „Ich dachte, alle Frauen träumten davon, sich zu verlieben."

„Ich habe nie einen Mann getroffen, dem ich mein Herz anvertrauen würde und ich habe die Horde von Mitgiftjägern, die mir ständig den Hof machen, herzlich satt."

Also war sie eine vielbegehrte, gute Partie? Hmm.

Bevor er antworten konnte, fuhr sie fort. Vielleicht war sie gar nicht so schüchtern. „Ungeachtet ihrer Abneigung gegen die Ehefesseln, gehe ich Recht in der Annahme, dass Sie durchaus glücklich wären, die Hände auf meine Mitgift von dreißigtausend Pfund legen zu dürfen?" Sie sah ihn unter hochgezogenen Brauen an.

Sein Hals wurde trocken. Nicht einmal seine Großmutter verstand ihn so gut wie diese Frau. Er räusperte sich. „Ich muss zugeben, dass eine solche Aussicht durchaus etwas für sich hat."

Sie zuckte mit den Schultern und schenkte ihm ein Lächeln. „Dann schlage ich vor, dass wir so tun, als wären wir ein glücklich verheiratetes Paar. Ich hoffe, mir nicht zu schmeicheln, wenn ich sage, dass unsere Heirat Ihre Großmutter überaus glücklich machen wird, und ich wäre gerne die Herrin dieses Hauses."

Sein Mund blieb offen stehen, aber sie sprach weiter. Mit Sicherheit konnte er nicht sehen, dass sie schüchtern war. Die Dame machte ihm praktisch einen Heiratsantrag! „Ich würde von Eurer Lordschaft nie erwarten, dass Sie mir Ihre Aufmerksamkeit schenken müssten. Sie wären frei, Ihr Leben genauso fortzusetzen wie bisher." Sie holte tief Luft und fügte hinzu: „Sie könnten auch Ihre ... Beziehungen zu diesen Frauen fortführen, für die Sie bekannt sind."

„Moment mal, Lady Margaret! Sie sollten nicht über solche Dinge sprechen!"

„Oh, sobald ich hier einziehe, werde ich das nicht mehr tun."

Einziehen? Er zuckte zusammen. Das letzte, was er sich wünschte – außer einer Ehefrau, die wirklich das allerletzte war, was er wollte – war, eine anständige Frau unter seinem Dach leben zu haben. Sie würde wissen, zu welcher Zeit er nach Hause kam. Sie würde es wissen, wenn er *nicht* nach Hause kam. Sie würde vermutlich sogar von ihm erwarten, anwesend zu sein, wenn sie in Finchley House Soireen und Bälle gab, wie seine Mutter es zu tun pflegte.

Wie zum Teufel sollte er hierauf reagieren? Ihm fehlten wahrhaftig die Worte. Er blieb dort sitzen und sein schockierter Blick senkte sich in den ihren.

„Es wäre fast so, als würden Sie Ihren Freund Christopher Perry unter Ihrem Dach wohnen lassen."

Woher zum Teufel wusste diese Frau, dass Perry sein bester Freund war? „Madam, ich vermag nicht zu sehen, wie Sie sich mit Mr. Perry vergleichen können – mit dem, wie ich Ihnen versichern kann, ich *niemals* einen Wohnsitz zu teilen gewünscht habe."

Sie seufzte. „Ich meine, dass ich für Sie das gleiche sein möchte wie Mr. Perry. Ein Freund. Nicht mehr. Ich schlage ihnen eine Vereinbarung vor, dass wir einander treue und loyale Freunde sein werden. Als Gegenleistung dafür, dass Sie mir Ihren Namen und die dazugehörige Stellung als Herrin von Finchley House geben, werden Ihre finanziellen Schwierigkeiten vermutlich erledigt sein, wenn Sie meine Mitgift erhalten – und die Zustimmung Ihrer Großmutter. Meinen Sie nicht, dass sie dann einiges von ihrem Vermögen auf Sie übertragen würde?"

Sie ließ es so harmlos klingen. Sogar vielversprechend. Ein Jammer, dass der Plan der Dame nicht funktionieren würde. Diese jungfräuliche Schwester eines Herzogs mochte ihn ja verstehen, aber sie verstand mit Sicherheit seine Großmutter nicht. „Solange ich mit dem fortfahre, was Grandmère meine ausschweifenden Gewohnheiten nennt, wird sie mir niemals ihre Börse öffnen."

Lady Margarets Brauen sanken herab. „Darf ich fragen, warum Sie dann dachten, dass eine Scheinehe mit *Miss* Margaret Ponsby aus Windsor Ihre Großmutter an diesem Punkt zufriedenstellen würde?"

„Ich benötigte verzweifelt eine zeitweise Unterstützung von meiner Großmutter. Ich wusste, sobald sie die Einzelheiten über diese Heirat erführe, würde sie mir ihr Geld wieder vorenthalten."

„Dann sollten wir nicht über eine zweitweise, sondern eine endgültige Lösung für ihre Schwierigkeiten nachdenken." Ihre Wimpern senkten sich und ein nachdenklicher Ausdruck huschte über ihr Gesicht.

Endlich hatte sie aufgehört zu plappern.

Ein paar Augenblicke war der Raum so still, dass das einzige Geräusch, das er hören konnte, der entfernte und unregelmäßige Hufschlag von Pferden auf der Straße unten war. Er war unfähig, einen einzigen Grund (außer Geld) zu finden, warum er dem haarsträubenden Vorschlag dieser Dame zustimmen sollte, aber er konnte mit Sicherheit eine lange Liste von Gründen aufstellen, warum er ihn ablehnen sollte.

„Euer Lordschaft!"

Furcht durchfuhr ihn, als er fragend seine Brauen hob und ihren aufgeregten Blick sah.

„Wir könnten einen Teil Ihrer neuerworbenen Mittel dafür verwenden, die Klatschreporter der Zeitungen zu bestechen, damit sie Ihren Namen aus den Veröffentlichungen *heraushalten* – was, wie ich positiv weiß, das ist, was der Prinzregent tut. Auf diese Weise wird Ihre Großmutter nicht erfahren, dass Sie ihre ausschw..." Sie hüstelte. „... ihre *früheren* Gewohnheiten fortsetzen, die ihr zuwider sind."

Diese Idee hatte etwas für sich. Er begann, über all die Dinge nachzudenken, die er mit dem Vermögen der Dame und mit einer zusätzlichen Schenkung seiner Großmutter tun könnte. Er könnte seine Kutsche und die Pferde wiederhaben. Er würde seinen Reitknecht und seinen Kutscher wieder einstellen können. Er könnte wieder zu den Rennen nach Newmarket fahren, die er so sehr genoss. Er könnte sogar hübsche, junge Tänzerinnen der Oper protegieren. Ja, tatsächlich, die Lage sah erfreulicher aus. Er nickte. „Das ist tatsächlich bedenkenswert."

„Und seien Sie versichert, Euer Lordschaft, dass ich es übernehmen werde, Ihre Großmutter – die ich immer schon ausgesprochen gerne hatte - mit Aufmerksamkeiten zu überschütten und nie aufhören werde, Ihre Häuslichkeit in ihrer Gegenwart zu loben."

Das Wort alleine hatte die Macht, ihn zusammenzucken zu lassen. Könnte etwas weniger anziehen sein als *Häuslichkeit*? „Wie klug Sie sind", sagte er, ohne überzeugend zu klingen.

„Mylord?"

„Ja?"

„Sagten Sie nicht Ihrer Großmutter, wir würden eine Hochzeitsreise machen?"

„Das machte ich, um Zeit zu gewinnen. Sie ist so begierig darauf, Lord Finchley und seine neue Lady der Gesellschaft zu präsentieren."

„Da Sie nicht beabsichtigen, eine Dame der Gesellschaft zu heiraten, warum sollte es Sie stören, wenn man glaubt, dass Sie mit mir verheiratet sind?"

Da hatte sie irgendwie Recht. Es störte ihn nicht im Geringsten, ob die Damen der guten Gesellschaft glaubten, dass er mit ihr verheiratet wäre. „Ich habe kein Problem damit, der Gesellschaft zu erklären, dass ich Sie geheiratet habe." Wogegen er etwas hatte, war die Ehe. Jede Ehe, in der er der Ehemann war.

„Gut. Dann sind Sie damit einverstanden, dass wir dieses große Schauspiel starten? Soll ich meinem Bruder die Neuigkeit heute mitteilen? Vielleicht könnte ich heute am späten Nachmittag hier einziehen."

Sein Magen drehte sich um. Aus vielen, vielen Gründen. Gott, er hatte nicht an ihren Bruder gedacht. Der Herzog von Aldridge war gut dafür bekannt, seine Schwestern besonders gut zu beschützen. Würde er verlangen, dass John ständig um seine *Ehefrau* herumtanzte?

Alleine an Lady Margaret als seine Ehefrau zu denken, war ebenso widerwärtig wie die Vorstellung von Häuslichkeit. Er schluckte, es kratzte in seinem rauen Hals. „Vielleicht sollten Sie ihren großartigen Verstand über eine andere Lösung nachdenken lassen. Diese ganze Idee mit dem Zusammenleben unter demselben Dach ist ..." *Beschämend*, aber das konnte er ihr nicht sagen. „Nicht attraktiv."

Ihr Gesicht verdunkelte sich. Er fürchtete, dass sie anfangen würde zu weinen. Er hatte weinende Frauen nie ertragen können, vor allem aber nicht diese Frau, da er wusste, dass er für ihre unglückliche Situation verantwortlich war. Wenn er nicht diesen albernen Plan erfunden hätte, der zu der Hochzeitszeremonie am Hanover Square geführt hatte, wäre sie heute nicht hier. Sie hätte ihn nicht nach Recht und Gesetz geheiratet. Und sie würde ihm keinen so abscheulichen Vorschlag machen, wie den, unter demselben Dach wie er zu leben!

Guter Gott, sie fing an zu weinen! Sie drehte den Kopf zum Kamin, damit er ihre Augen nicht sehen konnte, aber das leichte Zucken ihrer Schultern, das ein verräterisches Zeichen für ihr Weinen war, konnte ihm nicht entgehen.

Er fühlte sich wie der letzte Unmensch. Hier suchte die Dame nach der besten Möglichkeit, ihm sein Vermögen zu sichern und er kränkte sie.

„Verzeihen Sie mir Mylady, wenn ich Sie irgendwie gekränkt habe. Ich versichere Ihnen, wäre ich auf der Suche nach einer Ehefrau, könnte ich keine bessere als Sie finden."

Sie reagierte nicht darauf, aber er konnte feststellen, dass ihr Schluchzen stärker wurde.

Schließlich stand sie langsam vom Sofa auf, wobei sie ihm keine Sekunde einen Blick auf ihr Gesicht und ihre vermutlich roten Augen erlaubte, und bewegte sich dann langsam auf die Tür zu.

Was zum Teufel sollte er tun? Dieses eine Mal musste er die Gefühle eines anderen Menschen über seine eigenen Wünsche stellen. Er sprang auf die Füße und eilte, um die Tür zu verstellen. Sie stand augenblicklich still und wandte ihr Gesicht ab, damit er es nicht sehen konnte.

„Verzeihen Sie mir, Mylady", sagte er mit sanfter Stimme, „wenn ich Sie irgendwie gekränkt habe. Können Sie mir ehrlich versichern, dass Sie keine Einwände dagegen haben, mit einem von Londons berüchtigtsten Wüstlingen verheiratet zu sein?"

Sie holte tief Luft. „Ich habe keine Einwände erhoben."

Er holte auch tief Luft und bereitete sich darauf vor, eine faustdicke Lüge auszusprechen. „Dann, Madam, werde ich mit Freuden Ihr Ehemann sein."

Kapitel 5

Man hätte meinen können, sie wäre einen Berg hinaufgerannt. Ihr schwerer Atem wollte sich nicht wieder beruhigen. Den ganzen Weg zurück zum Berkeley Square zitterte sie. Sie war noch immer erstaunt, dass ihr Trick, in Caros sachlicher Art zu sprechen, tatsächlich funktioniert hatte. Nicht einmal während ihres Zusammenseins mit Lord Finchley war sie in ihr gewöhnliches, stummes Selbst zurückgefallen. Es hatte, wie sie zugeben musste, unbeirrbare Entschlossenheit und Konzentration gekostet, sich ständig zu fragen, wie Caro handeln würde und seiner Lordschaft weitere Gründe vorzulegen, warum diese Ehe für sie beide vorteilhaft sein würde.

Sie war noch erstaunter, dass er schließlich zugestimmt hatte, dass sie als verheiratetes Paar zusammenleben würden – zumindest dem äußeren Schein nach. Die bloße Idee, dass sie Lady Finchley war, Ehefrau des einzigen Mannes, zu dem sie sich je hingezogen gefühlt hatte, berührte sie zutiefst. Es war, als hätte sie eine ganze Flasche Champagner zu sich genommen. Und mehr.

Aber als sie sich Aldridge House näherte, wissend, dass sie ihrem Bruder diese Neuigkeiten beibringen musste, wurde sie von Furcht überwältigt. Obwohl er streng war, hatte ihr Bruder ihr noch nie so viel Angst eingeflößt. Er war ein freundlicher Bruder und ein guter Mann. Es war höchst unglücklich, dass ganz London dachte, Lord Finchley sei ein unverbesserlicher Wüstling. Sie erinnerte sich noch an Aldridges heftige Abneigung gegen Viscount Morton, der ein Verehrer ihrer älteren Schwester Sarah gewesen war. Bis zum heutigen Tag war Viscount Morton nicht nach England zurückgekehrt.

Schlimmer noch als Lord Finchleys Ruf war die Tatsache, dass sie die Ehe ihrem Bruder und der ganzen Familie verschwiegen hatte. Wie konnte sie je diese unvorstellbaren Zufälle erklären, die zu ihrer Vermählung mit John Beauclerc, dem Earl of Finchley, geführt hatten? Sie konnte es nicht. Jeder sollte glauben, dass diese Ehe für beide Parteien gleichermaßen erwünscht war. Wegen ihrer Abneigung gegen das Lügen musste dies so dargestellt werden, ohne dabei etwas Unwahres zu sagen.

Es war schrecklich beschämend, dass sie Lord Finchley darüber belogen hatte, wie viele Männer ihre Hand zur Ehe wünschten, und über ihre Abneigung gegen eine Ehe. Vor dieser verwerflichen Handlung hatte sie sich selbst überzeugt, dass ihr Ziel, die Frau seiner Lordschaft zu werden, die gemeine Methode, Unwahrheiten zu sagen, rechtfertigte, jedoch fühlte sie sich noch überaus schuldig wegen dieser List.

Als sie um die Ecke in den Berkeley Square einbog, kam ihr eine glänzende Idee. Elizabeth konnte ihr dabei helfen, ihrem Bruder diese Nachricht beizubringen. Elizabeth kannte Margarets Gefühle für Lord Finchley.

Zu Hause ging Margaret sofort in Elizabeths Arbeitszimmer, wo Elizabeth an einem

goldverzierten, französischen Schreibtisch saß
und einen Brief schrieb. Die hübsche Blonde
schaute ihre Schwägerin an, schenkte ihr ein
Lächeln und legte ihre Feder nieder.

Margaret holte tief Luft und ließ sich auf den
Fenstersitz des Zimmers fallen.

Elizabeth zog die Brauen zusammen. „Was ist
los mit dir? Du zitterst ja." Ihr Blick streifte
Margarets schönes Kleid. „Du hättest nicht
ausgehen sollen, nachdem es dir heute Morgen
nicht gut ging. Soll ich den Apotheker holen?"

„Mit mir ist alles in Ordnung. Ich bin sehr
glücklich, aber nervös, weil ich meinem Bruder
die Nachricht von einem gewissen Ereignis
beibringen muss."

„Was, wenn ich fragen darf, ist dieses *Ereignis*?"

Margarets Stimme bebte, als sie sagte: „Ich
habe den Mann meiner Träume geheiratet."

Ein unartikulierter Schrei entrang sich der
Herzogin. „Das kann nicht dein Ernst sein! Bitte
sag mir, dass du *nicht* Lord Finchley geheiratet
hast!"

„Doch, das habe ich, und ich könnte nicht
glücklicher sein."

„Ich bin selbstverständlich überhaupt nicht mit
deinem Verhalten einverstanden." Die Herzogin
schüttelte den Kopf, als ob alles verloren sei, dann
senkte sie die Stimme. „Weil ich dich liebe, wollte
ich dich mit einem guten Mann verheiratet sehen,
der dich und alle deine guten Eigenschaften zu
schätzen weiß. Ich glaube nicht, dass Lord
Finchley dieser Mann ist."

„Ich wollte nie einen anderen."

Die Herzogin antwortete nicht. Stille erfüllte
den Raum wie bei einer Beerdigung.

Schließlich ergriff Elizabeth das Wort. „Liege ich

richtig, wenn ich annehme, dass Lord Finchley deine Mitgift benötigt?"

Margaret nickte.

„Es tut mir so leid. Ich befürchte, dass es für dich mit einem gebrochenen Herzen enden wird."

„Ich weiß, dass er mich nicht liebt. Ich bin darauf gefasst zu warten. Jahre, wenn es sein muss. Ich hoffe, dass er eines Tages mich und die gute Ehefrau, die ich ihm sein werde, schätzen *wird*. Seine Großmutter sagte mir, dass er unter seiner liederlichen Art ein guter und edler Mann sei. Ich glaube ihr."

„Ich will zugeben, dass die verwitwete Gräfin eine kluge Frau ist, aber ihre Liebe zu ihrem einzigen Enkel könnte ihre Meinung über Finchley beeinflussen."

„Die Zeit wird es zeigen."

„Ich fürchte, dein Bruder wird zornig sein, weil er nicht gefragt wurde. Er wird böse sein, dass bereits alles vorbei ist und auch böse, weil du einen berüchtigten Spieler und Wüstling geheiratet hast."

„Ich weiß."

Elizabeth hob den Blick, um Margaret anzusehen. „Ich schätze, du möchtest, dass ich Philip die Neuigkeiten beibringe?"

Margaret nickte. „Du kennst meine Gefühle für Lor... für meinen Mann. Du bist die einzige, der ich je davon erzählt habe. Ich glaube, dass du es fertigbringen wirst, Aldridge zu vermitteln, wie vernarrt ich in den Mann bin, den ich geheiratet habe. Und ... erinnere ihn daran, dass ich volljährig bin."

„Philip wird heute Abend mit uns essen. Ich werde ihn vor dem Essen unter vier Augen sehen und ihm diese enttäuschende Mitteilung machen."

Margaret stand auf. „Ich danke dir."

Als sie das malachitgrün eingerichtete Arbeitszimmer der Herzogin verließ, fühlte sie sich, als wäre ihr ein Stein in der Größe des Felsens von Gibraltar vom Herzen gefallen. Sogar ihr Zittern legte sich. Sie war erleichtert, dass sie keine einzige Unwahrheit hatte aussprechen müssen.

Jetzt musste sie es Caro erzählen.

* * *

Sie und Caro hatten immer ein Zimmer geteilt. Nur elf Monate trennten sie altersmäßig voneinander und sie wurden oft für Zwillinge gehalten. Es war überaus merkwürdig, dass die jüngere Schwester die dominierende war. Selbst als sie Kleinkinder waren, hatte sich die schüchterne Margaret stets ihrer kleinen Schwester untergeordnet. Dazu kam, dass Margaret spät sprechen lernte, Caro aber schon in ganzen Sätzen bildete, als sie gerade ihren ersten Geburtstag gefeiert hatte.

Sie hatte nie aufgehört zu reden. Margaret hatte sich damit zufriedengegeben, im Hintergrund zu verblassen, während Caro eine glänzende Persönlichkeit entwickelte.

Sie standen sich überaus nahe und hatten alles miteinander geteilt, sich alles anvertraut. Alles, außer Margarets Schwärmerei für Lord Finchley.

Sie wusste, dass Caro dagegen sein würde. Weil Caro Margaret mehr als jeden anderen liebte, wollte sie ihre Schwester immer vor unpassenden Männern beschützen. Und jeder hielt den verschwenderischen Lord Finchley für unpassend. Obwohl er ein Earl war.

Margaret betrat das Schlafzimmer. Caro saß

auf einem Stuhl und las in einem ziemlich dicken Buch, von dem sie aufsah. „Ich finde es nicht gut, dass du ausgegangen bist, nachdem du heute Morgen krank warst. Du könntest dir eine Lungenentzündung geholt haben!"

„Ich versichere dir, Liebes, es ist mir nie besser gegangen."

Caro betrachtete sie nachdenklich. „Ich muss zugeben, dein Gesicht sieht irgendwie ... blühend aus. Wo bist du gewesen?"

„Ich habe dir so viel zu erzählen", sagte Margaret ernsthaft, als sie sich auf einen Stuhl fallen ließ, der von Caros durch einen kleinen Leuchtertisch getrennt war. Sie holte tief Luft. „Ich war bei meinem Ehemann."

Caros Buch klappte mit einem Schlag zu. Ihr Mund stand offen. Ihre Augen wurden groß. Zum ersten Mal in ihrem ganzen Leben war Caro die stumme Schwester.

Nach einigen Augenblicken sagte sie: „Du scherzt."

Margaret schüttelte ihren Kopf. „Ich habe heimlich Lord Finchley geheiratet."

„Nicht ihn!" Caro zuckte zusammen, als wäre sie von einem Pfeil durchbohrt worden.

„Ich denke, wir werden recht gut zusammenpassen."

Caro zog die Brauen zusammen. „Du hättest keinen schlechteren Mann wählen können!"

Margaret richtete sich auf und sprach mit ungewohnter Autorität. „Ich werde dir nicht erlauben, schlecht über meinen Mann zu reden!"

„Lieber Gott, erzähle mir nicht, dass du ihn liebst, diesen ... Lebemann!"

Die Augen der älteren Schwester wurden schmal. „Ich werde keine Beleidigung des Mannes, den ich geheiratet habe, dulden."

Tränen sammelten sich in Caros Augen. Sie vergrub ihr Gesicht in den Händen und weinte.

Margaret verstand alle die verschiedenen Gefühle, die in ihrer geliebten Schwester widerstreitend Chaos hervorriefen. Eine Heirat würde bedeuten, dass sie voneinander getrennt werden würden. Sie waren seit dem Tag von Caros Geburt jeden Tag zusammen gewesen. Dazu kam der Schock durch diese völlig unerwartete Ankündigung. Und schließlich war Caro derselben Meinung wie alle Menschen, die Margaret liebten, und befürchtete, dass diese Ehe mit einem berüchtigten Wüstling Margaret nichts als Kummer einbringen würde.

Wie es sie schmerzte, Caros Schultern vor Schluchzen beben zu sehen. Sie stand von ihrem Stuhl auf und kam, um ihre Schwester zu trösten. „Bitte, wein' doch nicht. Ich kann dir gar nicht sagen, wie glücklich ich bin, Lady Finchley zu sein."

Caro hob ihr gerötetes, tränenüberströmtes Gesicht. „Warum er? Von allen Männern. Ich wusste nicht einmal, dass du ihn kennst."

„Ich weiß, dass es ein Schock für dich ist. Es war falsch von mir, dir meine Bewunderung für Lord Finchley zu verschweigen, aber ich wusste, dass er dir nie gefallen würde und ich hätte mir nie träumen lassen, dass irgendetwas so ... so Wundervolles aus meiner Zuneigung für ihn entstehen könnte."

„Wie konntest du so etwas vor mir verbergen? Ich habe dir endlos von jedem Mann, für den ich mich auch nur im Geringsten interessiert habe, vorgeschwätzt."

„Ich wusste, dass du dagegen sein würdest."

„In der Tat! Du kannst einen viel bes…"
Erneutes Schluchzen überkam sie.

Margaret klopfte ihrer Schwester auf die zuckenden Schultern. „Bitte denke nicht an meine Heirat als etwas Schlechtes. Sie hat mich ungemein glücklich gemacht. Und es ist ja auch nicht so, als ob wir uns nicht mehr jeden Tag sehen würden. Finchley House ist nicht weit, und ich werde auch weiter mit euch zum Trent Square gehen."

„Wenn du dich mir nur anvertraut hättest." Schnüff. Schnüff. „Ich hätte es dir ausreden können."

Margaret richtete sich auf. „Genau deshalb habe ich es dir *nicht* anvertraut."

Caro weinte weiter, und als sie endlich ihre Fassung wiedererlangte, sah sie zu Margaret auf. „Ich werde dich vermissen."

„Ich muss zugeben, nicht länger mit meiner liebsten Schwester zusammenzuleben wird schwierig sein, aber wir haben immer gewusst, dass wir irgendwann heiraten würden."

„Das stimmt. Und du hast natürlich das Alter dazu. Hast du es Aldridge schon gesagt?"

„Elizabeth wird es ihm heute sagen."

„Er wird wütend sein."

Der bloße Gedanke an die Missbilligung ihres Bruders ließ ihre Laune noch weiter sinken.

* * *

Zwei Tage, nachdem er dem Vorschlag Lady Margarets zugestimmt hatte, stellte John fest, dass er zitterte, als er in die Bibliothek des Herzogs von Aldridge trat. Mit jedem Schritt, den er weiter in das dunkle Zimmer hineinging, verfluchte er sich für den irrsinnigen Plan, der in der verwünschten Zeremonie in St. Georges geendet hatte. *Hanover Square*. Warum hatte er nicht genau gesagt, welche Kirche? Warum, oh, warum nur hatte er überhaupt jemals einen so dämlichen Einfall gehabt?

Er war sich vage bewusst, dass der Herzog von Aldridge aufstand, als er den Raum betrat. Ein Feuer brannte im Kamin und eine einzelne Öllampe erhellte den Schreibtisch. Selbst die Wände dieses unheilvollen Raums waren dunkel. Vermutlich waren sie mit Walnuss oder einem ähnlichen Holz getäfelt.

„Möchten Sie sich nicht ans Feuer setzen, Lord Finchley?" Der Stimme des Herzogs mangelte es an Wärme, aber zumindest war er nicht offen feindselig.

John gelang eine kurze Verbeugung, er nickte dem Herzog zu und sank dann auf ein rotes, samtbezogenes Sofa. Aldridge schlenderte zum Feuer herüber und stellte sich dort hin, sein stahlharter Blick bohrte sich in Johns. Groß, dunkel und kraftvoll, wie er war, hatte der Herzog von Aldridge eine äußerst ernste Ausstrahlung.

„Lassen Sie mich beginnen", sagte Aldridge. „Ich bin mir darüber im Klaren, dass meine Schwester volljährig ist und sich frei für einen Partner ihrer Wahl entscheiden kann, aber ich kann Ihnen meine Missbilligung über Ihre heimliche Heirat nicht verhehlen. Ich muss Ihnen die Schuld dafür geben, dass Sie meine Schwester mit ihrem sanften Charakter zu einer so geheimen Affäre gedrängt haben, weil Sie wussten, dass ich nie mit Ihnen als Margarets Ehemann einverstanden sein würde."

John konnte nichts tun, als zustimmend zu nicken. „Ja, ich wusste, dass Sie alles in Ihrer Macht Stehende tun würden, um Lady Margaret

daran zu hindern, jemanden wie mich zu
ehelichen." John war recht zufrieden mit sich,
dass er keine Unwahrheit gesagt hatte. Trotzdem.
Wie zum Teufel sollte er über dieser Heirat
sprechen, die er selbst so abgelehnt hatte? Er
konnte kaum schwören, dass er der Schwester
des Mannes ein ergebener Ehemann sein würde.
Das wäre eine unverschämte Lüge. Auch
behaupten, dass er Lady Margaret liebte, könnte
er nicht.

„Es ist mir bekannt, Finchley, dass Sie große
Summen an Schulden haben und ich bin davon
überzeugt, dass sie die Ehe mit Margaret
eingegangen sind, um Ihre Hände auf die Mitgift
legen zu können."

„Ich will nicht abstreiten, dass dies ein starkes
Argument war, aber Sie müssen doch zugeben,
dass Lady Margaret ein anziehendes Geschöpf ist.
Welcher Mann würde sich nicht wünschen, sie zu
erlangen? Ich muss mich überaus glücklich
schätzen, der Mann zu sein, den …" - er wollte
Lady Margaret sagen, aber entschied sich wegen
des besseren Klangs für *meine Frau* – „meine Frau
gewählt hat." Wieder war John sehr erfreut, dass
er beim Fortfahren sich nicht dazu hatte
entscheiden müssen, Lügen zu erzählen.

„Warum ein so vernünftiges Mädchen wie
Margaret Sie zu heiraten wünschte, entzieht sich
meinem Verständnis", murmelte seine Gnaden.

Um die Wahrheit zu sagen, fragte John sich
genau das gleiche. John war zufrieden damit,
dass Lady Margaret, im Unterschied zu anderen
jungen Damen, sich tatsächlich keine Liebesehe
wünschte.

Der Blick des Herzogs fiel auf die Papiere, die
John fest in seiner Hand hielt. „Ich sehe, Sie

haben die Dokumente mitgebracht, die mein Bevollmächtigter Ihnen gestern überbracht hat. Haben Sie in Bezug auf den Ehevertrag und die meiner Schwester überschriebene Summe irgendwelche Fragen?"

„Nein, Euer Gnaden. Sie sind sehr großzügig."

„Sie haben unterschrieben?"

John nickte.

Aldridges Augen verwandelten sich in schmale Schlitze, als er dort stand, mit dem krachenden Feuer im Rücken, und John mit offener Feindseligkeit ansah. „Ich warne Sie, Finchley, wenn ich erfahre, dass Sie eine so großzügige Mitgift an die Dame Fortuna oder an halbseidene Frauen verschwendet haben, werde ich alles tun, was in meiner Macht steht, um dafür zu sorgen, dass Sie ruiniert werden."

Wenn die Haltung des Herzogs noch Momente zuvor steif gewesen war, erschien sie jetzt drohend. John dachte, der Herzog wünschte seinen Tod. Seine Kehle wurde so trocken wie ein verbrannter Toast. „Es ist eine wirklich großzügige Mitgift, Euer Gnaden, und ich versichere Ihnen, dass ich nicht vorhabe, sie zu verschwenden. Es ist jedoch wahr, dass ich viele Gläubiger habe, die sich über den Ausgleich meiner Schulden sehr freuen werden."

Der Herzog redete mit ihm fast genauso wie Grandmère. John grub in seinem Gedächtnis, um sich an all diese Dinge zu erinnern, die seine Großmutter immer betonte, wenn sie ihn zu sich rief, um ihm tüchtig den Kopf zu waschen. „Ich denke, die Ehe mit Ihrer wundervollen Schwester wird mir die Reife verleihen, die mir bislang fehlte. Ich muss mir andere Ziele setzen, als die Gewohnheiten zu verfolgen, die zu meinem Ruf als

...“ Er schluckte. „... als Lebemann beigetragen haben.“

„Das glaube ich, wenn ich es sehe“, sagte Aldridge mit einer Stimme wie ein gestrenger Vater. Er holte tief Luft, sein Blick ließ John keinen Moment los. „Ich habe andere Forderungen an Sie, Forderungen, die nicht schriftlich niedergelegt wurden.“

Trotz des Feuers fühlte John, als würde ein eisiger Guss Wassers seinen Rücken hinabrinnen. „Was für Forderungen?“

„Wenn ich jemals lerne, dass Sie meine Schwester nicht mit Respekt behandelt haben, werde ich Sie ruinieren. Sie werden sie *niemals* der Lächerlichkeit preisgeben. Keine Operntänzerinnen. Keine wochenlangen Spiel- oder Sauftouren. Wenn sie sie jemals verletzen – am Körper oder in ihren Gefühlen – werde ich Sie bis ans Ende der Welt jagen und mein Bestes tun, Sie in einem fairen Kampf zu töten. Selbst, wenn das bedeutet, den Mann zu vernichten, den meine Schwester liebt.“

John fühlte sich, als hätte er eine Ohrfeige bekommen. In was für eine verteufelte Lage hatte er sich gebracht? Hatte er nicht die Mitgift der Dame genau deshalb gewollt, um die Dinge tun zu können, die ihm der Herzog jetzt untersagen wollte? *Guter Gott, keine Operntänzerinnen?* Was gab diesem scheinheiligen Herzog das Recht, John sein Verhalten zu diktieren?

Die beiden Männer starrten sich an, ihre Feindseligkeit konnte man fast mit Händen greifen.

Nach einigen Augenblicken sprach der Herzog. „Ich glaube, meine Forderungen stehen im Einklang mit denen Ihrer Großmutter.“

John nickte.

„Sie sind noch jung. Ehe und Vaterschaft können einen guten Mann aus Ihnen machen – wenn Sie es zulassen."

Vaterschaft? Guter Gott, er wollte nicht mit Lady Margaret schlafen! Sie war nicht sein Typ. Überhaupt nicht. Sie hatte nicht einen dieser üppigen Körper, wie er sie bewunderte.

Nachdem er den großzügigen Ehevertrag gesehen hatte, war John heute recht zufrieden hierhergekommen. Aber jetzt kam es ihm vor, als würde er in ein Gefängnis gehen, das dazu gedacht war, ihm jedes Vergnügen, dass das Leben zu bieten hatte, zu nehmen.

Nie hatte er sich niedergeschlagener gefühlt.

„Wenn Sie so gegen diese Ehe eingestellt sind, Euer Gnaden, möchten Sie sie vielleicht auflösen lassen." John hob hoffnungsvoll eine Augenbraue.

Ein stürmischer Ausdruck breitete sich auf dem Gesicht des Herzogs aus. „Niemals würde ich so etwas Scheußliches tun, nichts, was Margaret ins Gerede bringen würde. Von allen meinen Schwestern ist sie die sensibelste."

Eine verdammte sensible Frau war das letzte auf der Welt, was John wollte. „Sehr wohl, Euer Gnaden."

„Sie erklären, dass Sie ein vorbildlicher Ehemann sein werden?"

Johns Magen zog sich zusammen. „Ich bezweifele, dass ich je ein so musterhafter Ehemann wie Lord Haverstock oder Sie sein werde, aber Ihre guten Ehen werden mir ein Vorbild sein." Wieder war er stolz, dass er es geschafft hatte, zu antworten, ohne eine direkte Unwahrheit auszusprechen.

Wieder wurde es still im Zimmer, das einzige

Geräusch war das Zischen des Feuers. Dann erinnerte John sich an die Worte des Herzogs. *„Selbst, wenn es bedeutet, den Mann zu vernichten, den meine Schwester liebt."* Er war sich nicht sicher, welcher Teil des Satzes ihn mehr erschreckte. Der Teil, dass er von dem mächtigen Herzog vernichtet werden könnte – oder der Teil, dass Lady Margaret ihn liebte.

Das konnte nicht sein. Sie waren sich völlig fremd. Dann fiel ihm ein, dass die Lady ihrem Bruder gesagt haben könnte, dass sie ihn liebte, um ihn zur friedlichen Anerkennung der Heirat zu bringen. Das musste John ihr lassen. Sie war klug.

Ein Jammer, dass er kluge Frauen nie bewundert hatte.

„Also", sagte der Herzog schließlich. „Ich habe richtig verstanden, dass Margarets Habe nach Finchley House gebracht worden ist?"

John stand auf und sah Aldridge ins Gesicht. „So ist es." Es machte ihn immer noch krank, daran zu denken, sein Haus mit einer Frau teilen zu müssen – einer Frau, mit der zu schlafen er kein Bedürfnis hatte, einer Frau, die eine völlig Fremde war.

„Wenigstens zieht sie nicht aufs Land wie meine älteste Schwester. Ich werde Margaret vermissen."

„Ihr Verlust ist mein Gewinn." Das war nicht wirklich gelogen. Er *gewann* eine dauerhafte Mitbewohnerin.

„Also sind Sie gekommen, um Ihre Braut abzuholen?"

„So ist es."

„Ich lasse sie durch einen Diener rufen."

Kapitel 6

Es war verflixt peinlich, dass er die Kutsche des Herzogs von Aldridge annehmen musste, um seine Braut nach Finchley House zu bringen. Nachdem er jetzt ihre großzügige Mitgift erhalten hatte, würde eine seiner ersten Anschaffungen eine Kutsche für sie sein. Er gab keinen Penny darauf, ob er eine Kutsche besaß, aber er konnte von der Tochter eines Herzogs kaum verlangen, dass sie in einer Mietkutsche in London herumfuhr.

Er hatte auch vor, sein verdammt Bestes zu tun, um seinen Kutscher und seinen Pferdepfleger zurückzubekommen. Er brauchte auch Pferde, und hatte schon ein Auge auf einen umwerfenden Wallach im Tattersall geworfen.

Er schaute in Aldridges Kutsche auf seine Braut, die ihm gegenüber steif auf dem weichen Samtpolster saß. Sollten Mann und Frau nicht auf derselben Seite sitzen? Auch wenn es keine wirkliche Ehe sein sollte, nahm er doch an, dass er wenigstens so tun sollte, als wären sie verheiratet. Diese dämliche Frau, mit der er verheiratet war, half ihm kein bisschen dabei, herauszufinden, wie er sich zu verhalten hatte. Sie hatte kein Wort gesagt, seit sie die Kutsche bestiegen hatten.

Da er keine Absicht hatte, wirklich mit ihr verheiratet zu sein, hätte die zurückhaltende Art der Dame ihm eigentlich gut gefallen sollen. Was könnte eine anständige Frau zu sagen haben, was ihn irgendwie interessieren würde? Trotzdem, obwohl ihm ihre Schüchternheit eigentlich willkommen sein sollte, bereitete sie ihm tatsächlich Unbehagen.

„Ich denke, Lady Margaret, wir sollten uns darauf einigen, wie wir einander anreden. Ich kann nicht gut zulassen, dass Sie mich mit ‚Lord Finchley' ansprechen, und ich glaube kaum, dass man seine Frau ‚Lady Margaret' nennt."

„Wie möchten Sie denn von mir gerufen werden, Mylord?"

Verdammt, klang sie schüchtern. Mehr wie ein Schuldmädchen als wie eine volljährige Frau. „Meine Freunde nennen mich alle Finchley. Oder Finch."

Der Ausdruck auf ihrem Gesicht blieb gelassen. „Und Ihre Großmutter? Wie nennt sie Sie?"

Er zuckte mit den Schultern. „Sie ruft mich John Edward, um mich von meinem Vater zu unterscheiden, der John David war." Er fragte sich, ob diese seine frischangetraute Ehefrau ihn bei seinem Vornamen rufen sollte oder doch eher mit seinem Titel. Er hatte nie besonders auf verheiratete Paare geachtet und wie sie miteinander umgingen – oder ob sie auf derselben Seite der Kutsche saßen.

„Würden Sie etwas dagegen haben, wenn ich Sie John Edward nenne? Oder John?"

Etwas in ihm wurde weich. Seine Mutter hatte ihn immer John genannt. Seit ihrem Tod hatte ihn niemand mehr so angesprochen.

„Natürlich hätte ich nichts dagegen. Machen Sie das, wie es Ihnen gefällt."

„Sie hätten nichts dagegen, wenn ich Sie John nenne?"

„Nicht im Mindesten." Er fragte sich, wie sie

angeredet werden wollte. „Soll das bedeuten, ich sollte Sie Margaret rufen?"

„Das wäre schön."

Er rümpfte seine Nase. „Nehme nicht an, dass jemand Sie schon einmal Maggie genannt hat?"

Sie schüttelte den Kopf. „Nein."

Er schenkte ihr ein Lächeln. „Gut, dann hätten wir das erledigt."

„Wenn Sie möchten", fing sie an, hielt aber inne, anscheinend zu scheu, um auch nur seinem Blick zu begegnen. „Wenn Du es vorziehst, kannst Du mich gerne Maggie nennen."

Die Art, in der sie zum ‚Du' wechselte, hörte sich an, als ob er ihr durch diese verdammte Heirat besonders nahestehen würde. Jetzt tat es ihm leid, dass er den Namen Maggie auch nur erwähnt hatte. Die Art dieser jungen Dame war viel zu steif für eine Maggie. Aber irgendetwas sagte ihm, dass sie wollte, dass ihr Mann einen Namen benutzte, mit dem niemand anders sie rief. Er nahm an, dass das eine jungfräuliche Schrulle war, denn er vermutete, er würde immer an sie als eine alte Jungfer denken.

„Im Übrigen, Maggie, was hast du gemeint, als du von einem Heim für Soldatenwitwen gesprochen hast?"

Anscheinend hatte er ein Thema gefunden, über das sie mit lebhaftem Interesse reden konnte. Sie setzte sich noch aufrechter hin (wenn das möglich war) und ihre Stimme wechselte von fügsam zu interessiert. „Die Herzogin von Aldridge – bevor sie auch nur Herzogin wurde – hat ein Heim für verarmte Witwen von Soldaten, die in Spanien gedient haben, gegründet. Es ist in einem großen Haus am Trent Square, das meinem Bruder gehört. Ich freue mich, dass wir jetzt achtundzwanzig Kinder dort haben – zusammen mit ihren Müttern."

„Was hast du damit zu tun?"

„Ich unterrichte die Kinder am Klavier und erledige alles andere, womit ich mich nützlich machen kann."

Wieder rümpfte er die Nase. „Es ist sehr schön von dir, so viel für diese Leute auf dich zu nehmen."

„Oh, das ist keine Mühe. In der Tat genieße ich es sehr."

Was für eine überaus sonderbare Frau sie sein musste. Er konnte sich kaum etwas vorstellen, was ihn weniger interessieren würde, als Kinder auf einem Musikinstrument zu unterrichten.

Die Kutsche wurde langsamer, als sie Finchley House erreichten. Er hatte die Haushälterin angewiesen, dafür zu sorgen, dass in allen öffentlichen Räumen, sowie in seinem und dem Schlafzimmer der Gräfin Kerzen angezündet würden. Er hatte insbesondere darauf bestanden, dass das Schlafzimmer der Gräfin herausgeputzt würde.

Sie verließen die Kutsche und er bot ihr seinen angewinkelten Arm, dann gingen sie zur Vordertür hinauf. Ein Diener öffnete sie schwungvoll und er sah, dass sein Personal – zweifellos viel weniger Leute, als im Haus ihres Bruders arbeiteten – in ihren besten, gestärkten Kleidern aufgereiht dastand, um ihre neue Herrin zu begrüßen.

Er stellte ... Maggie Sanford und Mrs. Pimm vor. Seine Frau war höflich, aber zurückhaltend. Man hätte sie nie für die Tochter eines Herzogs gehalten. Das arrogante Verhalten, das normalerweise mit einem solchen Rang

einherging, fehlte ihr völlig. In der Tat wirkte sie
wie eine kleine Maus.

Als nächstes gingen er und die neue Lady
Finchley durch den Gang und nickten jedem der
Dienstboten zu. Nachdem sie diese Pflicht erledigt
hatten, führte er seine Frau in den Salon. Sie
nickte, sagte aber nichts. Fand sie Finchley House
schäbig? Es kam ihm dann in den Sinn, dass in
den letzten sieben Jahren hier die Hand einer
Frau gefehlt hatte. „Im Übrigen, Lad ..." Er
stoppte für einen Moment, korrigierte sich dann
selbst. „Maggie, es steht dir frei, die Einrichtung
hier zu ändern. Ich wage zu behaupten, dass das
Zimmer die Hand einer Frau brauchen könnte."

„Es ist sehr hübsch."

Sie war bestimmt eine nette Dame. Er hätte es
schlechter treffen können. (Und wenn er
unverheiratet geblieben wäre, hätte er es noch viel
besser treffen können. Von der Mitgift einmal
abgesehen.)

Als nächstes zeigte er ihr die Bibliothek. Ihr
Gesicht hellte sich auf. Sie ging tatsächlich zu
einer Wand voller schön in Leder gebundener
Bücher, die meisten sahen gelesen aus – obwohl
die meisten von ihnen ungelesen waren – und
begann, sich einige der Titel anzusehen.

Ein paar Minuten später schaute sie ihm ins
Gesicht. „Das ist eine schöne Bibliothek, die ... Du
hier hast. Liest Du gerne?"

„Wenn Du mich besser kenntest, würdest Du
keine solche Frage stellen."

„Was ich von Dir weiß, stammt aus den
Zeitungsberichten."

Er verzog das Gesicht. „Bitte, glaub' nicht die
Hälfte von dem Mist, der da geschrieben steht,
auch wenn ich zugeben muss, dass ich ein

unverbesserlicher Wüstling bin."

Ihre sanften, haselnussbraunen Augen trafen die seinen. „Deine Großmutter würde nicht den Ausdruck *unverbesserlich* verwenden."

Das würde sie nicht. Grandmère dachte aus einem unerfindlichen Grund, dass tief in ihm so etwas wie *Ehre* schlummerte. Gegen die Vorurteile aus Liebe kam man nicht an. „Du musst bedenken, dass sie eine ältere Dame ist", sagte er leichthin.

Die Dame änderte höflich das Gesprächsthema. „War dein Vater ein Liebhaber von Büchern?"

Er lachte leise. „Mein Vater war noch unverbesserlicher als ich."

„Aber diese Bücher ... sie sind wundervoll. Es ist eine großartige Bibliothek. Wer ist dafür verantwortlich?"

„Es schmerzt mich, gestehen zu müssen, dass mein Großvater mütterlicherseits, der ein sehr wohlhabender Bürgerlicher war, die gesamte Bibliothek auf Anraten eines Gelehrten kaufte, den er angestellt hatte." John zuckte die Achseln. „Es scheint, dass es nichts gibt, was man nicht kaufen kann, vorausgesetzt, dass die Taschen tief genug sind."

„Würdest du etwas dagegen haben, wenn ich viel Zeit hier verbringe?"

„Wie du magst. Schließlich bist du die neue Herrin von Finchley House. Und es ist nicht so, als würde ich dir in diesem Raum je auf die Nerven gehen." Er bewegte sich auf die Tür zu. „Möchtest du jetzt dein Schlafzimmer sehen? Deine Zofe hat den Nachmittag damit verbracht, alle deine Sachen, die schon gebracht wurden, dort einzuräumen.

Sie lächelte ihn fröhlich an. „Ja. Ich bin

wirklich aufgeregt."

„Ich hoffe, dass du nichts so Großartiges erwartest, wie du es gewöhnt warst", sagte er, als sie die Treppen zum nächsten Stockwerk hinaufzusteigen begannen.

„Ich hatte noch nie ein Schlafzimmer für mich allein."

Er blieb stehen und hob eine Braue. „Du hast dein Zimmer mit einer deiner Schwestern geteilt?"

Sie nickte. „Mit Caroline. Zwischen uns ist ein Altersunterschied von weniger als einem Jahr."

„Ich nehme an, du wirst es vermissen, das Zimmer mit ihr zu teilen. Es muss sehr schön gewesen sein. Außer, wenn ihr beide euch nicht gut versteht."

„Oh, wir verstehen uns ausgezeichnet."

„Ich habe es eher genossen, ein Zimmer mit anderen zu teilen, als ich zuerst nach Eton kam. Es macht keinen Spaß, ein Einzelkind zu sein. Ich fand die Gesellschaft der anderen Jungs prima."

„Wie Mr. Perrys?"

„Ja, genau. Wir waren vier und wir sind die dicksten Freunde, seit wir im guten, alten Eton zusammen Cricket gespielt haben."

„Und keiner davon hat geheiratet?"

Er rümpfte wieder seine Nase. „Ich schätze, ich bin der erste."

„Obwohl es ja nicht so ist, als wären wir wirklich verheiratet. Du wirst weiter mit deinen drei Freunden zusammen sein, als ob ihr erst aus Oxford gekommen wäret."

„Das werden wir, in der Tat", sagte er ziemlich fröhlich.

Als sie an der Tür zu seinem Schlafzimmer vorbeikamen, fühlte er sich unbehaglich. Keine echte Dame war je zuvor in diesem Teil des

Hauses gewesen, seit er die Nachfolge angetreten hatte. Es schien schrecklich seltsam, hier mit ihr beisammen zu sein. Er schritt auf dem hölzernen Boden des Gangs entlang, bis sie zu ihrem Zimmer kamen und dann öffnete er schwungvoll die Tür. „Ihr Gemach, Mylady."

Ihr Gesicht hellte sich auf, als sie in den Raum trat. „Wie hübsch es ist!"

Er blieb in der Türöffnung stehen. Er konnte es nicht über sich bringen, in ein Zimmer einzutreten, das solche intimen Zusammenhänge offenbarte. Schließlich war diese Frau, diese Dame, ihm fast völlig fremd. Sein Blick schweifte im Raum umher. Das hohe, mit Vorhängen versehene Bett beherrschte alles andere in seiner Sicht. Ein Jammer, dass es nie für erfreuliche Zwecke benutzt werden würde. Sein Blick flog zu ihr. Sie stand vor ihrer Frisierkommode, mit dem Profil zu ihm, und er beobachtete die Umrisse ihrer erfreulichen Gestalt. Ja, sehr schade, aber so war es nun einmal. Er seufzte.

„Hat deine Mutter die Vorhänge an den Fenstern und am Bett ausgesucht?"

Warum musste sie wieder die verdammten Bettvorhänge erwähnen? Er erwischte sich dabei, wie er daran dachte, hinter den geschlossenen Vorhängen zu liegen und diese Dame, die er zufällig geheiratet hatte, wild zu lieben. Das würde nie passieren! „Ja, ich glaube, sie hat sie gewählt. Sie liebte Türkis."

„Das tue ich auch."

Irgendwie überraschte ihn das. Türkis war eine so lebendige Farbe und sie war so ... mäuschenhaft. Nicht, dass sie tatsächlich aussah wie ein Mäuschen. Ihr gutes Aussehen war durchaus überdurchschnittlich. Nur war ihr

Verhalten so scheu und sie so still. Er hätte gedacht, sie würde solch fade Farben wie grau oder rosa bevorzugen. „Es steht dir frei, das Zimmer in jeder Weise zu verändern, wie es dir gefällt."

Sie schüttelte den Kopf. „Hier ist nichts, was ich ändern wollen würde. Deine Mutter muss einen unfehlbaren Geschmack gehabt haben."

Ihre Bemerkung erfreute ihn außerordentlich. Sie bestätigte seine eigene Meinung von seiner geliebten Mutter. „Danke. Ja, den hatte sie." Er fühlte sich Maggie näher. Nicht nahe genug, um das Zimmer zu betreten, längst nicht nahe genug, um je mit ihr ins Bett zu gehen und sicher nicht nahe genug, um jemals aufzuhören, sich zu wünschen, dass diese dämliche Ehe je geschlossen worden war. Trotzdem, sie beide teilten seine gute Meinung über seine selige Mutter.

Er holte tief Atem, als ob er seinen Kopf von jeglichen Gedanken an ihr Bett befreien wollte. „Gut, wenn du dich eingerichtet hast, kann ich ausgehen."

Sie hob eine Braue. „Du möchtest dich mit Mr. Perry und den beiden anderen Gentlemen treffen?"

„Ja."

„Ich würde gerne ihre Namen wissen. Von den beiden anderen."

„Das sind David Arlington und Michael Knowles."

„Meinst du, wir könnten sie alle zum Essen einladen, damit ich sie kennenlerne?"

„Warum zum Teufel solltest du wünschen, ihre Bekanntschaft zu machen?" Er war sich nicht sicher, ob einer von ihnen wusste, wie man sich in der Gegenwart einer echten Dame benehmen musste.

„Als deine Ehefrau bin ich sowohl an dir als auch an deinen Freunden interessiert."

Wie er das Wort *Ehefrau* hasste. „In Ordnung."

„Ich rechne darauf, dass du einen Tag findest, der allen für unser Diner zusagt."

* * *

Seine drei besten Freunde sahen ihn verlegen an, als er Minuten später bei White's eintrat. Sein Blick glitt über den stets fröhlichen Arlington zu Knowles, dem immer Nachdenklichen – der nie eine Gelegenheit ausließ, Spaß mit Freunden zu haben. „Perry hat es euch erzählt."

Knowles nickte. „Wir wissen von deiner Heirat."

„Du wirst alt, mein Junge", sagte Arlington. „Deine erste Nacht mit einer Frau, mit der du rechtmäßig verheiratet bist, und du nutzt das nicht aus? Wie geschmeichelt wir sein müssen, dass du lieber mit uns zusammen bist."

Knowles betrachtete ihn mit großem Ernst. „Und Perry sagt, die neue Lady Finchley sei auch noch hübsch."

John kochte. „Perry sollte euch erzählt haben, dass es keine richtige Ehe ist."

„Vielleicht denkt die Dame anders darüber. Du musst zugeben, die Damen fühlen sich meistens zu dir hingezogen", sagte Knowles.

Perry lächelte. „Schließlich bist du groß, dunkel und adlig. Was mehr könnte eine Frau wünschen?"

Arlington hob die Brauen. „Ein großes Vermögen und ein großes ... Instrument sind durchaus geeignet, eine Frau zu beglücken."

Sie lachten aller herzlich. Alle, außer John.

„Mit der Mitgift der Dame", sagte Perry, „hat

Finch jetzt das große Vermögen, aber ich kann über die zweite Bedingung nichts sagen."

Arlington grinste. „Ich wage zu behaupten, dass es der Mangel dieser beiden furchtbar wichtigen Eigenschaften war, der die Lüsterne Mary Lyle dazu veranlasste, sich *größere* Weiden zu suchen."

Alle fingen wieder an zu lachen. Alle, außer John.

Knowles beäugte ihn. „Nachdem wir bei dem Thema der Lüsternen Mary angelangt sind, muss ich dich warnen, alter Junge, dass du trotzdem zweimal darüber nachdenken solltest, bevor du dir eine Mätresse nimmst, auch wenn du jetzt die Mittel dazu hättest. Aldridge hält offensichtlich nichts davon, sich eine Mätresse zu halten. Er hat keine. Und der Herzog ist verteufelt auf den Schutz seiner Schwestern bedacht."

„Denkt an das Schicksal von Viscount Morton", warnte Perry.

Arlington brüllte vor Lachen. Sie alle wandten sich ihm zu, um zu erfahren, was ihn so belustigte. „Finchs Liebe zum Spiel, Pferderennen, Trinken und den Frauen waren der Grund, warum er heiraten musste, und jetzt, wo er das getan hat, scheint es, als ob genau diese Dinge ihm versagt sein werden."

Knowles beäugte John wieder ernsthaft. „Er hat Recht, alter Junge."

Ärger stieg in ihm auf. „Niemand sagt dem Earl of Finchley, wie er sein Geld zu verwenden hat." Sein Blick fiel auf Perry. „Sollen wir Pharo spielen?"

„Vielleicht, alter Junge", sagte Knowles, „solltest du doch den Eindruck erwecken, dass du jetzt einen gesetzten Lebenswandel führst, um deine Großmutter zufriedenzustellen. Verfügt sie nicht über ein ziemlich beträchtliches Vermögen?"

Das, was der ernsthafteste seiner Freunde da sagte, hatte etwas für sich. Wenn Grandmère dachte, dass er sich geändert hätte, könnte er von ihr ein Vielfaches der Summe überschrieben bekommen, die der Herzog von Aldridge ihm gegeben hatte. Was würde es schaden, ein paar Wochen lang Häuslichkeit vorzutäuschen, um seine Hände auf etwas legen zu können, das ihm eigentlich schon gehören sollte?

John schluckte schwer. „Ich habe ein ausgesprochenes Verlangen danach, mich heute Nacht in Brandy zu ertränken."

„Ein ausgezeichneter Plan", sagte Arlington.

Perry bestellte vier Flaschen.

* * *

Margaret hatte gewusst, dass ihr Ehemann keineswegs die Absicht hatte, mit ihr zu schlafen, aber es schmerzte doch, dass er sie so wenig begehrenswert fand, dass er nicht einmal einen Schritt in ihr Schlafzimmer machen wollte. Lange nachdem er fort war, weigerte sie sich noch, die letzte, einzige Kerze zu löschen. Sie saß auf einer seidenbezogenen Chaiselongue und betrachtete ihr neues Zimmer. Obwohl es kleiner war, als das, an das sie gewöhnt war, sah es ebenso elegant aus wie alles in dem herzoglichen Haus, in dem sie großgeworden war.

Zu wissen, dass seine Mutter selbst die Einrichtung ausgewählt hatte, ließ Margaret sich irgendwie ihr und ihrem einzigen Kind näher fühlen. Sie wünschte, sie hätte sie gekannt. John hatte seine Mutter offensichtlich angebetet. Sie wusste, dass sein Vater ein hoffnungsloser Wüstling gewesen war. Leider hatte der Sohn viele der Eigenschaften seines Vaters geerbt.

Sie hatte nicht viel Zeit in der Gesellschaft ihres Mannes verbracht, aber sie dachte, dass er vielleicht den Mann, der sein Vater gewesen war, nicht bewunderte. Was war mit der Großmutter? Margarets kurzes Zusammentreffen mit ihr ließ auf eine Nähe zwischen John und ihr schließen. Die alte Frau war offensichtlich ganz vernarrt in ihr einziges Enkelkind. War sie bei ihrem missratenen Sohn ebenso großzügig gewesen? Sie schien zu glauben, dass John unter seinen schlechten Gewohnheiten ein guter und anständiger Mensch war.

Margaret zog es vor zu glauben, dass das stimmte.

Obwohl er sie in der Nacht, die ihre Hochzeitsnacht hätte sein sollen, verlassen hatte, hätte nichts ihre feste Zuneigung zu ihm verringern können.

Als sie in ihr neues Schlafzimmer getreten war und das imposante Bett gesehen hatte, wäre ihr Herz fast explodiert. Ihre Kehle wurde trocken. Ihr Inneres verflüssigte sich. Wie sehr sie wünschte, dass dies eine echte Ehe wäre. Wie sehr wünschte sie, dass er sie fest umarmen und zu diesem Bett tragen würde. Wie sehr sie wünschte, er würde ihr jedes Kleidungsstück vom Körper reißen und ihr die Lust schenken, nach der sie sich sehnte, das Verlangen stillen, das nur er stillen konnte.

Es war unlogisch, sich so stark zu ihm hingezogen zu fühlen. Es war unsinnig zu hoffen, dass er je Interesse an ihr haben würde. Es war idiotisch, so hoffnungslos in ihn verliebt zu sein.

Kapitel 7

Wie merkwürdig es sich anfühlte, zum Berkeley Square zu kommen und nicht die Treppen zu ihrem alten Haus hinaufzusteigen. Margaret wollte Johns Großmutter besuchen. Natürlich würde sie nicht zurückgehen, ohne einen Besuch in Aldridge House gemacht zu haben – vor allem bei Caro, die geweint hatte, als am Vortag Margarets Sachen abgeholt worden waren.

Es war lustig, dem Butler der Witwe anzukündigen: „Lady Finchley möchte Lady Finchley besuchen." Es war auch sehr erfreulich, als Johns Großmutter in den Salon geeilt kam und Margaret an ihren Busen drückte. „Oh, meine Liebe, wie schön es ist, dich zu sehen. Komm, wir müssen uns in mein privates Wohnzimmer zurückziehen. Es ist dort so viel gemütlicher."

Die aufgeregte Witwe stieg die Treppen zum dritten Stock hinauf, wo das Zimmer, in das sie Margaret mitnahm, einer der bequemsten Räume war, die diese je gesehen hatte. Die Pastellfarben wirkten beruhigend und die mit Chintz überzogenen Möbel waren kuschelig und feminin. Das Zimmer war voller Schnickschnack, den die alte Frau während ihres Lebens gesammelt hatte. An der Wand hingen Portraits von König George und Königin Charlotte. Es gab eine Sammlung von Miniaturportraits verschiedener Mitglieder der Familie Beauclerc. Das Sofa war mit kreuzstichverzierten Kissen geschmückt, die die

Witwe in ihrem langen Leben angefertigt haben musste.

Als die beiden Frauen sich auf dem Sofa niedergelassen hatten, strahlte die Witwe Margaret an. „Und wie ist es, meine Liebe, genießt du es, verheiratet zu sein?"

„Ja, sehr."

„Ich muss dir sagen, ich war nie stolzer auf John Edward, als an dem Tag, an dem ich entdeckte, dass er dich als seine Frau ausgesucht hatte. Ich wusste nicht einmal, dass er mit dir bekannt war. Wie lange ... ging diese Romanze denn schon?"

Margaret warnte sich, dass sie ehrlich antworten musste. Schließlich hasste sie es zu lügen. „Ich kann nur für mich selbst antworten." Sie stockte und schaute zur Großmutter ihres Mannes auf. „Ich wollte schon immer ..." Wie konnte sie die komplizierten Gefühle, die der wilde Enkel dieser Frau immer in ihr ausgelöst hatte, nur erklären? Sie konnte kaum sagen, sein Herz gewinnen, denn sie hatte keine Sicherheit, dass dieser Tag je kommen würde. „Die Frau sein, die so glücklich ist, John zu heiraten."

„Sei gesegnet, meine Liebe. Ich fürchte, du wirst noch schwierige Zeiten vor dir haben, aber in meinem Herzen weiß ich, dass John Edward sich bessern wird und wenn er das tut, wird er ein liebender, fürsorglicher Ehemann sein – und möglicherweise dann auch Vater."

Margarets Herz klopfte laut. Die Vorstellung alleine bezauberte sie. „Ich bete, dass Sie Recht haben, Mylady."

„Ich will nicht leugnen, dass alle Earls of Finchley diesen wilden Zug haben, aber John Edward hat mehr ausgleichende Eigenschaften als seine Vorväter."

„Ich würde mich freuen, wenn Sie mir diese Eigenschaften nennen könnten."

Das Gesicht der alten Frau wurde sanft. „Es sind die kleinen Dinge. Er hatte immer ein weiches Herz für die Frauen in seinem Leben. Er war äußerst besorgt um seine liebenswerte Mutter und um mich auch. Kein Sohn könnte seine Mutter mehr lieben als John Edward die seine. Als sie tödlich erkrankte, wich er keinen Moment von ihrer Seite. Ich schäme mich zu gestehen, dass mein eigener Sohn diese Art von Mitgefühl nicht besaß, wie John Edward es in großem Maße besitzt."

„Ich muss zugeben, dass einer der Gründe, warum ich heute hierherkam, ist, dass ich mehr über John erfahren möchte." Margaret liebte die Vorstellung, dass sie die einzige Frau im Königreich war, die ihn bei seinem Vornamen nennen dufte.

Die ältere Lady Finchley lächelte. „Es gibt sicher genug Leute, die glauben, dass er mir schmeichelt, um an das Vermögen zu kommen, das ich von meinem wohlhabenden Vater geerbt habe, aber ich weiß, dass er mich liebt. Er ist unfähig, sich zu verstellen. Schon als kleines Kind konnte er nicht lügen. Ich glaube, dass es ihm wirklich lieber wäre, dass ich sehr lange lebe, als dass ich sterbe und ihn als sehr reichen jungen Mann zurücklasse."

Wie Margaret es liebte, diese Dinge über den Mann zu erfahren, den sie geheiratet hatte. Was für ein Zufall es war, dass er es ebenso hasste zu lügen wie sie auch.

„Damit eure Heirat gedeihen kann, meine Liebe, wirst du einen Weg finden müssen, John

von diesen leichtsinnigen Freunden fernzuhalten."
Sie runzelte die Stirn.

„Sie meinen Christopher Perry, David Arlington
und Micheal Knowles?"

Die alte Dame kniff ihre Augen zusammen.
„Genau die. Du wirst eine schwierige Zeit haben,
bis diese drei Gentlemen heiraten und gesetzte
Ehemänner werden."

Margaret zuckte mit den Schultern. „Ich
fürchte, darauf habe ich keinen Einfluss."

„So ist es. Ein Jammer, dass man eine solche
Veränderung nicht herbeiführen kann."

„Das denke ich auch." Wie eifersüchtig sie auf
diese drei Männer war, die mehr Zeit mit ihrem
Ehemann verbringen würden als sie.

Es klopfte an der Tür und dann schlenderte
John ins Zimmer, mit einem Sträußchen aus
Lavendelblüten und Veilchen in seiner Hand. Sein
Blick wanderte von seiner fülligen Großmutter zu
Margaret und er blieb wie angewurzelt stehen.
Seinen Blick noch immer auf seine Frau gerichtet,
sagte er: „Hätte ich gewusst, dass du hier bist,
Maggie, hätte ich dir auch Blumen mitgebracht."

Ihr Herz pochte. Die Vorstellung, Blumen von
ihm zu bekommen, rührte sie sehr. Noch mehr
rührte es sie, dass er sie *Maggie* nannte. Das war
ein Name, mit dem niemals jemand sie gerufen
hatte. Obwohl es in dieser Ehe keine Intimität
gab, fühlte sein Gebrauch von *Maggie* sich für sie
wie eine Liebkosung an, eine Bestätigung, dass
nur sie seine Frau war. „Was für ein schöner
Gedanke."

Er wandte sich von ihr ab und überreichte
seiner Großmutter das Sträußchen. „Ich sah diese
Blumen an der Straße und dachte sofort an dich,
Grandmère. Ich habe dich seit meiner Heirat

vernachlässigt."

„Wie du es auch sollst. Deine Maggie ist diejenige, die jetzt zuerst in deinen Gedanken sein sollte." Sie nahm das Sträußchen und roch an den kleinen Blumen. „Sie sind wundervoll, John Edward, und ich danke dir." Ihr zufriedener Blick kreuzte sich mit dem Margarets wie zu einer schweigenden Bestätigung der rücksichtsvollen Art ihres Enkels.

Hätte Margaret das Sträußchen selbst bekommen, hätte es ihr keine größere Freude bereiten können. Es bescherte ihr das Gefühl, dass dieser böse Junge, von dem sie Zeit ihres Lebens besessen gewesen war, doch gute Eigenschaften hatte.

Die Witwe klopfte neben sich auf das Sofa und bedeutete ihm, dass er sich zwischen sie setzen sollte. „Ich muss dir ein Kompliment machen, John Edward", begann sie. „Seit dem Tag, an dem du so viel Verstand hattest, Lady Mary Ponsby zu heiraten, ist dein Name nicht mehr in den Zeitungen aufgetaucht."

„Ich wünschte, du würdest diese Zeitungen nicht lesen", sagte er. „Wie ich Maggie sagte, kann man diesen Mist nicht glauben."

Wie ich Maggie sagte. Wie sie es liebte, wenn er so redete. Es klang, als wären sie wirklich verheiratet, als ob sie einander genauso vertraut wären, wie andere verheiratete Leute.

„Ich habe allerdings auch deine Freunde nicht mehr in den Zeitungen erwähnt gesehen, seit du verheiratet bist", sagte seine Großmutter. „Heißt das, dass du bei all diesen Narrheiten ihr Anführer bist?"

Er schüttelte den Kopf. „Ich bin mehr ein Mitläufer als ein Anführer. Ich würde sagen, Perry ist der Anstifter. Und wenn du in den Zeitungen nichts mehr über mich gelesen hast, liegt das zum großen Teil an einem weisen Rat, den ich von Knowles erhalten habe."

Die alte Frau verdrehte die Augen. „Ich habe Schwierigkeiten zu glauben, dass einer dieser jungen Männer weise sein kann." Sie zuckte mit den Schultern. „Genug mit den Beschwerden über deine Freunde. Wir müssen über den Ball sprechen, mit dem Maggie und du in die Gesellschaft eingeführt werden sollt. Ich würde ihn gerne am nächsten Freitag veranstalten. Würde euch das passen?"

Jetzt verdrehte er die Augen. „Wenn dich das glücklich macht, Grandmère."

„Ich weiß, dass du Bälle nicht magst, aber du bist nicht länger ein lediger junger Mann, der von pläneschmiedenden Müttern verfolgt wird, die ihre Töchter mit einem gutaussehenden Mann verheiraten möchten, der noch dazu über einen Titel verfügt."

„Darf ich dich bitten, mich nicht in dieser Weise zu beschreiben."

„Meinst du das Wort *gutaussehend*?" Seine Großmutter zog die Augenbrauen hoch.

Er nickte und warf der älteren Frau einen entrüsteten Blick zu.

Sie wandte sich an Margaret. „Findest du ihn nicht gutaussehend, meine Liebe?"

Margarets Wangen röteten sich. Sie konnte nicht lügen. „Ja."

Er beäugte sie mit einer gewissen Sanftheit in seinem Gesicht, sagte aber nichts.

„Warum sonst, mein Junge, hättest du sonst einen so guten Fang wie Lady Margaret verdient? Natürlich wurde sie durch dein gutes Aussehen angezogen. Du musst zugeben, dass du nicht viel anderes hast, was dich einer so feinen Dame empfehlen könnte. Aber verlasse dich darauf, dass ich sie mit deinen besseren Eigenschaften bekannt machen werde, so dass sie nicht denken wird, dass sie einen großen Fehler begangen hat, als sie dich heiratete." Sie sah von John zu Margaret. „Keiner von euch wird diese Heirat bereuen."

Um ihrem Mann die Verlegenheit zu ersparen, fragte Margaret ihn: „Was hast du heute vor?"

„Ich würde gerne eine Kutsche für dich kaufen." Er zuckte mit den Schultern. „Würdest du mich gerne begleiten?"

Ihr Herz schlug schneller. „Das würde mir mehr gefallen als alles andere."

„Dann müsst ihr beide meine Kutsche nehmen", sagte die Witwe.

* * *

Er fühlte sich verteufelt ungeschickt, als er seine sittsame Frau ansah, wie sie ihm in der Kutsche seiner Großmutter gegenübersaß. Was sagte man zu einer vornehm erzogenen Dame?

Wie überrascht er gewesen war, sie bei Grandmère zu finden. Da seine Großmutter nicht mehr so viel ausgehen konnte wie als junge Frau, sorgte er sich, dass sie sich einsam fühlen könnte und achtete darauf, sie oft genug zu besuchen. Er war ihr einziger Blutsverwandter, und sie seine einzige Blutsverwandte. Ganz gleich, wie oft die alte Frau mit ihm schimpfte, er liebte sie sehr.

Seine Frau stieg noch in seiner Achtung, da sie als erstes nach der Bekanntgabe ihrer Hochzeit einen Besuch bei seiner Großmutter gemacht hatte. „Es war nett von dir, nach meiner Grandmère zu sehen."

„Es war mir ein Vergnügen."

„Höre nicht auf sie, wenn sie mich lobt. Sie ist völlig blind, wenn es um ihr einziges Enkelkind geht."

Maggie kicherte. „Du hast Glück, dass du sie hast – und ich werde mich freuen, sie auch als Großmutter zu haben."

„Deine Großeltern leben alle nicht mehr?"

„Sie sind alle tot. Meine Eltern auch."

„Ah, das ist etwas, was wir gemeinsam haben. Aber du hast Glück, dass du so viele Geschwister hast."

„Das stimmt. Und durch die Heirat meines Bruders habe ich noch eine Schwester gewonnen, die ich ganz besonders liebe." Sie schaute zu ihm auf. „Du musst Aldridge jetzt als deinen Bruder betrachten."

Warum musste der Herzog nur ein solch langweiliger Patron sein? Er war nicht immer so gewesen. Er hieß, der Herzog von Aldridge wäre ein ziemlicher Hallodri gewesen – bevor ihn Amors Pfeil traf und er sich Hals über Kopf in die frühere Elizabeth Upton, Haverstocks Schwester, verliebte.

John konnte sich niemanden, außer vielleicht Haverstock selbst, vorstellen, der sich so wenig als sein Bruder eignen würde. Die beiden waren das ernsthafteste Paar, das er je gesehen hatte. „Ich kann nicht leugnen, dass ich immer gerne einen Bruder gehabt hätte."

Wieder erfüllte Schweigen die Kutsche. Ein Elend, dass ihm nichts einfiel, was er zu der Frau sagen sollte.

Schließlich sprach sie. „Ich habe erfahren, dass es noch etwas gibt, was wir gemeinsam haben."

Er hob eine Augenbraue.

„Deine Großmutter sagte mir, dass du nie lügst."

„Du auch nicht?"

Sie nickte.

Er wusste nicht, warum er Lügen immer verabscheut hatte, aber er wusste, dass keiner seiner Freunde immer die Wahrheit sagte. „Ich glaube, nicht viele Leute können das von sich behaupten."

„Ich denke, da hast du Recht."

Wieder Schweigen.

Schließlich durchbrach sie das eisige Schweigen. „Wobei die meisten Unwahrheiten, habe ich festgestellt, völlig unschuldig sind. Übertreibungen. Unehrliche Komplimente. Lügen, die erzählt werden, um Strafen zu entgehen, körperlichen wie anderen."

„Das ist wahr." Wie merkwürdig war es, dass sie – die Stille – jetzt die Unterhaltung voranbrachte und er sich auf Antworten mit zwei oder drei Wörtern beschränkte.

In der folgenden Stille schaute sie aus dem Fenster der Kutsche und er nutzte die Gelegenheit, sie zu beobachten. Wenn er anständige Frauen aus guter Familie anziehend fände, wäre sie sicher eine wertvolle Eroberung. An ihrem Äußeren war nichts Abstoßendes. Hatte nicht Perry gesagt, sie wäre hübsch? Jeder wusste, dass Perry ein anerkannter Richter weiblicher Schönheit war.

Sie war so überaus weiblich, von dem perfekten Näschen bis zu dem sanften Rosa ihrer Lippen und ihrer zarten Finger. Obwohl er normalerweise eine Dame mit so unscheinbar braunen Haaren nicht bemerken würde, erkannte er doch, dass ihr Gesicht schön war. Ihre schlanke Gestalt war ansehnlich und sie war mit untadeligem Geschmack gekleidet. Knowles würde das zu schätzen wissen.

Wie seltsam, dass er das Bedürfnis verspürte, sie seinen Freunden vorzustellen, neugierig war, was sie von ihr halten würden. Wie seltsam, dass er wollte, dass sie ihnen gefiele.

Natürlich war sie nicht wirklich seine Frau, mehr eine Art Schwester. Aber wie seltsam, dass er nicht an sie wie an eine Schwester dachte. Obwohl er in kürzester Zeit dazu gekommen war, sie als einen Teil seiner sehr kleinen Familie zu betrachten. Nur Minuten zuvor hatte sie gesagt, sie würde gerne seine Großmutter auch als ihre betrachten. Das war eine Vorstellung, die er tröstlich fand.

„Also", sagte er. „Wann würdest du gerne meine Freunde kennenlernen?"

„Ich habe keine Pläne, die wichtiger oder interessanter als das wären."

Interessant? Er bezweifelte, dass sie sie interessant finden würde. Es sei denn, dass die Dame sich fürs Schießen interessierte. Oder fürs Fechten. Oder Pferderennen. „Ich schätze, ich sollte sie zu Grandmères Ball einladen."

„Dir zuliebe werden sie kommen, obwohl ich annehme, dass sie keine Bälle mögen."

Wie gut sie ihn verstand. Und seine Freunde. „Recht hast du."

Einen Moment später fragte sie: „Also hast du dich letzte Nacht mit deinen Freunden getroffen?"

Er nickte. „Bei White's."

„Habt ihr Pharo gespielt? Aldridge mochte Pharo sehr – bevor er so seriös wurde, wie er jetzt ist."

„Ich habe letzte Nacht nicht gespielt. Ich

versuche, meiner Großmutter zu gefallen. Sie hört von allem, was ich tue."

„Da meist in den Zeitungen darüber berichtet wird."

Er nickte. „Ich schätze, ich sollte, so wie du es mir bei unserem ersten Treffen geraten hast, die Zeitungen dafür bezahlen, dass sie keine Nachrichten über mich veröffentlichen."

Sie nickte.

Wäre sie ebenso schulmeisterlich wie seine Großmutter gewesen, hätte sie wohl gesagt: „Es wäre besser, keine Dummheiten mehr zu machen, als dafür zu bezahlen, dass nicht mehr darüber berichtet wird." Gott sei Dank war die Frau, die er geheiratet hatte, keine autoritäre Harpyie. In seinen wildesten Träumen konnte er sich nicht vorstellen, wie Maggie ihm sagte, was er zu tun und zu lassen hätte. Das gefiel ihm irgendwie an ihr.

Nachdem sie ihn nach seinem Abend gefragt hatte, nahm er an, er sollte sie auch nach ihrem fragen. Er holte Luft. „Wie war es mit deinem Abend, gestern? Was hast du gemacht?"

Sie zuckte mit den Schultern. „Nicht viel. Aber ich kann dir versichern, ich habe es genossen, das Haus – mein eigenes Haus, dessen Herrin ich sein werde – ganz für mich zu haben. Ich war noch nie irgendwo, wo nicht lauter Geschwister um mich herum waren." Sie warf ihm einen sanften Blick zu. „Obwohl ich deine Anwesenheit nicht als zu viel betrachten würde."

Ihre Worte besänftigten etwas in ihm.

Dann erreichten sie die Werkstatt des Kutschenbauers auf dem Strand.

* * *

Wie sie es genoss, eine verheiratete Frau zu

sein! Schon alleine in einer Kutsche mit ihm zu fahren, ohne eine Anstandsdame auch nur in der Nähe zu wissen, war das reinste Vergnügen. Sie konnte sich einbilden, dass sie ein glücklich verheiratetes Ehepaar wären.

Und jetzt alles für ihre eigene Kutsche aussuchen zu dürfen, war umwerfend, ganz entschieden etwas, was eine jüngere Schwester, die erst seit drei Jahren aus dem Schulzimmer heraus war, selten zu tun die Gelegenheit bekam.

Der Kutschenbauer, der die Finchleys als Mitglieder der guten Gesellschaft erkannte, behandelte sie mit der höflichen Zuvorkommenheit, die ihrem Rang geschuldet war. Als er für einen Moment abgerufen wurde, flüsterte sie ihrem Mann zu: „Sag mir, haben wir genug Geld für die Kutsche, die er uns gerade gezeigt hat?"

„Dank deiner Mitgift, ja. Bitte, wähle einfach aus, was dir gefällt."

Da sie ja nur zu zweit waren – und es war ihr klar, dass sie die Kutsche meistens alleine benutzen würde – brauchte sie nicht die größte, luxuriöseste Kutsche. Außerdem lag es ihr nicht, etwas auszusuchen, womit sie auffallen würde. Sie zog etwas Bescheidenes vor.

Als der Kutschenbauer zurückkam, deutete Margaret auf eine Kutsche, die weder billig noch teuer war.

John warf ihr einen fragenden Blick zu. „Bist du sicher? Die ist schrecklich nüchtern. Du kannst haben, was dein Herz begehrt."

„Diese gefällt mir ausgezeichnet."

„In diesem Fall, Mylady, kann ich sie bis nächste Woche fertiggestellt haben und ausliefern", sagte der Kutschenbauer.

„Können die Sitze mit blauem Samt bezogen werden?", fragte sie.

„Selbstverständlich. Eine sehr gute Wahl, Mylady."

Als sie die Werkstatt des Kutschenbauers verließen, bot John ihr seinen Arm und sie schwelgte in dem Gefühl des Besitzes, als sie ihren Arm mit seinem verschränkte. So glücklich es sie machte, ertappte sie sich doch dabei, wie sie sich fragte, ob diese Ehe wohl je vollzogen werden würde, ebenso, wie sie sich fragte, ob sie und John je ein Kind haben würden. Würden sie je wirklich Mann und Frau sein?

Als sie wieder in der Kutsche seiner Großmutter saßen, fragte er: „Kann ich dich irgendwo hinbringen?"

Sie nickte. „Zurück zum Berkeley Square. Meine Familie besuchen."

„Ich nehme an, deine Schwester Caroline war furchtbar aufgeregt wegen deiner ... Heirat?"

Sie nickte wieder. „Sie hat gestern den ganzen Tag geweint."

Er schwieg für einen Moment. „So nahe, wie ihr beide euch steht, nehme ich an, dass sie über den Zufall Bescheid weiß, der uns zusammengebracht hat?"

„Ich habe niemandem davon erzählt."

„Was hast du ihr dann gesagt?"

Sie zuckte die Achseln. „Sehr wenig. Ich konnte nicht lügen."

Er stöhnte. „Dann nehme ich an, dass sie den ganzen Tag geweint hat, weil du eine Verbindung mit einem der berüchtigtsten Lebemänner von London eingegangen bist."

Was sollte sie darauf antworten? Margaret wusste, dass Caros Kummer zur Hälfte durch die

Trennung der Schwestern verursacht wurde, zur anderen Hälfte aber, weil Margaret einen solch verruchten Mann geheiratet hatte.

Ihr Schweigen musste sein Gewissen berührt haben. „Ich nehme an, dass sie denkt, dass ich ein gieriger Mitgiftjäger bin."

Noch immer konnte sie nicht antworten.

Ein paar Augenblicke später fragte er mit sanfterer Stimme: „Würde es helfen, wenn ich mitkomme und diese Schwester kennenlerne und den anhänglichen Ehemann spiele?"

Sie schaffte es nicht, ein Lächeln zu unterdrücken, als ihre Blicke sich trafen. „Würdest du das? Jetzt?"

Er zuckte mit den Schultern. „Alles, was verhindert, dass mein Ruf in ihren Augen noch schlechter wird – und natürlich, wenn es dir Freude macht, werde ich jeden Moment, den ich in Aldridge House verbringe, lohnend finden."

Wenn es dir Freude macht. Wie schön das klang. Noch schöner war die Vorstellung, wie ihr Ehemann vorgab, anhänglich zu sein.

Wie jämmerlich sie war, wenn sie sich mit der Vortäuschung statt mit echter Zuneigung zufriedengeben musste.

Kapitel 8

Er war sich nicht recht sicher, wie man einen anhänglichen Ehemann spielte, aber wenn das dem scheuen, kleinen Ding, das er geheiratet hatte, Freude machte, würde er es versuchen – und sich bemühen, nicht an die Versteigerung bei Tattersall zu denken, die er versäumen würde. Er hoffte nur, dass Perry nicht auf den Wallach bieten würde, auf den John ein Auge geworfen hatte. Es war genau das, was Perry tun würde. Wie er es liebte, vor seinen aristokratischen Freunden anzugeben und sein umfangreiches Vermögen dazu zu benutzen, Dinge zu erwerben, die andere begehrten. Ob er sie brauchte oder nicht.

Vielleicht könnte John einmal durch Aldridge House durchsausen und schnell eine besondere Zuneigung für Maggie demonstrieren und es dann noch zu Tattersall schaffen, bevor der Wallach zur Versteigerung kam.

Als sie Maggies früheres Heim betraten, holte er tief Luft und legte besitzergreifend eine Hand auf ihre Taille. Es gab für ihn kaum etwas Widerwärtigeres als die Ehe, aber er war dankbar, dass Maggie ihn aus seinen finanziellen Schwierigkeiten gerettet hatte und als Gegenleistung so wenig dafür erbat. Sie wollte nur, dass andere ihre Stellung als Gräfin respektierten. Mit einem eigenen Zuhause und einem eigenen Schlafzimmer. Das war nicht viel verlangt.

Ganz sicher verdiente sie nicht, dass andere, vor allem die, die sie liebten, dachten, dass sie nur wegen ihrer Mitgift einen Wert für ihn hatte. Er musste ihrer Schwester zeigen, dass sie für sich selbst geschätzt wurde, nicht nur wegen ihres Vermögens.

Ein uralter Butler ließ sie in Aldridge House ein und Maggie behandelte ihn, als sei er ein geliebter Großvater. Das jung verheiratete Paar wollte gerade die Treppen hinaufsteigen, als eine junge Frau, die Maggie bemerkenswert ähnlich sah, herabgelaufen kam. Sie warf sich in Maggies Arme und die beiden umarmten sich, als hätten sie einander seit Jahren nicht gesehen.

„Ich muss dich meinem Mann ordentlich vorstellen." Maggie wandte sich zu ihm um und lächelte. „Das hier ist Caroline."

„Sie ist genauso hübsch wie du." Er fühlte sich sehr verlegen, als er ihr sagte, dass sie hübsch sei, aber es war die verdammte Wahrheit. Und es *zeigte* seine Zuneigung. Was auch gut so war. Konnte ja nicht zulassen, dass alle ihn für einen verdammten Mitgiftjäger hielten. „Ihr schaut fast wie Zwillinge aus. Wer ist die Ältere?"

„Ich", sagte Maggie.

„Obwohl jeder denkt, ich wäre es. Man sagt, ich hätte die dominierende Persönlichkeit einer Erstgeborenen."

Lächelnd nickte Maggie ihm zu. „Das stimmt."

Er nahm Maggies Hand in seine. So wie an dem Tag in St. George's. Nur fühlte es sich heute anders an. Natürlich, sie war nicht länger eine Fremde. Er wusste so wenig über sie, dass er nicht geahnt hatte, welches die ältere Schwester war.

Sie gingen in den Salon und er achtete darauf, sich neben Maggie zu setzen und weiter ihre Hand zu halten. Sah das nicht nach Anhänglichkeit aus? Als Caroline dann ihnen gegenüber saß, hob er der besseren Wirkung halber Maggies Hand an seinen Mund und drückte einen sanften Kuss auf den Rücken.

Zu seinem Erstaunen drückte sie seine Hand. Warum hatte sie das denn getan? Es war ja nicht so, dass ihre Schwester das sehen könnte. Er vermutete, dass sie nur ihre Dankbarkeit dafür zeigen wollte, dass er willens war, den liebevollen Ehemann zu spielen. Mehr als liebevoll, tatsächlich. Wie konnte er die süße Maggie nicht liebhaben? Aber jemanden lieb zu haben war trotzdem etwas völlig anderes, als zu wünschen, mit jemandem verheiratet zu sein.

Sein Ziel hier und heute war es, Caroline glauben zu lassen, dass er gerne mit Maggie verheiratet war.

Sein Blick flog zur Uhr auf dem Kaminsims. Ein Uhr. Die Auktion würde jetzt beginnen. Wenn er sich nicht irrte, würde der Wallach erst kurz vor dem Ende angeboten werden. Vielleicht war noch genug Zeit, um schnell hinzufahren. Das Pferd war eine solche Schönheit!

„Die Witwe Lady Finchley will nächste Woche einen Ball für uns geben", erzählte Maggie ihrer Schwester.

Carolines Blick wanderte von ihren ineinander liegenden Händen zu seinem Gesicht. Es war wirklich bemerkenswert, wie sehr die beiden Schwestern sich ähnelten, obwohl er Maggie hübscher fand.

Die Schwester beäugte ihn mit Feindseligkeit. „Ich kann mich nicht erinnern, sie je zuvor auf einem Ball gesehen zu haben, Mylord."

„Mag keine Bälle."

„Aber jetzt, wo sie verheiratet sind", sagte Caroline, „hoffe ich, dass Ihre Interessen sich ändern werden."

Wie zum Teufel sollte er darauf antworten? Er konnte doch nicht lügen. In der Tat hatte er keine Absicht, seine Interessen zu ändern. „Ich bin ein anderer Mensch. Als einziges Kind habe ich immer nur an mich selbst zu denken brauchen. Jetzt muss ich Rücksicht auf Maggies Gefühle nehmen." Er war ziemlich stolz auf seine Antwort.

Lady Carolines Augen weiteten sich, ihre Brauen wanderten nach oben. Ein Blick reinster Demütigung breitete sich auf ihrem Gesicht aus. *„Maggie*? Noch nie hat jemand meine Schwester so genannt."

Margaret lächelte ihn an. „Das ist der Name, den mein lieber Ehemann für mich ausgesucht hat. Niemand anders darf ihn benutzen."

Lieber Ehemann? Sie trug doch zu dick auf. Wie er schon den Klang hasste. Er wollte niemandes Ehemann sein, noch weniger jemandes *lieber* Ehemann.

Caroline war ungewöhnlich still. Nach einer langen Pause sprach sie endlich. „Ich hoffe wirklich, dass niemand sonst diesen Namen benutzen wird! Ich jedenfalls werde es niemals tun!"

Mehr Schweigen folgte. Ein Jammer, dass Maggie so ein stilles, kleines Ding war und ein Jammer, dass er keine Ahnung hatte, worüber er sich mit dieser Schwester unterhalten sollte, die unfähig war ihre Abneigung gegen ihn zu verbergen. „Meine Maggie, du musst deiner Schwester von der neuen Kutsche erzählen."

Himmel, warum hatte er dieses Wort, *meine*, ausgesprochen? Er wunderte sich immer wieder über sich selbst.

Er musste jedoch zugeben, dass ein solches Wort ein weiterer Schritt auf dem Weg dazu war, die kritische Lady Caroline davon zu überzeugen, dass er kein verdammter Glücksritter war.

Lady Carolines feindseliger Blick wanderte von ihm zu ihrer Schwester.

„John und ich kommen gerade vom Kutschenbauer, wo wir eine neue Kutsche für mich bestellt haben."

„Deine eigene Kutsche! Ich werde ganz neidisch sein."

„Sie wird dir zur Verfügung stehen, da ich vorhabe, jeden Tag mit dir zu verbringen wie wir es immer getan haben." Seine Frau schaute auf die Uhr und drehte sich dann zu ihm. „Liebster, gab es da nicht etwas, wo du jetzt sein wolltest?"

Wie zum Teufel hatte sie von Tattersall gehört? „Ich muss zugeben, ich hatte vor, zu Tatt's zu gehen, aber deine Bedürfnisse und Wünsche kommen zuerst." Was hatte ihn dazu gebracht, das zu sagen? Er hatte jedenfalls nicht die Absicht gehabt zu lügen. Nie. Seltsamerweise stellte er fest, dass er die Wahrheit gesagt hatte. Er war weit davon entfernt, in Maggie verliebt zu sein, aber ihr Freude zu machen war ihm überaus wichtig.

Sie drückte seine Hand. „Dann ist es mein Wunsch, dass du zu Tattersall gehst."

Er drückte ebenfalls ihre Hand, stand auf und wandte sich dann an Lady Caroline: „Es war mir ein Vergnügen, Ihre Bekanntschaft zu machen und ich hoffe, Sie auf dem Ball zu sehen."

Sie bot ihm ein steifes Lächeln. „Ich werde

kommen.“

Dann drehte er sich wieder zu Margaret um und beugte sich vor, um mit den Lippen über ihre Wangen zu streichen. „Bis unsere neue Kutsche geliefert wird, hat Grandmère nichts dagegen, wenn du ihre benutzt. Sie geht kaum noch aus.“

„Danke.“

Er bewegte sich zur Tür.

Maggie rief ihm nach. „John?“

Er drehte sich um.

„Ich würde gerne erfahren, ob du das Pferd bekommst, das du gerne hättest.“

Die Frau kann meine Gedanken lesen. Äußerst erschreckend.

Er hoffte nur zu Gott, dass, nachdem er sie einmal so zufriedengestellt hatte, sie nicht wünschen würde, dass er ständig um sie herumschwänzelte. Erwartete sie, dass er von Tatt’s nach Hause eilen würde, um seine guten – oder schlechten – Nachrichten mit ihr zu teilen? Er hatte nicht die Absicht, von der Versteigerung zu ihr nach Hause zu eilen. Er und Knowles wollten bei Angelo’s später am Nachmittag fechten üben.

Aber als er sie mit einem hoffnungsvollen Blick auf ihrem süßen Gesicht dort sitzen sah, konnte er sie nicht enttäuschen. Außerdem wollte er ihre kratzbürstige Schwester davon überzeugen, dass er nicht so ein Schuft war. „Dann sieh zu, dass heute Abend beim Abendessen für mich gedeckt ist.“

Als er Maggies früheres Heim verließ, versuchte er sich daran zu erinnern, wann er tatsächlich das letzte Mal in Finchley House zu Abend gegessen hatte. Das musste Jahre her sein. Aber was schadete es? Es war ja nicht so, dass er vorhatte, die Nacht mit ihr zu verbringen. Er und die Freunde hatten andere Pläne. Pläne, die sie ganz sicher nicht einschlossen.

Er ging an der Kutsche von Grandmère vorbei, die Maggie, wie er ihr gesagt hatte, benutzen sollte. Er würde zu Fuß zu Tatt's gehen. Als er am Piccadilly entlangging, konnte er Maggie nicht aus seinen Gedanken vertreiben. Wie zum Teufel hatte sie von seinem verdammten Interesse an dem Wallach erfahren? Er hatte es ihr nicht erzählt. Er hatte ihr verdammt wenig über sich erzählt. Und es war ja auch nicht so, dass sie die Männer kannte, mit denen er Umgang hatte, Männer, die ihr von seinem Interesse an dem Wallach hätten erzählen können.

Es war teuflisch ungemütlich zu denken, dass sie seine Gedanken lesen konnte.

* * *

Margaret war noch aufgeregt, nachdem ihr Mann schon gegangen war. Er hatte sie doch wirklich *seine* Maggie genannt! Das war keine Liebeserklärung. Es war nicht dasselbe, als ob er sich in sie verliebt hätte. Aber für sie war es etwas Besonderes. Da sie seine grundlegende Ehrlichkeit kannte, schwelgte sie in den Worten. *Meine Maggie.* Sie war die seine! Er wusste, dass sie die seine war!

Sie fühlte sich, als hätte sie gerade den ersten Stein für das Fundament gelegt, auf dem ihre Ehe beruhen sollte. Es stand ihr noch viel Arbeit bevor, aber sie fühlte sich dadurch ermutigt, dass sie einen Anfang gemacht hatten.

„Ich muss zugeben", sagte Caro eisig, „dass dein Ehemann nicht halb so widerlich war, wie ich erwartet hatte."

Margaret schaute die Schwester, die sie so

liebte, böse an. „Ich muss dich bitten, nie wieder ein solches Wort für meinen Mann zu gebrauchen."

Caro seufzte. „Ich verstehe, warum du dich so fürchterlich in den Kerl verliebt hast. Er ist sündhaft gutaussehend."

„Ich weiß. Ich habe ihn seit Jahren vom Fenster aus beobachtet." Jetzt konnte sie endlich offen zu ihrer Schwester sein. Jetzt, wo es nichts mehr gab, was Caro tun konnte, um die Hochzeit zu verhindern.

„Du bist wirklich glücklich, mit Lord Finchley verheiratet zu sein?"

„Ich könnte nicht glücklicher sein." Nur dass sie das doch könnte. Wahres Glück würde erst kommen, wenn sie Johns Zuneigung erobert hatte. Würde sie ins Grab gehen, ohne seine Liebe gewonnen zu haben?

„Dann muss ich für dich glücklich sein. Jedenfalls bin ich neidisch auf deine Kutsche. Jetzt lässt du mich all die Heiratsanträge bedauern, die ich abgelehnt habe." Caro seufzte. „Nun, wo ich dich verloren habe, werde ich den nächsten Mann akzeptieren müssen, der mich fragt. Vorausgesetzt, dass er gut aussieht. Und einen Titel hat."

„Du Nachmacherin."

Beide Schwestern lachten.

„Im Ernst", sagte Margaret. „Es ist gut, dass du keinen der Männer genommen hast, die dir einen Antrag gemacht haben. Du musst warten, bis dein drachentötender Ritter kommt. Ich weiß, dass er kommen wird. Du musst aus Liebe heiraten."

Caros Augen wurden feucht, als sie ihre Schwester betrachtete. „Ich glaube, du liebst Finchley wirklich. Wie konntest du eine so starke

Zuneigung vor mir verstecken?"

„Ich wusste, dass du dagegen sein würdest. Wegen seines Rufs."

Caro nickte. „Ich verstehe immer noch nicht, wie Ihr beide zusammenkommen konntet. Ich habe jeden Tag meines Lebens mit dir verbracht."

„Alles, was ich sagen kann, ist, dass das Schicksal mich mit dem Mann, den ich anbetete, im rechten Moment zusammengebracht hat. Jetzt, liebe Schwester, sollen wir die Kutsche der Gräfinwitwe nehmen und zu Madame Duvall in Conduit Street fahren? Ich jedenfalls wünsche mir ein umwerfendes, neues Kleid für meinen *Brautball.*"

* * *

Als er bei Tatt's ankam, war sein Wallach eben gerade an der Reihe. Perry stand in der ersten Reihe und beäugte Johns Pferd. John eilte durch die dicht stehende Menge und war aufgeregt, als er neben Perry ankam. „Wage es nicht!"

Die Augen der beiden Männer trafen sich. Perry zuckte die Achseln. „Du missverstehst mich. Ich wollte nur sicherstellen, dass das wundervolle Tier in deinen Besitz gelangt."

„Wir mögen Freunde sein, aber du könntest trotzdem etwas ersteigern wollen, das ich auch möchte."

„Er hat recht, alter Junge." Erst jetzt sah John David Arlington an Perrys linker Seite stehen. „Erinnerst du dich, als Finch diese Dirne – wie war doch gleich ihr Name? - haben wollte?" Er warf Perry einen Blick zu.

Perry schaute böse. „Winnie."

Arlington grinste. „Wie konnte ich das vergessen? Sobald du wusstest, dass Finch vorhatte, sie unter seinen Schutz zu nehmen, hast du ihr eine viel bessere Apanage versprochen."

John zuckte mit den Schultern. „Du musst zugeben, dass Perry, nachdem er sie einmal in einer luxuriösen Wohnung untergebracht hatte, mir erlaubt hat, sie ... ganz nach meinem Herzen zu sehen."

„Dein Herz, alter Junge, war nicht der Teil deiner Anatomie, der dich zu der willigen Winnie trieb", grinste Arlington. „Wo wir von Herzen sprechen, wie läuft's mit der Ehe?"

Gerade da fing der Auktionator an, Johns Wallach anzupreisen. „Gentlemen, wir haben uns das Beste für zuletzt aufgehoben. Sie können weit und breit suchen, ohne ein vergleichbares Pferd zu finden." Johns Aufmerksamkeit richtete sich sofort auf den Wallach. Was für ein großartig aussehendes Tier er war! Seine edle Abstammung wurde durch seine perfekte Symmetrie und den graziösen Gang offensichtlich. Aller Augen wurden durch den dunkelbraunen Wallach mit den vier weißen Füßen angezogen.

„Dieser Wallach ist nicht nur auf Geschwindigkeit gezüchtet worden", sagte der Auktionator, „sondern Sie werden auch nicht Seinesgleichen finden, was Grazie und Schönheit angeht."

Obwohl John nicht übermäßig interessiert wirken wollte, war er doch ängstlich darauf bedacht, in den Besitz dieses Geschöpfs zu gelangen. Als der Auktionator den Hammer aufnahm und sagte: „Wer bietet fünfzig Pfund?", war Johns Hand die erste, die hochging. Dann blitzte er Perry an.

Perry zuckte mit den Schultern. Ein Wettbewerber war ausgeschaltet.

„Fünfundfünfzig", rief Lord Elsworth.

Die beiden Lords begannen, gegeneinander zu bieten.

Als der Preis über achtzig Pfund ging, erhob sich ein Stimmengewirr in der Menge. Nicht jeden Tag brachte ein Pferd einen derartigen Preis ein.

„Fünfundachtzig für Lord Finchley", sagte der Auktionator.

Dann nickte er dem anderen Mann zu und sagte: „Neunzig für Lord Ellsworth."

„Einhundert", rief John.

Die Menge wurde tödlich still. Aller Augen richteten sich auf Lord Ellsworth, der seinen Kopf schüttelte. „Ich werde verdammt keine hundert Pfund für irgendein Tier bezahlen!"

John, der es geschafft hatte, seinen früheren Pferdepfleger und seinen Kutscher zurückzulocken, vertraute sein neues Pferd dem Pferdepfleger an. Er und seine drei Freunde wollten Johns Kauf mit mehreren Flaschen Brandy bei White's feiern.

Als sie sich an ihrem gewöhnlichen Tisch versammelt hatten, stieß Knowles zu ihnen. Zwischen seinen Augenbrauen stand eine tiefe Falte und er sah verstört aus.

„Ist etwas nicht in Ordnung?", fragte John.

Knowles nickte. „Hat keiner von euch heute Morgen die Zeitung gesehen?"

Perry schüttelte den Kopf. John schüttelte den Kopf. Arlington sagte: „Die Zeitung sehen und sie lesen, sind zwei völlig verschiedene Dinge. Ich konnte kaum geradeaus schauen, als ich das Bett verließ."

„Sag, was stand drin?", fragte John.

„George Weatherford ist tot. Sein Name stand auf der Liste der Gefallenen von Spanien. Er war

Offizier bei den 11. Leichten Dragonern."

John hatte das Gefühl, als hätte er einen Tritt in den Bauch erhalten. Er nahm das Aufstöhnen und die Mitleidsbekundungen seiner Freunde kaum wahr. Jeder hatte George Weatherford gerne gemocht.

Weatherford war genauso alt wie er und sie kannten einander, seit sie mit acht oder neun Jahren nach Eton gekommen waren. Sie beide waren nie so enge Freunde gewesen wie er, Perry, Arlington und Knowles, aber sie hatten sich respektiert.

Weatherford war ernsthafter und weniger wohlhabend als die anderen, aber John hatte seine Intelligenz und seine Freundlichkeit bewundert. Und er war ein erstklassiger Cricket-Spieler.

Später, als John und seine Freunde nach Oxford gegangen waren, hatte Weatherfords Familie ihm ein Offizierspatent gekauft und er war auf die Halbinsel, in den Spanienkrieg, gezogen.

Es schien John, als hätte er gehört, dass Weatherford geheiratet hätte. Es sah ihm ähnlich, sesshaft zu werden. Er hatte nie die gleichen Dinge genossen wie John und seine Freunde. Wie hatte Grandmère es zusammengefasst? Wein, Frauen und Pharo.

Als der einzige Adlige in seinem Flügel der Schule hatte John immer den Respekt seiner Mitschüler gehabt. Weatherford hatte besondere Ehrfurcht für ihn empfunden.

John stellte sein Brandyglas ab und stand kopfschüttelnd auf. „Mir ist nicht mehr zum Feiern zumute. Das ist eine ganz verflucht schlechte Nachricht."

Er verließ White's und trat zu Fuß den Weg

zum Cavendish Square an. Nach Hause.

Nicht einmal der Gedanke, jetzt Eigentümer des Wallachs zu sein, konnte seine Laune an einem so dunklen Tag heben.

* * *

Er war leicht enttäuscht, dass Maggie noch nicht wieder zu Hause war. So wenig er das Haus mit einer verflixten Frau teilen wollte, war doch etwas Tröstliches daran, jemanden zu Hause vorzufinden, wenn man heimkam, jemanden, mit dem man reden konnte.

Nicht, dass er und Maggie sich je wirklich unterhalten hätten. Während der vier Mal, wo sie zusammen gewesen waren, hatte sie nur einmal tatsächlich viel gesprochen: an dem Tag, als sie ihn überredet hatte, ihr die Täuschung zu erlauben, dass dies eine wirkliche Ehe wäre.

Er ertappte sich dabei, dass er in die Bibliothek ging. Was überkam ihn da? Er wollte nie in einem Raum voller Bücher sein.

Aber Maggie wollte das. Nach all diesen Jahren würde die Bibliothek der Finchleys schließlich benutzt werden.

Vielleicht war der Grund, warum er hereingekommen war, dass diese Bücher ihn an Weatherford erinnerten. Sie hatten einander geholfen, einen obskuren Teil von Ovid aus Latein ins Englische zu übersetzen.

John kannte sich in der Bibliothek so wenig aus, dass er nicht sicher war, wo die lateinischen Bücher standen, aber nach ein paar Augenblicken fand er zwei Bände Ovid in dunkelrotem Ledereinband mit gold-geprägten Buchstaben. Er seufzte, nahm einen von ihnen und ging zu dem Sofa am Kamin. Aus einem unerklärlichen Grund wollte er dieses Gedicht wiederfinden.

Noch bevor fünf Minuten vergangen waren, wurde die Zimmertür aufgerissen. Er schaute auf und sah Maggie dort stehen mit einem breiten Lächeln auf dem Gesicht. „Du bist früh nach Hause gekommen! Ich hoffe, du hast gute Nachrichten." Kaum, dass sie ausgesprochen hatte, musste sie aus seinem Gesichtsausdruck erkannt haben, dass er trüber Laune war.

Ihre Stirn runzelte sich und sie kam zu ihm und sprach mit leiser Stimme. „Es tut mir so leid. Du hast dein Pferd nicht bekommen?"

„Doch." Sein Blick senkte sich.

„Etwas stimmt nicht."

Er nickte. „Ein alter Freund von mir wurde getötet."

Sie schnappte nach Luft und sank auf das Sofa neben ihm. „Das tut mir wahnsinnig leid."

Einen Moment lang sprach keiner von ihnen.

„Ich nehme an, dass du keine Lust mehr hattest zu feiern, nachdem du so schreckliche Neuigkeiten erhalten hast."

Wie zum Teufel hatte sie gewusst, dass er und seine Freunde auf sein Glück, den Wallach ersteigert zu haben, hatten anstoßen wollen? Spionierte sie ihm nach? Er nickte ernst.

„Kannst du mir von deinem Freund erzählen?"

Es dauerte einen Moment, bis er in der Lage war zu sprechen. „Sein Name war George Weatherford. Er war Offizier in der Spanienarmee."

„Wie tragisch."

„Ich habe ihn in Eton kennengelernt."

„Also war er ein junger Mann. So alt wie du?" Er nickte.

„Ich hoffe, er hinterließ keine Witwe", sagte sie ernsthaft. „Aber für ihn hoffe ich, dass er glaubte,

Liebe und Glück zu finden, bevor sein Leben so beendet wurde."

Seltsam, trotz seiner eigenen Abneigung gegen die Ehe fand John ihr Gefühl passend. Er hoffte zu Gott, dass Weatherford in seiner Ehe glücklich gewesen war. Er war diese Art Mann gewesen. „Wir haben in den letzten Jahren den Kontakt verloren, aber ich meine, dass ich gehört hätte, dass er verheiratet war. Ich hoffe, es war eine glückliche Ehe."

„Jetzt", sagte sie heiter, „möchte ich, dass du mir von deinem Pferd erzählst."

Sie wusste, wie sie seine Laune aufhellen konnte. Nicht, dass irgendein verdammtes Pferd auch nur annähernd so wertvoll war wie ein alter Freund. Er sah sie an. „Ein schöneres Tier, als ich je eines gesehen habe. Ein Wallach."

„Welche Farbe?"

„Dunkelbraun. Mit vier weißen Fesseln."

„Oh, das klingt, als wäre er wirklich schön."

„Nicht wirklich ein er."

Farbe stieg in ihren Wangen auf. Einen Moment lang sprach keiner von ihnen.

„Ich wollte dir für deine außerordentliche Freundlichkeit in Gegenwart von Caro danken."

„Du musst mir nicht danken. Ich habe nur getan, was ein Ehemann tun sollte." Nicht, dass er ein Ehemann sein wollte. „Habe ich es geschafft, den Hass deiner Schwester auf mich zu verringern?"

„Meine Schwester hasst dich nicht. Sie ist nur um mich besorgt."

„Aus gutem Grund. Bin ich nicht der ausschweifendste Lebemann von ganz London?" Er lächelte sie schräg an.

„Du sagtest, ich sollte nicht den ganzen Mist

glauben, den man in den Zeitungen liest."

Er lächelte. Diese Frau verstand sich darauf, seine trübe Laune zu heben.

Kapitel 9

Margaret, Caroline, ihre Schwester Clair und die Herzogin trafen alle am nächsten Tag am Trent Square 7 ein. Carter, der Verwalter des Hauses, der früher in Aldridge House Diener gewesen war, ließ sie ein. Nur Sekunden später begrüßte die jugendliche, verwitwete Mrs. Hudson, die es auf sich genommen hatte, die mütterliche Leiterin des Heims zu werden, sie herzlich. „Möchten Sie, dass ich die Kinder jetzt ins Musikzimmer schicke, Lady Margaret, oder möchten sie zuerst mit Mikey schmusen?"

Wusste jeder am Trent Square, wie völlig vernarrt Margaret in den anbetungswürdigen kleinen Buben war?

„Meine Schwester ist nicht länger Lady Margaret", fauchte Caro. „Sie ist jetzt Lady Finchley." Der Ton in Caros Stimme hörte sich an, als wäre sie noch immer unglücklich über Margarets unerwartete Heirat.

Mrs. Hudson wirbelte zu Margaret herum und lächelte. „Glückwünsche zu Ihrer Hochzeit, Mylady. Das ist so aufregend."

Margaret lächelte ebenfalls. „Ja, sehr aufregend, und ja, bitte rufen Sie die Kinder. Ich hoffe, dass Louisa sich von ihrem Fieber erholt hat."

Mrs. Hudson mühte sich ein Lächeln ab. „Sie ist noch nicht wieder gesund, aber wenigstens ist das Fieber fort. Letzte Nacht war die erste, wo sie nicht vor Fieber brannte."

„Ach, Sie Arme", sagte Margaret. Louisa war Mrs. Hudsons einziges Kind, und Margaret wusste, wie besorgt die Mutter um sie gewesen war. „Ich nehme an, Sie haben in dieser Woche nicht viel geschlafen."

„Sie hören sich an wie Carter. Er hatte in der vorletzten Nacht angeboten, bei Louisa zu wachen, damit ich endlich etwas Schlaf bekäme, aber ich wusste, dass ich vor Sorge um meine Kleine kein Auge würde zumachen können – obwohl er mir versprach, dass er laut an meine Türe klopfen würde, wenn irgendeine Veränderung einträte oder Louisa nach mir riefe."

Ob Mrs. Hudson es wusste oder nicht, der gutaussehende Hausverwalter Abraham Carter war in sie verliebt und er liebte ihr kleines Mädchen wie ein Vater. Margaret glaubte auch, dass, ob sie es wusste oder nicht, Mrs. Hudson dabei war, sich in ihn zu verlieben. Die arme Mrs. Hudson hatte ihren Teil Leid gehabt. Sie verdiente Glück. Wenn nur diese beiden sich finden würden.

Abraham verdiente es auch, glücklich zu werden. Es war verflixt schwierig für Margaret, anders an den ehemaligen Diener der Familie zu denken als an Abraham. Sie war stolz darauf, wie hart er gearbeitet hatte, um sich zu weiterzubilden, wie alle Kinder am Trent Square ihn liebten, wie tüchtig er den Betrieb in Nummer 7 versorgte. Sie konnte sich nicht daran erinnern, dass jemals ein Diener ihr so viel Respekt eingeflößt hatte.

Aber dann erkannte sie, dass für diese Witwen und Kinder Abraham Carter *kein* Diener war. Er war wie ein liebevoller Onkel, ein fürsorglicher

Vater und jemand, der für alles zuständig war, alles auf einmal, und nur auf dieser Erde weilte, um ihnen ihr Leben einfacher zu machen.

„Ich fürchte, dass mehrere andere Kinder Louisas Krankheit auch haben", fuhr Mrs. Hudson fort. „Nur Peter und Sarah werden heute zu Ihnen kommen."

Margaret runzelte die Stirn. „Die armen Kleinen. Möchten Sie, dass ich den Apotheker rufe?"

Die Witwe schüttelte den Kopf. „Ich denke nicht, dass das derzeit nötig ist, aber vielen Dank für das freundliche Angebot." Mrs. Hudson schaute dann zu Clair und lächelte. „Ich war so beeindruckt, Ihren Namen in der Zeitung zu lesen, Lady Clair, und mit einer so bekannten Persönlichkeit! Der ehrenwerte Richard Rothcomb-Smedley."

Clair sah überaus erfreut aus. „Er ist ein wundervoller Mann, das stimmt."

„Ist es wahr, dass er Schatzkanzler sein wird, bevor er dreißig ist?"

Clair zuckte mit den Schultern. „Wir hoffen es natürlich. Er arbeitet sehr hart."

Ein Jammer, dass er Clair noch keinen Antrag gemacht hatte, dachte Margaret. Sie passten nicht nur perfekt zueinander, sie empfanden auch große Zuneigung und Respekt füreinander.

Vielleicht, nachdem er von den dreißigtausend erfahren würde, die Lord Finchley bei der Heirat mit einer Ponsby-Schwester bekommen hatte, würde Mr. Rothcomb-Smedley um Clairs Hand bitten. Als jüngerer Sohn könnte er Clairs Vermögen gut brauchen.

Mrs. Hudson betrachtete Margaret unter zusammengezogenen Brauen. „Ich glaube, ich habe über Ihren Lord Finchley in den Zeitungen gelesen, aber ich kann mich nicht daran erinnern, in welchem Zusammenhang. Ist er auch im Parlament?"

Zu Margarets Entsetzen begannen ihre Schwestern zu lachen. Ihre Augen wurden schmal, als sie sie böse ansah und sich dann an die Witwe wandte. „Nein, mein Mann ist noch nicht im Parlament, und er hat mir gesagt, dass ich die schlechten Sachen, die die Zeitungen über ihn drucken, nicht glauben sollte, und ich würde Sie alle bitten, das auch nicht zu tun." Sie stolzierte zur Treppe und begann, sie hinaufzugehen.

„Oh, ich habe fast vergessen, Ihnen unsere wundervollen Neuigkeiten zu berichten", sagte Mrs. Hudson.

Margaret drehte sich wieder um.

„Mrs. Nye wird uns verlassen."

„Ich weiß nicht, was daran wundervoll sein soll", fauchte Caro.

„Sie wird wieder heiraten. Es scheint, dass einer der Gentlemen aus dem Dorf, wo sie aufgewachsen ist, immer in sie verliebt war und als er von ihrem Verlust erfuhr, begann er, sie zu besuchen. Sie werden heiraten, nachdem das Aufgebot veröffentlicht wurde und dann wird er sie in ihr neues Heim mitnehmen."

„Ich freue mich sehr für sie", sagte die Herzogin. „Und das bedeutet, dass wir Platz für eine weitere Familie haben werden."

„Wir freuen uns alle sehr für sie. Wir haben gehört, dass ihr Mr. Miller ein wenig Vermögen und ein solides altes Herrenhaus hat."

„Das sind dann wirklich gute Neuigkeiten", sagte Margaret. „Ich habe die Hoffnung, dass Sie alle so viel Glück wie Mrs. Nye finden werden.

Mrs. Hudson runzelte die Stirn. „Ich würde mich meinem Harry gegenüber wie eine Verräterin fühlen."

Margaret machte einen Schritt auf sie zu und legte ihr begütigend eine Hand auf die Schulter. „Nach dem, was ich von Ihrem verstorbenen Ehemann gehört habe, bin ich sicher, dass er wollen würde, dass Sie wieder eine Liebe finden und glücklich sind. Sie und Louisa."

Mit Sicherheit stellte Mrs. Hudsons Treue zu ihrem toten Ehemann das Problem dar, das sie davon abhielt, mit Abraham glücklich zu werden. Was für ein ernsthaftes Hindernis für eine aufkeimende Romanze mit Abraham. Sie wandte sich um und ging die Treppe hinauf.

* * *

„Wo du ja jetzt zu Geld gekommen bist, alter Junge", sagte Perry, „was hältst du davon, Whist zu spielen, zwanzig Pfund pro Rubber?"

John lächelte. „Es ist eine Weile her, seit ich das zuletzt tun konnte."

Er und seine besten Freunde saßen an ihrem gewöhnlichen Tisch bei White's. Knowles Brauen zogen sich zusammen und er legte eine Hand auf Johns Arm. „Meinst du nicht, dass der Herzog von Aldridge davon hören wird? Wenn ich du wäre, würde ich vorsichtiger sein. Der Herzog ist ein Mann, dessen Zorn du dir nicht zuziehen möchtest."

„Hör nicht auf ihn", sagte Perry.

„Es ist ja nicht so, als würde ich die ganzen dreißigtausend verlieren. Was schadet es, wenn ich hie und da ein paar Pfund verliere? Außerdem", sagte er und lächelte seinen ernstesten Freund strahlend an, „ich könnte ja auch gewinnen."

Arlington betrachtete ihn mit verwirrtem Gesicht. „Du *hast* Lord Bastingham alles zurückgezahlt?"

John schluckte. Er hasste es, an den beträchtlichen Teil von Margarets Mitgift zu denken, der dafür draufgegangen war, frühere Verluste an Lord Bastingham zurückzuzahlen. Er nickte ernst.

Perry rief nach den Notiertafeln.

„Vielleicht sollten wir mit etwas weniger als zwanzig Pfund pro Rubber beginnen", schlug John vor.

Arlington lachte leise. „Ich sehe, dass die Ehe schon einen mäßigenden Einfluss auf Finch ausübt."

„Die Ehe hat damit nichts zu tun", maulte John. „Ich ziehe es nur vor, den Herzog von Aldridge nicht zu verprellen. Ich habe Grund zu der Annahme, dass er mich bereits verabscheut."

„Niemand könnte dich je verabscheuen", sagte Knowles mit überraschend sanfter Stimme. „Ich erinnere mich daran, wie der arme, alte Weatherford dich verehrte. Er pflegte zu sagen, du wärest der anständigste, netteste Aristokrat, den er je kennengelernt hätte. Er hielt dich für einen echten Freund."

„Ich ihn auch", sagte John, der einen dicken Kloß im Hals spürte.

„Genug mit diesen Gefühlsduseleien", murrte Perry. „Wie ist es mit zehn Pfund pro Rubber?"

Arlington zuckte mit den Schultern. „Wie wäre es mit fünf? Es ist noch lange hin bis zum nächsten Vierteljahr."

„Im Übrigen", sagte John, „ich erwarte, euch alle beim Ball meiner Großmutter am Freitag zu sehen."

Perry verdrehte die Augen und runzelte die Stirn. „Ich werde kommen."

„Das würde ich nicht verpassen wollen", sagte Knowles. „Ich bin neugierig darauf, diese Frau zu sehen, die du geheiratet hast."

„Ich auch", warf Arlington ein. „Das muss ich selbst sehen. Wie konnte Finch bei einer vermögenden *und* schönen Frau landen? Die Frau liest offensichtlich keine Zeitung."

„Sieht sie so akzeptabel aus, wie Perry erzählt?", fragte Knowles John.

John würde erfreut sein, wenn sie fänden, dass sie gut aussähe. „Ich denke, eher hübscher." Er war immer noch verwirrt darüber, wie eine feine Dame wie sie darauf kommen konnte, ihr Leben mit seinem zu verknüpfen. Jemand mit ihren Vorzügen hätte haben können, wen sie wollte.

* * *

Der Abend des Balls kam heran.

Ein Abend, und nur an diesem einen Abend war Margaret sich sicher, dass sie ihn mit ihrem Ehemann verbringen würde und sie hatte vor, das Beste daraus zu machen. Sobald Johns Großmutter den Ball angekündigt hatte, waren sie und Caro zur Schneiderin gegangen, wo Margaret das schönste Kleid bestellte, das sie je besessen hatte.

Madam Duvall hatte es ein Brautkleid genannt, was Margaret höchst passend fand. Gestreifter, französischer Flor fiel weich über ein Unterkleid aus weißem Satin und der Saum des Kleids war mit Brüsseler Spitzen und darin verwobenen rosa Satinrosen verziert. Margaret fand auch das Mieder besonders schmeichelnd. Wie die Mode es wollte, war es sehr weit ausgeschnitten – aber nicht so tief, dass es unanständig gewesen wäre – und es war mit noch mehr dieser rosa Blüten und eleganten Blättern geschmückt. Ihre Schultern würden völlig bloß sein, aber man hatte ihr gesagt, dass ihre Schultern besonders hübsch wären. Zu ihrem Glück hatte sie sehr blasse, makellose Haut, so dass sie dachte, dass die, die ihr schmeichelten, zumindest hiermit Recht hatten. Direkt unter ihren Schultern bauschte sich der Stoff über ihren Oberarmen wie ein Paar Wölkchen.

Caro war ganz neidisch gewesen. „Das ist wohl das schönste Kleid, das ich je gesehen habe. Das ist fast ein Grund, dass ich heiraten sollte, nur um ein sogenanntes Brautkleid bestellen zu können, das genauso schön ist."

„Das wäre ein dummer Grund zum Heiraten", hatte Margaret voller Verachtung gesagt.

Jetzt war Caro wieder in Aldridge House und kleidete sich für den Ball an, und Margaret und ihre Zofe hatten Stunden für ihre Toilette gebraucht. Sie war in weiße Satinslipper geschlüpft und hatte lange, weiße Handschuhe aus französischem Ziegenleder angezogen. Sie lächelte, als sie den schönen, handgemalten Fächer entfaltete, den Elizabeth ihr als Hochzeitsgeschenk gegeben hatte. Liebe, rücksichtsvolle Elizabeth. Es war das einzige Hochzeitsgeschenk, das sie bekommen hatte. Sie hasste es, dass ihre Familie so gegen John eingestellt war.

Vielleicht konnte sie heute Nacht ihre Meinung in positivere Bahnen leiten.

Noch wichtiger, vielleicht konnte sie *seine* Aufmerksamkeit in eine wünschenswertere Richtung lenken.

„Oh, liebe Annie", sagte sie zu ihrer Zofe. „Ich glaube, meine Haare haben noch nie so wunderschön ausgesehen."

„Danke, Mylady. Ich habe versucht, sie genauso aussehen zu lassen, wie bei der Dame in Akermann's."

Margarets Blick fiel auf ein herausgerissenes Blatt aus der Ausgabe von Akermann's vom letzten August, auf dem eine schön frisierte Dame der Gesellschaft zu sehen war. Sie hatte dieses Bild seit einiger Zeit aufgehoben und geplant, ihre Haare in der gleichen Weise frisieren zu lassen, aber sie hatte auf ein besonderes Ereignis gewartet.

Nichts konnte wichtiger sein als dieser Abend.

Dann besah sie sich ihr Spiegelbild und verglich es mit dem Bild von Akermann's. Annie war ein echtes Juwel. Sie hatte Margarets Haare in der gleichen Weise aufgesteckt, und es stand ihr besonders gut mit den unregelmäßigen Löckchen im östlichen Stil, die mit einem Band aus winzigen, rosenfarbenen Seidenblumen zusammengefasst waren.

Sie wählte einfache Perlen für Hals und Ohren.

Wird er mich auch nur ansehen? Sie stand auf und schaute wieder in den Spiegel. Wenn er sie heute Abend nicht hübsch fand, war der Mann hoffnungslos. Obwohl Margaret normalerweise bescheiden war, fand sie sich heute Abend ausgesprochen schön. Sie ertappte sich dabei, dass sie sich fragte, was eine Operntänzerin haben konnte, das sie nicht hatte.

Nun ... es lohnte sich nicht, darüber nachzudenken. Sie hatte ihm gesagt, es würde ihm freistehen, sich mit Frauen dieser Art abzugeben, aber sie hatte nicht daran gedacht, wie schmerzlich es für sie sein würde, wenn er das wirklich täte.

Sie hörte schwere Schritte im Gang vor ihrem Schlafzimmer, dann ein energisches Klopfen. Wer sonst konnte es sein? „Ja?", fragte sie.

„Ich bin es, Finchley, äh, ich meine, John Edward, oder John."

Ihr Herz raste. Ihre Handflächen wurden feucht, ihr Hals trocken. „Komm herein", schaffte sie es mit schwankender Stimme zu sagen.

Er schlenderte in ihr Zimmer, schon fertig für die Festlichkeiten des Abends angekleidet und sündhaft gut aussehend in einem tiefschwarzen Anzug, mit einer samtbezogenen Schachtel in seinen Händen. Er schaute mehr auf die Schachtel als zu ihr. „Ich habe dir etwas von dem Finchley-Schmuck gebracht, den Grandmère heute Nachmittag herübergeschickt hat." Dann sah er auf und schaute sie an.

Er hielt mitten im Schritt an, als ob er plötzlich auf dem Blumenteppich angewachsen wäre und glotzte sie mit weit geöffneten Augen an.

Sie fühlte seinen langsam über sie gleitenden Blick und hätte sich nicht gekränkter fühlen können, wenn man ihr jedes einzelne Kleidungsstück vom Körper gezogen und sie so dorthin gestellt hätte. Warum war er so still? Würde er bemerken, wie schrecklich sie zitterte?

Sie war nicht in der Lage, ihren Blick von ihm abzuwenden. Obwohl noch immer etwas von dem sorglosen Jungen an ihm haftete, verströmte er doch heute Abend nur Männlichkeit mit seiner imponierenden Größe und den eingefallenen Wangen, die einen ganz leichten Hauch von dunklen Bartstoppeln trugen. Er hätte in alten Zeiten einen prachtvollen dunklen Ritter abgegeben.

Er sah so beeindruckend aus. Vor allem hier, in diesem femininen Schlafzimmer. Ihr Herz schlug pochend bei der bloßen Feststellung, dass er tatsächlich in ihrem Schlafzimmer stand.

Eine andere Schranke gefallen, ein weiterer Grundstein gelegt.

Schließlich sprach er wieder. „Bei Jupiter, Maggie, du siehst heute Abend einfach umwerfend aus."

Und sie fühlte, wie hörbar die Luft entwich, die sie in ihren Lungen zurückgehalten hatte.

Kapitel 10

Sie sah aus wie Maggie, und doch auch nicht. Die elegante Frau, die dort stand, machte ihn fast sprachlos. Als er in ihr Schlafzimmer gekommen war, galt sein Interesse vielmehr ihrer Reaktion auf den Schmuck als ihrem Anblick. Er hatte keinen Moment darüber nachgedacht, wie sie wohl aussehen würde.

Er wusste, dass sie recht passabel aussah und einen ausgezeichneten Geschmack bei der Auswahl ihrer Kleider hatte, aber er hatte nicht damit gerechnet, wie anders jemand in einem exquisiten Ballkleid statt in einem pastellfarbenen Tageskleid aussah. Er hatte keineswegs damit gerechnet, dass er diese Schultern mit ihrem sahnigen Elfenbeinweiß anglotzen würde, aber genau dabei erwischte er sich jetzt. Und er konnte sich nicht davon abhalten, die himmlische Schwellung ihrer Brüste anzustarren, die sich unter der zarten Seide ihres umwerfenden Kleides erhob.

Plötzlich wurde ihm bewusst, dass sie wirklich eine Frau war. Und es ließ ihn sich verflixt unbehaglich fühlen, im Schlafzimmer dieser Dame zu stehen.

Obwohl er kein Wort herausbrachte, stellte er bei seinem langen Blick auf sie fest, dass sie zitterte. War sie nervös? Ihre Augen trafen sich. Er hatte noch nie einen so verletzlichen Ausdruck wie ihren in diesem Moment gesehen. Plötzlich kam ihm der Einfall, dass er ihr sagen müsste, wie schön sie aussah. Wie konnte sie daran nur zweifeln? Nur ein Blinder konnte ihre außergewöhnliche Schönheit heute Abend übersehen. Also sprudelte er heraus, wie wundervoll sie aussähe. Er hatte nie wahrere Worte ausgesprochen, und doch ließen sie ihn sich verlegen fühlen.

„Danke", erwiderte sie schüchtern.

Alle Gedanken an sein eigenes vorübergehendes Unbehagen verflogen angesichts seiner Rücksicht auf sie. „Ehrlich, Maggie, du wirst die absolute Ballschönheit sein."

„Es ist *unser* Ball. Ich wollte ein besonderes Kleid nur dafür."

„Ich habe nie etwas Schöneres gesehen." *Als dich.* Natürlich, musste er zugeben, seine Erfahrungen mit Ballkleidern waren wegen seiner langdauernden Abwesenheit von solchen Veranstaltungen beschränkt. „Sollen wir jetzt schauen, ob dieser Schmuck der Finchleys dem gerecht wird? Erlaubst du mir, die Perlen abzunehmen?"

„Bitte, mach das." Ihr Blick fiel auf die Samtschachtel.

„Erlaube mir, dir die Diamanten zuerst zu zeigen." Er öffnete die Schachtel.

Sie schwärmte vor Begeisterung. Nach vielen Ausrufen über die Schönheit des Schmucks sagte sie: „Wie geehrt ich mich fühlen werde, etwas so Exquisites zu tragen."

„Grandmère sagt, dies sei der beste Schmuck und hoffte, dass du ihn heute Abend tragen würdest."

Ihre Augen wurden groß. „Das ist eine unglaubliche Ehre." Sie klang kein bisschen wie die hochmütige Tochter eines Herzogs.

Er löste die Perlenkette, während sie die Ohrringe abnahm. „Es ist eine Ehre für mich", sagte er. „Ich werde die schönste aller Frauen zum Ball begleiten." In diesem Augenblick stellte er fest, dass er jedes Wort auch so meinte. In der Tat freute er sich darauf, Arlington und Knowles diese schöne Dame vorzustellen. Und, auch wenn Perry sie schon zuvor gesehen hatte, wusste John, dass Perry von der Art, wie sie heute Abend aussah, geblendet sein würde. Der Gedanke, sich mit einem so wunderschönen Geschöpf am Arm durch den Ballsaal seiner Großmutter zu bewegen, gefiel ihm sehr.

Er befestigte die prachtvolle Diamanthalskette um ihren eleganten Hals und trat zurück, um sie zu betrachten. Waren es die Diamanten oder hatten seine Komplimente diese Veränderung bewirkt?

„Sie sind wunderschön", sagte sie mit einem fast andächtigen Flüstern.

Er ertappte sich dabei, wie er sie an ihren eleganten Schultern fasste und in ihre Augen sah. „Lange nicht so schön wie du."

Ihre Augen versenkten sich kurz ineinander. Keiner sprach ein weiteres Wort. Er war sich bewusst, welche Lobesworte er für sie gefunden hatte. In seinen sechsundzwanzig Jahren hatte er nie etwas Derartiges zu einer anderen Frau gesagt. Er hätte keinesfalls jemals gedacht, dass er sie zur Tochter eines Herzogs sagen würde! Aber wie immer folgte er seiner Ehrlichkeit.

Er bot ihr den Arm. „Komm, Lady Finchley. Meine Großmutter hat ihre Kutsche geschickt. Sie möchte, dass wir kurz vor den Gästen dort sind."

* * *

Es war der wundervollste Ball aller Zeiten! Wie stolz sie war, dass sie am Fuße der breiten Treppe mit der älteren Dame an der einen und John an der anderen Seite stand, als sie zu dritt ihre Gäste begrüßten. Wie stolz sie war, dass die ganze gute Gesellschaft wusste, dass er ihr Ehemann war. Wie stolz sie war, dass ihr Mann – zumindest in ihren Augen – der bestaussehende Mann auf dem Ball war. Ihrem Ball.

Sie konnte nicht leugnen, dass Johns üppige Komplimente über ihr gutes Aussehen in großem Umfang zu ihrem Glück beitrugen. Da sie wusste, dass er nicht log, waren seine Komplimente noch wertvoller. Sie war auch dankbar, dass so viele Mitglieder der Familien Aldridge und Haverstock kamen, einschließlich der Marquise von Haverstock, deren Baby jeden Tag erwartet wurde.

„Wie ich mich freue, dass du gekommen bist", sagte sie zu Lady Haverstock. Margaret war viel zu schüchtern, um etwas über die bevorstehende Entbindung der Dame zu sagen, obwohl sie ihr gerne gesagt hätte, wie sehr die bevorstehende Mutterschaft ihr ohnehin legendäre Schönheit noch ergänzte.

Der Marquis konnte sein Entzücken an seiner Frau nicht verbergen. Er legte sanft seinen Arm um die Schultern der Marquise und murmelte im Weitergehen: „Komm, meine Liebste, wir müssen einen Ort finden, wo du dich niedersetzen kannst."

Als nächste kam Margarets Schwägerin. Die Herzogin und ihr Mann begleiteten oft ihren Bruder – Haverstock – und dessen Frau. Die kleine Wölbung unter dem locker fallenden Kleid der Herzogin wäre für niemanden, der nicht wusste, dass die Aldridges Eltern werden würden, nicht zu bemerken gewesen. Und wie immer war die Herzogin von Aldridge freundlich, besonders zu John. „Willkommen in der Familie, Lord Finchley. Sie sind ein sehr glücklicher Mann, da sie Margarets Hand gewonnen haben."

„Das bin ich tatsächlich."

Margarets Brust wurde eng, als ihr Bruder mit grimmigem Gesicht auf sie zu kam. Bitte lass ihn höflich zu John sein. Sie hielt den Atem an, als Aldridge ihnen gegenübertrat. Wie kränkend es wäre, würde ihr Bruder unhöflich zu ihrem Mann sprechen. „Meine liebe Margaret, ich kenne dich schon dein ganzes Leben lang und du warst nie schöner. Die Ehe scheint dir gut zu bekommen." Er warf dann John einen Blick zu. „Guten Abend, Finchley."

„Guten Abend, Euer Gnaden."

Der Herzog und die Herzogin von Aldridge nickten noch einmal und gingen dann weiter, die Treppe zum Ballsaal hinauf.

Margaret wäre vor Erleichterung fast ohnmächtig geworden. Obwohl ihr Bruder nicht besonders nett zu John gewesen war, hatte er doch nichts Verletzendes gesagt.

Als nächstes erschien die Schwester der Herzogin, Lady Lydia Morgan, mit ihrem Mann, den jeder Morgie nannte. Da Lady Lydia solche Anlässe eigentlich nicht mochte und ihren kleinen Sohn ungern alleine ließ, betrachtete Margaret es als eine Ehre, sie empfangen zu dürfen.

Morgie sprach zuerst. „Ich muss schon sagen, ihr zwei gebt ein sehr gutaussehendes Paar ab." Er musterte John. „Habe ich Sie schon einmal für einen Ball gekleidet gesehen, Finchley?"

Lady Lydia trat neben ihn. „Das liegt daran, mein lieber Mann, dass Lord Finchley dieselbe

Abneigung gegen Bälle hat wie ich. Ist es nicht so, Mylord?"

Johns Mund verzog sich zu einem Lächeln. „Das ist wahr, aber seinen eigenen Ball muss man wohl besuchen." Er sah auf seine Frau. „Und sie müssen zugeben, dass es jedes Opfer wert wäre, in der Begleitung einer so wunderhübschen Dame zu erscheinen."

Margaret konnte fühlen, wie die Röte in ihre Wangen stieg.

Mr. Morgan nickte.

Seine Frau sprach. „Lady Margaret – äh, Lady Finchley – war immer hübsch, aber ich glaube, heute Abend ist sie schöner denn je. Ich wage zu behaupten, es muss daran liegen, frisch verheiratet und bis über beide Ohren verliebt zu sein, dass Sie beide so gut aussehen."

Margaret war zu verlegen, um sich auch nur einen Blick auf John zu erlauben. „Danke", war alles, was sie sagen konnte.

„Sie tanzen doch, Finchley?", fragte Morgie.

John zuckte die Schultern. „Nicht mehr seit vielen, vielen Jahren."

Morgie nickte. „Habe selbst sehr gerne getanzt, Lydia nicht. Ich meine, wenn Sie mich brauchen, um ihre Pflichten als Ehmann bei Lady Finch..." Ein erschreckter Blick flog über Morgies Gesicht. „Bitte, Lady Finchley, legen Sie ihre Hände über die Ohren und hören sie auf nichts, was ich sage."

Wieder einmal an diesem Abend fühlte Margaret Hitze in ihre Wangen steigen.

„Ah, aber Mr. Morgan", sagte John und ging elegant über den unbehaglichen Moment hinweg. „Sie müssen doch zugeben, dass es jede Verlegenheit wegen meines Tanzens wert sein wird, mit einer so schönen Frau wie Lady Finchley zu tanzen."

„Oh, ja. Das ist richtig", sagte Morgie. „Nicht, dass ich meine, Ihr Tanzen würde schlecht aussehen."

Nachdem die Morgans die Treppe hinaufzusteigen begannen, schaute John zur offenen Tür, nahm ihre Hand in die seine und murmelte: „Es scheint, dass meine drei besten Freunde gekommen sind."

Obwohl ihr Aussehen ihr Selbstvertrauen verlieh, wurde sie steif, als würde sie vor Angst erstarren, als sie erkannte, dass sie gleich den besten Freunden ihres Mannes zur Begutachtung vorgestellt werden würde. Sie konnte sich gerade dazu aufraffen zu lächeln, als die drei auf sie zukamen.

Mr. Perry begrüßte sie zuerst. „Ah, Lady Finchley, erlauben Sie mir zu sagen, dass Ihre Schönheit mir den Atem nimmt."

Sie schenkte ihm ein weiteres Lächeln. „Vielen Dank."

Als nächstes stellte John ihr Michal Knowles vor. Wie Mr. Perry war er makellos gekleidet. Beide Männer sahen gut aus und beide hatten fast schwarzes Haar. Mr. Knowles war vielleicht einen Zoll kleiner als Mr. Perry, aber seine Schlankheit ließ ihn gleich groß erscheinen. „Es ist eine Freude, Ihre Bekanntschaft zu machen, Mylady, obwohl ich sagen muss, dass ich in den letzten fünfzehn Jahren, seit ich Lord Finchley kenne, ihn nie so beneidet habe."

Sie wusste nicht, was sie antworten sollte. War er neidisch, weil John die Tochter eines Herzogs geheiratet hatte, oder war er neidisch, weil Johns Frau so schön war. Das letzte, was sie wollte, war, eingebildet zu erscheinen. Ein bescheidenes

„Dankeschön" war ihre Antwort. „Ich habe darauf gewartet, Johns beste Freude kennenzulernen."

David Arlington schob Mr. Knowles auf die Treppe zu, damit er Margaret gegenübertreten konnte. Er war so groß wie Knowles, aber viel muskulöser. Wie die anderen hatte er ein angenehmes Aussehen. „Ich würde sagen, Mylady, dass Ihre Schönheit mir den Atem raubt, aber das hat Perry schon gesagt. Ich würde Ihnen sagen, wie sehr ich Finch beneide, aber Knowles kam mir auch da zuvor. Daher erlauben Sie mir zu sagen, dass es eine Ehre ist, heute Abend hier eingeladen zu sein, um Ihre Bekanntschaft zu machen." Er nahm dann ihr Hand und drückte tatsächlich seine Lippen auf ihren Handschuh. Ihre Augen trafen sich für einen Moment, bevor er weiterging.

Ihr Herz schlug unregelmäßig. Sie war überaus verlegen wegen der Intimität dieses Handkusses von Mr. Arlington. Sie war es gewöhnt, dass Männer die Luft über ihrer Hand mit scheinbaren Küssen streiften, aber noch nie zuvor waren es richtige Küsse gewesen. Selbst ihr Ehemann hatte sich noch nie solche Freiheiten herausgenommen!

Als die Reihe der ankommenden Gäste sich lichtete, blieben ihre Gedanken bei Johns Freunden. Obwohl alle drei gut aussahen, konnte keiner von ihnen sich mit John vergleichen.

* * *

„Von dir, mein liebster Enkel, wird erwartet, dass du deine Frau zum ersten Tanz des Abends, einem Walzer, auf die Tanzfläche führst."

Johns Magen sackte in seine Knie, ähnlich wie zu dem Zeitpunkt, an dem er mit einem Strich auf der Liste fünfhundert Pfund an Lord Bastingham verloren hatte. Wie sehr es ihn kränken würde, wenn er sich vor den einhundertfünfzig Leuten, die Grandmère heute Abend eingeladen hatte, blamierte.

Schlimmer noch, was, wenn er Maggie auf ihre zarten Füßchen treten würde? Mit zweiundzwanzig hatte sie vermutlich seit mindestens drei Jahren auf allen Bällen und Gesellschaften getanzt. Mit Sicherheit war sie eine anmutige, geübte Tänzerin und hatte mit dutzenden – wenn nicht hunderten – Männern getanzt, die leichtfüßig und elegant waren. Würden seine mangelhaften Fähigkeiten beim Tanzen sie in Verlegenheit bringen? Was, wenn seine Unfähigkeit sie abstieß? Er hatte schon so viele Untugenden, die gegen ihn sprachen.

Er drehte sich zu ihr und holte tief Luft. „Sei gewarnt, dass meine Fähigkeiten beim Tanzen durchaus verbesserungsbedürftig sind. Ich bete nur, dass ich dir nicht auf die Füße treten werden."

Sie lächelte zu ihm auf, ein viel wärmeres, spontaneres Lächeln als das, was sie dem verdammten Arlington geschenkt hatte, als er sich erfrecht hatte, seine Lippen an ihrem Handschuh abzuwischen. „Verschwende keinen Gedanken daran. Ich versichere dir, meine Füße sind es gewöhnt, dass man auf sie tritt und es macht mir nichts aus, wenn du es tust."

Er erinnerte sich an das, was sie gesagt hatte, als sie zu ihm gekommen war und vorgeschlagen hatte, dass sie Mann und Frau spielen würden. Sie hatte gesagt: *„Wir werden einander treue und loyale Freunde sein."* In diesem Moment wurde ihm klar, dass sie treue und loyale Freunde geworden *waren*. Sie verurteilte ihn nicht. Sie nahm ihn so an, wie und was er war.

Er nahm ihre Hand und drückte leicht einen

Kuss auf ihren Handrücken – etwas, was er nie zuvor getan hatte. „Du bist zu freundlich, meine Liebste." Das *meine Liebste* fügte er seiner Großmutter zuliebe hinzu, die noch immer neben ihnen stand und sie liebevoll betrachtete, als wären sie der König und seine Königin. „Ich wage zu hoffen, dass niemand auf meine Schritte achten wird, wenn die Schönheit meiner Frau aller Aufmerksamkeit auf sich ziehen wird."

Ein paar Minuten später stimmte das Orchester einen Walzer an und er wandte sich Maggie zu. „Es wird mir eine Ehre sein, mit dir zu tanzen."

Er war überaus nervös, als sie unter aller Augen auf die Tanzfläche schritten. Als sie die Mitte des hölzernen Tanzbodens erreicht hatten, legte er eine Hand auf ihre Taille und umfasste mit der anderen ihre Hand. Als sie sich näher kamen, wurde er angenehm von ihrem süßen Rosenduft eingehüllt. „Ich weiß, dass du dafür sorgen wirst, dass ich so aussehe, als wüsste ich, was ich tue", sagte er, als der Tanz begann.

Zuerst war er sich jeder seiner Bewegungen bewusst, wie er sie hielt, der Möglichkeit, einen kompletten Affen aus sich zu machen. Er konnte sich nicht helfen, als sofort davon beeindruckt zu sein, wie anmutig sie sich bewegte. Sie tanzte so geschmeidig und mit so geübter Leichtigkeit, dass er sich nicht auf das, was er tat, konzentrieren musste. Es dauerte nicht lange, bis sie ihn seine Nervosität vergessen ließ, indem sie ihn in ein Gespräch zog. „Ich bin so froh, dass ich nicht länger ein junges Mädchen bin, das mit jedem passenden Mann tanzen muss, der sie dazu auffordert."

Er erinnerte sich daran, wie sie ihm erzählt

hatte, wie krank es sie machte, ständig von Mitgiftjägern hofiert zu werden. Obwohl er ihre großzügige Mitgift gerne angenommen hatte, wusste sie wenigstens, dass er ihr nicht wegen ihres Vermögens den Hof gemacht hatte. Was ihn sich irgendwie so fühlen ließ, als wäre er wenigstens an einer Missetat unschuldig. Natürlich hatte er ihr tatsächlich gar nicht den Hof gemacht.

Aber nun waren sie hier. Verheiratet.

Das Wort störte ihn immer noch. Aber sie nicht. „Es ist ein großer Verlust für alle unverheirateten Männer in der guten Gesellschaft, dass ich das große Glück hatte, dich zu heiraten."

„Mylord, mit Ihren Schmeicheleien werden Sie mich verlegen machen." Während andere keusche Fräuleins vorgeben mochten, durch Schmeicheleien in Verlegenheit gebracht zu werden, war Maggie es wirklich.

Er konnte nicht über unverheiratete Männer reden und dabei nicht an seine Freunde denken. Er war erfreut, dass sie Maggie so gesehen hatten, wie sie heute Abend aussah, erfreut, dass sie sie so gelobt hatten. Aber der verdammte Arlington war zu weit gegangen! John würde mit ihm reden müssen.

Es fiel ihm ein, dass seine Freunde, da sie wussten, dass seine und Maggies Ehe nur zum Schein war, sich in den Kopf setzen könnten, dass Maggie … für ihre Avancen empfänglich sein könnte! Der bloße Gedanke machte ihn zornig. Ja, er würde wirklich mit Arlington reden müssen.

Sie schaute mit glänzenden Augen zu ihm auf, das Licht der drei riesigen Kronleuchter erhellte ihr Gesicht. „Ich bin glücklich, Lady Finchley zu sein."

Er war glücklich, dass sie glücklich war. Aber er war nicht glücklich, dass sie Lady Finchley war. Er hatte nie eine Ehefrau haben wollen. Nie. Würde der Tag je kommen, an dem er sich bei der Vorstellung, ein verheirateter Mann zu sein, wohlfühlen würde?

Er musste zugeben, dass, wenn man schon heiraten musste, man keine süßere Partnerin finden konnte als Maggie. Er drückte ihre Hand. „In Anbetracht aller meiner Fehler ist es wirklich nett von dir, das zu sagen."

„Oh, du hast mir doch gesagt, ich solle nicht all diese skandalösen Dinge glauben, die über dich in den Zeitungen geschrieben werden."

„Denke, das ist ein ausgezeichneter Rat."

Einen Moment später sagte sie: „Deine Freunde hätten nicht netter zu mir sein können."

Ein bisschen zu nett. „Du hast sie förmlich verzaubert."

Sie kicherte. „Ich wurde noch nie zuvor beschuldigt, einen Mann verzaubert zu haben."

„Das liegt daran, dass das die Art von Lob ist, die hinter jemandes Rücken geflüstert wird. Wenige Bewunderer würden der Zauberin gestehen, dass sie verzaubert wurden."

„Die Idee, eine Zauberin zu sein, gefällt mir irgendwie."

„Nun, Lady Zauberin, ich nehme an, du wirst mit jedem von ihnen heute Abend tanzen müssen. Ich sollte dich warnen. In der ganzen Truppe gibt es keinen geübten Tänzer."

„Du legst zu viel Wert auf die Fähigkeiten beim Tanzen. Ich kenne keine Lady, die so oberflächlich wäre." Sie zuckte die Schultern, seufzte, und sah zu ihm auf. „Darf ich vorschlagen, dass du Caro aufforderst?"

Er wurde steif. „Ich nehme an, ihre gute Erziehung würde sie davon abhalten, mir einen Korb zu geben, obwohl ich weiß, dass deine Schwester mich ins Pfefferland wünscht."

„Das stimmt nicht." Sie sah mit einem gespielten Schmollen zu ihm auf. „Es ist deine Aufgabe, meine Schwester zu *verzaubern*."

„Ein Jammer, dass man deinen Bruder nicht verzaubern kann!"

„Hast du ihn nicht sagen hören, dass die Ehe mir wundervoll bekäme? Das war Aldridges förmliche Art, dich willkommen zu heißen."

„Ich wünschte, es wäre so ..." Sein Schritt stockte abrupt. Bei Gott, er hatte ihren Fuß unter seinem zerquetscht. Sie zuckte zusammen, sagte aber kein einziges Wort. Er spähte mit Sorge zu ihr hinab. „Habe ich dich verletzt?"

Sie schüttelte den Kopf.

Vermutlich war sie nur höflich. „Sicher?"

„Mir sind schon viel fettere Männer als du versehentlich auf die Füße getreten und ich habe keine gebrochenen Knochen davongetragen."

„Ich werde sie fordern müssen."

Seine Bemerkung brachte sie beide zum Lachen.

Die süßen Töne der Geigen verklangen langsam. Der Tanz würde bald enden. „Ich muss dir sagen, was für eine ungewöhnlich gute Tänzerin du bist", sagte er.

Sie kicherte. „Sie, Mylord, können überhaupt nicht beurteilen, ob jemand ungewöhnlich gut tanzt oder nicht, wenn man bedenkt, dass Tanzen niemals ein Sport war, den Sie ausüben."

Da hatte sie ihn erwischt. „Vielleicht sollte ich bei meinen Freunden eine Umfrage machen – nachdem sie mit dir getanzt haben – um zu sehen, wie sie deinen Tanz einschätzen."

„Bitte, tue das."

Sie hörten auf zu tanzen, als die Musik verklang. Er war sich vage bewusst, dass er viel lieber weiter mit Maggie getanzt hätte, anstatt sich durch den Raum zu bewegen und mit allen diesen langweiligen Leuten zu reden, von denen die meisten verheiratet waren. Er bot ihr seinen Arm und tätschelte ihre Hand, als sie sie auf seinen Ärmel legte.

Schon bevor sie den Tanzboden verlassen hatten, kam Arlington auf Maggie zu. „Ich werde vergehen, wenn Sie mir nicht die Güte erweisen, mit mir zu tanzen, Mylady."

Ihr Blick wanderte von dem verehrenden Arlington zu John.

„Da dies KEIN Walzer sein wird", sagte John und schaute seinen Freund stirnrunzelnd an, „will ich dir erlauben, mit meiner Frau zu tanzen."

Arlington betrachtete John unter hochgezogenen Brauen, die Lippen zu einem Grinsen verzogen. „Meinst du damit, dass ich nicht mit Lady Finchley Walzer tanzen darf?"

„Genau das wollte ich damit sagen."

Arlington begann, leise zu lachen und bot dann Maggie seinen Arm.

John seufzte. Jetzt konnte er genauso gut seine Pflicht bei der schroffen Lady Caroline erfüllen. Er schlenderte hinüber, wo sie neben dem Herzog von Arlington stand, der gerade seine Herzogin mit Aufmerksamkeiten überschüttete. Die Herzogin Elizabeth von Aldridge war eine jüngere Schwester Lord Haverstocks. Jetzt hatte John das endlich auf die Reihe bekommen. Lady Lydia Morgan war eine andere von Haverstocks Schwestern, was Morgie zu einem Schwager der

Herzogin machte. Nach einem Moment des Nachdenkens entschied John, dass Maggie keine Blutsverwandte von Morgie war. Auch nicht vom Marquis von Haverstock, nicht, dass Maggie viel Wert auf Blutsverwandtschaft legte. Sie hatte betont, dass sie der Herzogin ebenso nahe stände wie ihren echten Schwestern.

Ein Jammer, dass er nicht mit der Herzogin tanzen würde. Sie war viel netter zu ihm als Maggies Schwester. Vielleicht sollte er versuchen, dem Rat seiner Frau zu folgen und zu versuchen, Lady Caroline zu bezaubern. Aber wie stellte man es an, jemanden zu bezaubern?

Kapitel 11

Es gab wenig Gelegenheit für ihn, mit Lady Caroline zu sprechen (was er für eine sehr gute Sache hielt, wenn man ihre Abneigung gegen ihn bedachte). Der Tanz, für den er sie aufforderte, bestand aus zwei Teilen, in denen sie meist in langen Reihen einander gegenüberstanden. Das bekam er recht gut hin. Aber als die Reihe an sie kam, sich anmutig zwischen den beiden Reihen der Tanzpaare hinunterzubewegen, wurde er nervös, nachdem er die Hand von Maggies Schwester ergriffen hatte. Es war, als litte er unter plötzlicher Amnesie. Er konnte sich an keinen Schritt erinnern. Das hatte man von jahrelangem Mangel an Übung.

Um seiner Partnerin gegenüber gerecht zu sein, musste er sagen, dass Caroline sich seiner Unfähigkeit gegenüber großzügig erwies und ihm half, indem sie so tat, als wären seine Schritte perfekt. Er warf ihr einen Blick von der Seite zu. Sie ähnelte Maggie immer noch so sehr, aber heute Abend war sie längst nicht so hübsch wie ihre ältere Schwester. Er hatte nicht übertrieben, als er seiner Frau sagte, dass sie die schönste Frau unter den Anwesenden sein würde.

Nachdem der Tanz beendet war und er Lady Caroline zu ihrer Gesellschaft zurückbrachte, fragte sie: „Haben Sie unsere andere Schwester, Clair, schon kennengelernt?"

„Sagen Sie mir nicht, dass es noch eine gibt,

die Ihnen beiden genauso ähnlich sieht!"

Sie schüttelte den Kopf. „Nein, Clair sieht überhaupt nicht aus wie Margaret und ich. Außer Haarfarbe und Größe. Und sie ist uns auch vom Naturell her überhaupt nicht ähnlich. Sie macht sich nichts aus Mode und denkt eher wie ein Mann. Mag Philosophie und Staatsökonomie, was auch immer das sein mag. Sie ist hochintelligent." Sie schaute zum Kreis ihrer Familie in einer Ecke. „Clair ist gerade gekommen, mit ihrem ... Verehrer, Haverstocks Cousin, Richard Rothcomb-Smedley."

„Ich wusste nicht, dass Rothcomb-Smedley mit meiner Frau verwandt ist."

„Nur durch Heirat. Er ist der Cousin der Herzogin."

Würde er sich je alle diese Beziehungen merken können? Er freute sich, Maggie dort neben der Herzogin stehen zu sehen. Sie beide standen direkt neben einem Sessel, auf dem die Marquise von Haverstock saß. Er musste zugeben, dass, obwohl ihr Bauch wegen des Babys, das jeden Tag kommen sollte, riesig schien, Lady Haverstock eine bemerkenswert schöne Frau war. Aber als sein Blick über die drei Frauen schweifte, stellte er fest, dass sie alle drei schön waren, erheblich mehr als der Durchschnitt.

So sehr er seine Freunde auch schätzte, freute er sich doch zu sehen, dass Arlington nicht dort war, um seine Frau anzuglotzen.

Maggie trat vor, um ihn zu begrüßen und ihr Blick wanderte zwischen ihm und ihrer Schwester hin und her. „Oh, Liebster, du musst unsere andere Schwester kennenlernen."

„Lady Caroline hat mir von ihr erzählt." Sein Blick bewegte sich nach links und er nickte dem aufsteigenden Parlamentarier, Richard Rothcomb-Smedley, zu, den er seit Oxford kannte und seither regelmäßig bei White's sah.

„Dann kennst du Mr. Rothcomb-Smedley schon?"

„Ja. Ich wusste nicht, dass er ans Heiraten denkt."

Maggie runzelte die Stirn. „Weil er das nicht tut. Es gibt keine Abmachung zwischen ihm und meiner Schwester. Komm, ich stelle dich vor."

Als Lady Clair sich zu ihm umdrehte, war er überrascht. Von hinten sah sie aus wie Maggie und Lady Caroline, aber von vorne war sie völlig anders. Ihr Gesicht war voller Sommersprossen und als er näher kam, sah er, dass ihre Schultern längst nicht die schöne Elfenbeinfarbe von Maggies hatten, sondern auch von Sommersprossen übersät waren. Zuerst dachte er, es wäre ein Jammer, dass sie nicht so hübsch war wie ihre Schwestern, aber nachdem er ihr vorgestellt worden war und sie sprechen hörte, erkannte er, dass sie auf ihre Art schön war. Nicht so wie Maggie, aber doch hübsch.

Seiner Pflichten bewusst bat er Clair um den nächsten Tanz und Maggie tanzte mit Perry. Danach führte er die Herzogin auf die Tanzfläche und Knowles kam, um Maggie zu holen. Als dieser Tanz vorüber war, seufzte er geradezu auf. Er war sich relativ sicher, dass er mit allen Damen getanzt hatte, die Maggie wichtig waren, während sie zweifellos alle seine Freunde bezaubert hatte. Als ihre Augen sich trafen, während sie die Tanzfläche verließen, lächelte sie. Er dankte der Herzogin und ging dann zu Maggie und nahm ihre schmale Hand in die seine. „Ich habe das Gefühl, dass meine Freunde uns jetzt verlassen werden.

Sollen wir zu ihnen hinübergehen und mit ihnen sprechen, bevor sie gehen?"

Sie fanden die drei Herren im Salon, wo Grandmère dafür gesorgt hatte, dass mehrere Tische für diejenigen aufgestellt wurden, die lieber spielen als tanzen wollten. Das Trio spielte nicht, sondern stand in eine Unterhaltung vertieft da, als er und Maggie den Raum betraten. Die Freunde sahen auf und lächelten breit.

„Ich weiß es zu schätzen, dass ihr heute Abend gekommen seid", sagte John zu ihnen.

„Ich kann nicht behaupten, dass es ein Vergnügen war", sagte Perry fast unhörbar zu John. Dann trat Perry Maggie gegenüber und ließ ein strahlendes Lächeln aufblitzen. „Mit der göttlichen Lady Finchley zu tanzen war unzweifelhaft das Beste an den Festlichkeiten des Abends. Sagen Sie, Mylady, haben Sie eine Schwester, die Ihnen bemerkenswert ähnlich sieht?"

„Ja, in der Tat."

„Sie heißt Lady Caroline", sagte John.

„Ich würde sie gerne zum Tanz bitten."

Perry hatte nie zuvor das geringste Interesse an anständigen Damen gezeigt. John war verwirrt. Er konnte nicht entscheiden, ob solche Aufmerksamkeit gut oder schlecht war. Er wollte nicht, dass seine Freunde sich änderten. Er wollte nicht, dass sie je heiraten und seriös werden würden, und vergessen, wie es war, einander mit Brandy unter den Tisch zu trinken oder über leichte Mädchen mit unzweifelhaft skandalösem Ruf zu streiten, oder bis zum Umfallen über Erinnerungen an gute Zeiten, die sie in den letzten zehn Jahren miteinander verbracht hatten, zu lachen. Er wollte, dass sie alle vier genau so blieben, wie sie waren, seit sie zuerst aus Oxford gekommen waren und das Leben mit Wein, Frauen und Pharo zum ersten Mal uneingeschränkt genossen hatten.

John wollte sich nicht vorstellen, ein verantwortungsbewusster Bürger, pflichtbewusster Ehemann oder ... um Himmels willen, vorbildlicher Vater zu werden. Und er wünschte das seinen Freunden auch nicht.

Er wachte noch immer jeden Morgen (oder wie meistens, am Nachmittag) auf und war selig glücklich mit seinem Leben. Bis er geheiratet hatte, verstand sich. Jetzt wachte er auf und bedauerte das Eingesperrtsein in eine Ehe, ein Eingesperrtsein, das nicht von Maggie ausging, die so lieb und fügsam war.

„Erlauben Sie mir, Sie ihr vorzustellen", sagte Maggie zu Perry.

Bevor John es sich versah, rauschten seine Frau und Perry aus dem Raum und begannen, die Treppe zum Ballsaal wieder hinaufzusteigen.

Er stellte sich vor Arlington und schaute ihn böse an. „Presse. Niemals. Wieder. Deine Lippen auf die Hand meiner Frau."

Auf Arlingtons Gesicht stand wieder das für ihn charakteristische Grinsen. „Meine Güte, du singst jetzt aber ein neues Lied. Du benimmst dich wie ein eifersüchtiger Ehemann – und die ganze Zeit bestehst du darauf, dass deine Ehe keine wirkliche Ehe ist."

„Jedes Gericht im Land würde unsere Ehe anerkennen." *Unsere* Ehe. Es schien merkwürdig, dass er und Maggie jetzt eine Einheit waren. *Unsere.* Wie seltsam sich das anfühlte – besonders für ein einziges Kind – sein Leben mit jemandem zu teilen.

Arlington erstickte fast vor Lachen, während seine dunklen Augen vor Heiterkeit blitzten.

John schaute ihn wieder böse an. „Ich weiß nicht, was so verdammt witzig ist."

„Du. Trotz deiner Behauptungen, dass diese sogenannte Heirat dich in keiner Weise ändern wird, *hast* du dich verändert."

Johns Blick glitt zu Knowles hinüber.

„Er hat Recht, alter Junge. Ob es dir klar ist oder nicht, du hast dich verändert."

„Es hat keinen Sinn, mit euch beiden zu diskutieren." Aber ich werde es ihnen zeigen! Jeden Tag würde er demonstrieren, wie wenig Kontrolle Maggie über ihn ausübte.

Knowles Gesicht wurde ernst. „Du wärest besser dran, Finch, wenn du einfach die Tatsache akzeptieren würdest, dass du ein verheirateter Mann bist."

Arlingtons Augen blitzten teuflisch auf. „Ein sehr glücklicher, verheirateter Mann, das steht fest. Ich sollte mich vielleicht auch nach dieser Schwester umsehen, die deiner Gräfin so ähnlich sieht. Und der Herzog gibt jeder seiner Schwestern dreißigtausend mit?" Er wandte sich zur Tür, aber John fasste ihn am Arm.

„Viel Spaß beim Tanzen mit Lady Caroline, aber ich muss dich warnen, sie hat elf Heiratsanträge abgelehnt. Grandmère sagt, dass man annimmt, dass sie sich für einen Herzog aufspare."

„Zu hoch für mich", stellte Knowles fest.

Arlington, dessen in der Regel heiteres Gesicht von einem Stirnrunzeln verdunkelt wurde, stimmte zu.

* * *

Es war schon fast Morgen, als sie und John in der luxuriösen Kutsche seiner Großmutter zu ihrem Haus zurückfuhren. Sie hatte noch nie im Leben so viel Champagner getrunken. Es schien, dass jedes Mal, wenn sie sich umdrehte, jemand sein Glas hob, um auf die Neuvermählten anzustoßen. Sie fühlte sich wundervoll aufgeregt, aber etwas wackelig., Sie zweifelte daran, dass sie zur Kutsche hätte gehen können, ohne vorneüber zu kippen, hätte sie nicht Johns Arm gehabt, um sich darauf zu stützen.

Sekunden, nachdem die Türen der Kutsche zugeschlagen waren, zogen die Pferde an. Sie betrachtete ihren Ehemann auf der anderen Seite der Kutsche, dann plötzlich schien er sich zur Seite zu lehnen. *Oh, liebe Güte.* Sie hatte sich so weit zur Seite gelehnt, das sie fast lag.

„Wirklich, Maggie, geht es dir gut?"

Sie kicherte. „Ich fühle mich wundervoll. Ich fühle mich, als könnte ich fliegen – immer rund herum in dieser sich drehenden Kutsche."

„Du hast zu viel getrunken." Seine Stimme klang älter, reifer. Dann kam er zu ihrer Seite der Kutsche herüber und half ihr, sich wieder aufrecht hinzusetzen. Er ließ seinen Arm um ihre Schultern liegen. „Ich versuche nicht, eine Dame auszunutzen, die nicht Herrin über sich selbst ist, und ich habe auch nicht vor, mir Freiheiten herauszunehmen. Ich lege nur meinen Arm um dich, weil ich befürchte, du könntest vom Sitz fallen und dich verletzen."

Sie hätte in Ohnmacht fallen können. Selbst, wenn sie keinen einzigen Tropfen Champagner getrunken hätte, würde sie sich einer Ohnmacht nahe gefühlt haben, weil er sie so festhielt. Händchenhalten war ein Kinderspiel verglichen hiermit. Es war nicht nur das selige Gefühl, seinen Arm um sich zu fühlen, sondern auch das

Gefühl, seinen Körper an ihren gedrückt zu spüren. Seine Festigkeit, sein Duft nach Sandelholz, seine unleugbare Männlichkeit überwältigten sie fast.

Sie schaute bewundernd zu ihm auf. „Wenn ich fiele und in Stücke zerspränge, würde ich es nicht fühlen, weil ich so glücklich bin. Das war die schönste Nacht meines Lebens."

* * *

Was für ein trauriges Leben musste sie gehabt haben. Wenn nicht seine besten Freunde auf den Ball gekommen wären, hätte er einen der allerlangweiligsten Abende seiner sechsundzwanzig Jahre dort verbracht. „Ich verstehe nicht, was an diesem Abend dich so sehr glücklich machen könnte. War es nicht ziemlich dasselbe wie auf jedem Ball?"

„Gar nicht! Das war *unser* Ball!"

Da war wieder dieses Wort. Sie sagte es, als wäre es etwas verdammt Heiliges. Er sagte sich, dass er sich daran würde gewöhnen müssen, eine Hälfte dieses *uns* zu sein. „Oh, ich verstehe. Du warst wirklich die Prinzessin dieses Balls."

„Genau wie du es gesagt hast." Ihr Kopf fiel an seine Schulter.

Guter Gott, war sie beschwipst? „Maggie, bist du wach?"

„Natürlich bin ich wach. Ich will nicht, dass diese Nacht endet."

„Dann musst du bald die Augen vor der aufgehenden Sonne verschließen."

Sie schmollte. „Ich hätte die ganze Nacht mit dir Walzer tanzen wollen."

„Obwohl deine Füße nicht vor meinen Tritten sicher waren?"

„Sag das nicht. Du bist mein Partner. Ich kann

dich nicht kritisieren. Das macht man nicht mit seinen Freunden."

„So loyal bist du mir gegenüber."

„Wie ich es versprochen habe. Bist du loyal mir gegenüber?" Ihr Arm legte sich um ihn, als wollte sie sich in der scharfen Kurve, durch die die Kutsche fuhr, festhalten, aber als sie wieder geradeaus fuhren, blieb er auch weiter da.

In diesem Moment wurde er sich bewusst, dass Maggie eine Frau war. Eine begehrenswerte Frau. Selbst der Augenblick früher am Abend in ihrem Schlafzimmer hatte ihn nicht an sie denken lassen, wie ein Mann an eine Frau denkt. Dort war sie ein elegantes Objekt der Schönheit gewesen, nicht unähnlicher der Marmorstatue einer römischen Göttin. Aber an diesem warmen, weiblichen Körper, der sich so eng an seinen schmiegte, war nichts Kaltes. Und an der rein animalischen Lust, die ihn durchpulste, war nichts Respektvolles.

Als ob sie seine Gedanken lesen könnte, hob sie ihr Gesicht zu ihm auf, ihre Lider senkten sich verführerisch, ebenso wie ihre Stimme. „Es wäre die perfekte Nacht, wenn du mich küssen würdest."

Der Himmel mochte ihm helfen, er hatte nicht die Kraft, ihr zu widerstehen.

Kapitel 12

Seine Lippen senkten sich, um mit großer Zärtlichkeit über ihren Mund zu streifen. Er hatte sie nur ganz leicht küssen wollen – um ihr den Gefallen zu tun. Schließlich war es seine Aufgabe, dies zu ihrer perfekten Nacht zu machen. Bis vor einem Moment wäre es ihm nicht in den Kopf gekommen, diese Dame zu küssen. Er hatte geplant, ihre Mitgift anzunehmen, ihr zu erlauben, das Haus mit ihm zu teilen und ansonsten sein Leben fröhlich so weiterzuleben wie bisher. Küsse waren nie Teil ihrer Abmachung gewesen. Kein Band würde ihn je mit dieser Frau verbinden, die ihn als Ergebnis fast unvorstellbarer Zufälle geheiratet hatte.

Und jetzt saß er hier und hielt sie im Arm. Und küsste sie.

Und er wollte nicht aufhören. Irgendetwas an der Reinheit ihres süßen, atemlosen Kusses erregte ihn in einer Weise, wie es keine Kurtisane je getan hatte. Die Leidenschaft des Kusses steigerte sich. Kam das von ihm? Oder von ihr? Sein Herz schlug heftig, als ihm klar wurde, dass es von ihnen beiden ausging.

Er fand auch, dass ihm der Atem stockte.

Zu seinem Erstaunen öffnete sich ihr Mund unter dem Druck des seinen und sie saugte begierig an seiner Zunge.

Guter Gott! Er hätte geschworen, dass Maggie nie zuvor einen Mann geküsst hatte, aber sie küsste mit großer Hingabe. Wie hatte sie das gelernt?

Das kommt vom Champagner. Sie war beschwipst. Alle ihr Hemmungen waren von ihr abgefallen. In diesem Moment erkannte er, dass er sie mit in sein Bett nehmen und mit ihr schlafen könnte und die Dame würde nicht im Geringsten protestieren.

Bis zum nächsten Morgen.

Sie in sein Bett zu nehmen war genau das, was er in diesem Augenblick wollte. Er wollte es so sehr, wie er noch nie etwas gewollt hatte. Er wollte sie so unbedingt, als ob Feuer durch seine Adern rönne. Seine Lenden schmerzten vor dem Verlangen, diesen Hunger zu stillen.

Etwas am Rande seines Verstandes sagte ihm sogar: „Mach doch. Schließlich ist sie deine Frau."

Er wollte keine Ehefrau. Er durfte ihr nicht erlauben, etwas anderes anzunehmen.

Außerdem würde das bisschen Ehre, das er besaß, ihm nicht erlauben, eine unschuldige Dame auszunutzen, die zu viel Champagner getrunken hatte.

Er richtete sich auf und sammelte seine Kräfte – keine einfache Aufgabe – um sich von ihr zu lösen.

Sie schmollte. „Das war wunderschön. Können wir das bitte noch einmal machen?"

„Ich habe geschworen, dass ich mir keine Freiheiten bei einer Dame herausnehmen würde, die unter dem Einfluss von starkem Alkohol steht."

Ihre Augen wurden schmal und sie sah zu ihm auf. „Du meinst, Scham-panner ist starker Alkohol?"

„Siehst du, du kannst es nicht einmal richtig

aussprechen."

Die Kutsche fuhr vor Finchley House vor. Dem Himmel sei Dank. Es war verdammt schwierig, sich unter Kontrolle zu halten, wenn sie so verführerisch war. Nachdem der Kutscher die Tür geöffnet und seiner Herrin eine Hand angeboten hatte, purzelte sie aus der Kutsche – zur Verlegenheit des Kutschers.

John sprang aus der Kutsche und schaffte es, ihren Fall zu bremsen. Er hob sie auf seine Arme und schaute den Diener an. „Ich glaube, heute Nacht sollte ich Lady Finchley tragen. Wenn Sie mir nur die Tür öffnen würden."

Er trug Maggie ins Haus, die Treppen hinauf und in ihr Schlafzimmer. Wieder einmal hatte er das flüchtige Gefühl, dass er nicht dorthin gehörte. Ihre Zofe hatte eine Kerze neben ihrem Bett brennen lassen, und sie war schon am Verlöschen. Er brachte sie zu ihrem Bett und als er sie hinlegte, bemerkte er, dass sie bereits in einen tiefen Schlaf gefallen war. Sie war tatsächlich betrunken.

Nachdem er sie zugedeckt hatte, stand er da und sah auf die Frau hinab, die er geheiratet hatte. Er sollte nicht hier sein. Aber er hatte das Verlangen, sie anzusehen. Wie schön sie im Schlaf aussah.

Die Erinnerung an den brennenden Kuss beschleunigte seinen Herzschlag. Trotz aller Gründe, warum er nicht mit ihr schlafen konnte, wollte er es dennoch.

Vielleicht hatte auch er zu viel getrunken.

* * *

Als sie am nächsten Morgen aufwachte, war sie leicht enttäuscht darüber, dass sie vollständig angezogen war. Sie hatte nicht so viel

Champagner getrunken, dass sie sich nicht an das Glücksgefühl erinnern konnte, als sie von ihrem Mann geküsst – leidenschaftlich geküsst – wurde. Wie sehr sie wünschte, dass diese Leidenschaft in der Vereinigung geendet hätte, nach der sie sich sehnte.

Sie erlaubte sich, einige Augenblicke länger still dort zu liegen, als sie sich an die Ereignisse der perfektesten Nacht ihres Lebens erinnerte. Wie sie es genossen hatte, als Johns Arm sich auf der Heimfahrt in der Kutsche um sie gelegt hatte, aber diese Freude wurde von dem tiefen Genuss in den Schatten gestellt, den sie bei seinem Kuss empfunden hatte. Ihrem ersten.

Minuten später, als sie vom Bett aufstehen wollte, fühlte sich ihr Kopf an, als hätte er einen Hieb mit einem Hammer bekommen. Sie fiel in die Kissen zurück und klingelte nach ihrer Zofe.

„Bitte, bringe mir einen Kräutertee", bat sie Annie, als diese Sekunden später auftauchte. „Ich habe schlimme Kopfschmerzen."

„Dann werden Mylady heute Nachmittag nicht zum Trent Square fahren?"

Seltsamerweise dachte sie an Mikey und konnte sich eine so befriedigende Umarmung nicht versagen. Mikey war so süß. „Doch, ich werde es schaffen."

Nachdem sie angezogen war, fragte sie ihre Zofe: „Weißt du, ob seine Lordschaft schon aufgestanden ist?"

„Ja, Sanford hat gerade die Post in sein Schlafzimmer gebracht."

Margaret nickte und entließ ihre Zofe. Sie nahm die Samtschachtel, in der die Diamanten vom Abend zuvor lagen, holte angestrengt Luft und ging zu der Tür, von der sie wusste, dass sie zu Johns Schlafzimmer führte.

Als sie sein Zimmer betrat, war er vollständig angezogen und saß vor einem kleinen Schreibtisch, ein einzelnes Blatt Papier in der Hand. Seine Augen waren feucht und auf seinem Gesicht lag ein unglaublich trauriger Ausdruck.

„Ist etwas passiert?", fragte sie.

Ihre Bemerkung schreckte ihn auf und er sah zu ihr.

Sein Gesicht so verstört zu sehen gab ihr einen Stich ins Herz.

„Ich habe gerade einen Brief von Weatherford erhalten."

Zwischen ihren Brauen entstand eine Falte. „Von deinem Freund, der in Spanien gefallen ist?"

Er nickte.

„Er muss ihn geschrieben haben, kurz bevor er getötet wurde."

Sein Blick fiel auf den Brief. „Ja, er trägt ein Datum aus dem Februar."

„Ich dachte, ihr hättet seit Jahren nicht mehr in Verbindung gestanden."

„Das stimmt." Seine Stimme wurde noch ernster. „Irgendwie hat er geahnt, dass er sterben würde und fragte, ob ich mich um seine Familie kümmern könnte."

„Also *hatte* er geheiratet?"

„Ja, und er hatte ... er wurde Vater eines Sohns." Er reichte ihr den Brief.

Mein lieber Finch,

es ist mir bewusst, dass es eine lange Zeit her ist, seit wir zuletzt voneinander gehört haben, aber das bedeutet nicht, dass Du nicht in meinen Gedanken gewesen wärest. Ich hoffe, dass ich mir nicht schmeichele, wenn ich annehme, dass unsere

Trennung mehr von äußeren Umständen als von einem Mangel an Zuneigung beiderseits verursacht wurde.

Ich schreibe dir jetzt, weil ich die ernsthafte Befürchtung habe, dass mein sterbliches Leben bald ein Ende haben wird, dank der verdammten Franzosen. Ich bin in großer Sorge wegen meiner Frau, Sally, und unserem kleinen Sohn. Ich erfuhr erst von Sallys Schwangerschaft, als ich schon in Spanien war. Ich hatte keine Möglichkeit, mit einem Anwalt über einen Vormund für das Kind zu sprechen. Ich hatte gehofft, Dich zu bitten, diese Stellung auszufüllen. Leider ist es jetzt zu spät. Ich hoffe, dass dieser Brief Dich dazu veranlassen wird, diesen Dienst auf Dich zu nehmen, wenn ich hier in Spanien mein Ende finden sollte.

Ich habe nie einen besseren Mann als Dich getroffen und es wäre eine Ehre für mich, wenn Du alle wichtigen Entscheidungen im Leben meines Sohnes treffen würdest. Ich hoffe, zum Beispiel, dass Du Deinen Einfluss nutzen kannst, um einen Platz in Eton für ihn zu bekommen.

Es gibt so viele andere Dinge, die ich mir für meinen Jungen wünsche, aber ich fürchte, ich werde nicht leben, sie zu sehen.

Ich bitte Dich, dass Du Dich um Sally und den Jungen kümmerst. Gleichzeitig bete ich, dass es nie dazu kommen wird.

Mit großer Zuneigung und Dankbarkeit
George Weatherford

Margaret wischte sich die Tränen ab, als sie den Brief auf den Schreibtisch ihres Mannes zurücklegte. „Das ist herzzerreißend."

Er hatte das Gesicht in den Händen verborgen

gehabt, jetzt sah er auf, mit roten, feuchten Augen und einem verwirrten Ausdruck auf seinem Gesicht. „Ich fühle mich ... fühle mich irgendwie geehrt. Traurig und unglücklich und um meinen verlorenen Freund trauernd, aber trotzdem geehrt."

„Es ist eine Ehre. Denn trotz deiner eigenen Ansichten über Dein Betragen bist Du ein Ehrenmann." Schließlich hatte er in der Nacht die Gelegenheit nicht genutzt. Wie schade.

„Du hörst zu sehr auf meine Großmutter."

Sie stemmte die Hände in die Hüften und warf ihm einen gespielt bösen Blick zu. „Ich lebe mit dir, Mylord. Glaub mir, dass ich wenigstens etwas über dich weiß."

Er schaute wieder auf den Brief, mit zusammengezogenen Augenbrauen. „Er hat mir nicht geschrieben, wo seine Frau lebt. Ich werde seinen Eltern deshalb schreiben."

„Besser, dass ich das in Whitehall versuche. Mein Bruder kennt im Kriegsministerium jeden. Er wird in der Lage sein, uns Mrs. Weatherfords Anschrift bis heute Nachmittag zu besorgen."

Ihr Mann stand auf. „Ich komme mit dir."

* * *

In der Kutsche seiner Großmutter sitzend betrachtete er Maggie. „Wie fühlst du dich heute? Hast du schlimmer Kopfschmerzen?"

Sie runzelte die Stirn. „In der Tat. Ich werde nie wieder so viel Champagner trinken."

Er lachte leise. „Da dein ... Zuviel an Getränken bei deinem Brautball stattfand, wage ich zu sagen, dass sich ein solches Ereignis nicht wiederholen wird."

Mit ihr in der Kutsche zu sitzen – allerdings einander gegenüber – ließ ihn sich an die

Intimitäten erinnern, die sie in der letzten Nacht verbunden hatten. Sein Atem ging schneller bei der intensiven Erinnerung an *Den* Kuss. Sein Blick schweifte über sie. Zum Glück war sie heute nicht aufreizend angezogen. Keine bloßen Schultern. Kein Busen, der unter dem Mieder eines schönen Kleides wogte. Keine Diamanten, die um ihren so küssenswerten schlanken Hals lagen.

Heute waren ihre Augen vom gleichen Blauton wie das einfache Kleid aus einem überaus weich aussehenden Musselin, das ihre Arme bedeckte und ziemlich hochgeschlossen war. Ihre Hände steckten in weißen Handschuhen und lagen gefaltet in ihrem Schoß. Heute war nichts an ihr, was aufregend aussah.

Er war dankbar, dass sie *Den* Kuss nicht erwähnt hatte. Erinnerte sie sich überhaupt daran? Viele Male in seinem Leben – viel zu viele, tatsächlich – hatte er so viel getrunken, dass er sich am folgenden Morgen nicht daran erinnern konnte, was am Abend zuvor geschehen war. Er wollte nicht, dass sie sich daran erinnerte, wie fasziniert er von ihrem Kuss gewesen war. Machte die Art, wie ihr Kuss etwas in ihm entzündet hatte, ihn verlegen? Oder machte es ihn verlegen, dass er die Grenze zwischen Freunden und Liebsten überschritten hatte, eine Grenze, die einzuhalten er sich geschworen hatte? Er konnte sogar befürchten, dass sie, wenn sie sich daran erinnerte, auf ihn zornig sein könnte. Weil er diese Grenze überschritten hatte.

Hatte sie ihm nicht klargemacht, dass sie nicht an einer wirklichen Ehe interessiert wäre? Aber sie hatte ihn letzte Nacht gebeten, sie zu küssen. Auch, wenn sie betrunken war.

Er hatte begonnen zu bereuen, dass er sie geküsst hatte. Er bereute, wie intensiv er sie begehrt hatte.

Er schwor, dass er sie nie wieder so küssen würde.

Als sie Whitehall erreichten, wurde er nervös. Er mochte ihrem steifen Bruder nicht gegenübertreten. Würde der hochnäsige Herzog ihn je als Schwager akzeptieren? John kannte die Antwort auf diese Frage. Wenn er sich wie ein trüber Patron benähme, der ekstatisch glücklich über seine Häuslichkeit war, würde der Herzog von Aldridge mit ihm zufrieden sein.

John würde sich ebenso gerne in sein Schwert stürzen.

Der Herzog, genau wie am Abend zuvor, war liebenswürdig zu seiner Schwester und kurz angebunden mit John.

Aber John musste ihm doch eines lassen. Er mochte ein überaus privilegierter Herzog sein, aber der Mann zeigte großes Mitgefühl für Weatherfords Lage. Aldridge persönlich eilte zum Kriegsministerium im benachbarten Gebäude und kam zehn Minuten später mit der Adresse von Weatherfords Witwe zurück. „Sie ist in der Hauptstadt!", sagte der Herzog.

John besah sich das Stück Papier. *Foster's Croft Lane sechsundzwanzig.* Das war keine Straße, die er kannte. Er war mit jeder Straße in Mayfair und Westminster vertraut, aber er war eher nicht davon ausgegangen, dass Weatherfords Frau da lebte, wo die höheren Gesellschaftsschichten wohnten. Wie zum Teufel kam es, dass der Herzog Foster's Croft Lane kannte? „Ich wäre Ihnen sehr verbunden, Euer Gnaden, wenn Sie uns den Weg dorthin weisen könnten."

„Tatsächlich ist es nicht weit von hier. Fahren Sie den Strand hinunter, an allen Druckereien vorbei. Ich glaube, in Foster's Croft Lane gibt es vor allem Stallungen, aber auch ein paar Wohnungen sind dort zu finden. Jedenfalls ist das, was mir der junge Angestellte im Kriegsministerium vor ein paar Minuten gesagt hat."

Also so kam es, dass ein mächtiger Herzog – der die Straßen Londons nur aus dem Fenster seiner eleganten, vierspännigen Kutsche kannte – wusste, wo eine unbedeutende Gasse lag, wo Menschen der niederen Klassen wohnten.

Margaret nahm das Papier aus Johns Hand und beäugte es, bevor sie ihren Bruder ansah. „Wir sind dir sehr dankbar, Aldridge." Dann nahm sie Johns Arm und auch er dankte ihrem Bruder, bevor sie die Treppen hinab und zu ihrer wartenden Kutsche gingen.

„Siehst du", sagte sie, nachdem die Kutsche begonnen hatte, sich in die langsam voranrollende Reihe von Gefährten auf dem Strand einzureihen, „mein Bruder war harmlos."

„Dein Bruder war überaus hilfreich. Ich stehe in seiner Schuld."

Wären sie zu Fuß gegangen, hätten sie Foster's Croft Lane viel schneller erreicht. Ihre Kutsche bewegte sich im Schneckentempo. Dies war wohl Londons geschäftigste Straße, wenn Mietkutschen, Überlandkutschen und Lastkarren, die Kartoffeln, Bier oder Kohle transportierten, ein Anzeichen dafür waren. Es war mit Sicherheit die lauteste, mit den ihre Ware anpreisenden Verkäufern von Kastanien und Blumen am Rand, Mietkutscher, die den entgegenkommenden etwas zuriefen, brüllenden Eseln und spielenden Kindern.

Er spähte aus dem Fenster der Kutsche, als eine riesige Marmorplatte auf der anderen Fahrbahnseite vorbeikam, sieben Pferde zogen den langen Karren. Kein Wunder, dass die andere Seite sogar noch langsamer vorwärtskam.

Er lenkte seine Gedanken zu Weatherfords Witwe. *Sally.* Was sollte er zu ihr sagen? Er war froh, dass Maggie bei ihm war. Auch wenn sie so still war, würde seine Frau doch wissen, was zu sagen war.

Der Kutscher hatte schnell genickt, als John ihm die Anschrift genannt hatte und gesagt, dass er wüsste, wo das wäre. Fast eine halbe Stunde später bogen sie vom Strand ab, nur ein paar Blocks entfernt von dort, wo sie Aldridge getroffen hatten. Die Straße gabelte sich und zur Rechten lag eine dunkle Gasse, wo an einem der oberen Stockwerke ein rohes Schild angehämmert war: *Foster's Croft.*

Sie fuhren an acht oder neun Stallungen vorbei, bis sie zu einem schmalen Gebäude mit zwei Fenstern in jedem seiner vier Stockwerke kamen. Das Gebäude war in einem Stil gebaut, der mehr als ein Jahrhundert früher üblich gewesen war. An der verblassten, schwarzen Tür waren die Zahlen zwei und sechs angebracht. „Das ist es", sagte er.

* * *

Margaret wurde an Wohnungen erinnert, wo sie und Elizabeth einige ihrer Witwen ausfindig gemacht hatten, als Trent Square Nummer 7 gerade eröffnet wurde. Einige der Stadtviertel, in die Elizabeth und sie auf der Suche nach den notleidenden Witwen fahren mussten, waren so übel, dass Aldridge darauf bestanden hatte, dass ein bewaffneter Diener – der liebe Abraham – sie als Schutz begleiten sollte.

Sie und John stiegen aus der Kutsche, stiegen die Treppen hinauf und klopften an die Tür. Ein dünner, grauhaariger Mann, dem einer seiner Vorderzähne fehlte, öffnete die Tür und beäugte sie neugierig. Er war zweifellos nicht daran gewöhnt, Adlige in sein Haus kommen zu sehen.

„Ich suche nach Mrs. Weatherford", sagte John.

„Die is' wohl ganz oben."

Margaret und John begannen, sich die steile Holztreppe hinaufzutasten, die in fast völliger Dunkelheit lag. Wie furchtbar musste es sein, an einem so grässlichen Ort zu leben.

Am obersten Ende der Treppe war nur eine einzelne Tür. John klopfte an.

Sekunden später öffnete sich die Tür.

Dahinter stand eine Frau mit ihrem kleinen Sohn. Sie sah aus, als wäre sie im gleichen Alter wie Margaret; ihr Sohn, der in den Röcken seiner Mutter Schutz suchte, mochte drei oder vier sein.

„Mrs. Weatherford?", fragte John.

Sie lächelte ihn an. „Ja."

Obwohl diese Frau ihren Mann verloren hatte, obwohl diese Frau vielleicht sogar arm war, obwohl diese Frau sogar gezwungen war, in einem grässlichen Haus in einer grässlichen Straße zu leben, wo keine Sonne schien, beneidete Margaret sie um ihre strahlende Schönheit und ihren süßen Sohn.

Kapitel 13

Selbst die schwarze Witwenkleidung konnte die Ausstrahlung ihres üppigen, zimtfarbenen Haares oder der funkelnden, smaragdgrünen Augen, die in einem ungewöhnlich schönen Gesicht saßen, nicht dämpfen. Die schöne Frau sah fast aus, als wäre sie aus dem Rahmen eines von Tizians farbenfrohen Renaissancegemälden entsprungen.

Als ob es nicht genug gewesen wäre, sich solcher Schönheit rühmen zu können, war Mrs. Weatherford auch noch mit einem wundervollen Sohn gesegnet. Margaret – die kleine Jungen besonders gerne mochte – wusste nicht, worum sie sie mehr beneidete.

Dann wurde ihr das ganze Ausmaß des Verlustes der Frau bewusst, und Margaret schämte sich schrecklich wegen ihrer Eifersucht.

„Ich bin John Beau…"

Die Witwe schnitt ihm das Wort ab. „Beauclerc, der Earl of Finchley." Ihre Stimme klang sehr gebildet.

John hob eine Braue. „Wir haben uns schon kennengelernt?"

Mrs. Weatherford schüttelte den Kopf. „Nein, es ist nur so, dass George oft von Ihnen sprach – und mit großem Respekt." Sie öffnete die Tür weiter. „Möchten Sie nicht hereinkommen?" Dann fiel ihr Blick auf Margaret. „Sie haben geheiratet, Mylord?"

„In der Tat. Erlauben Sie mir, Ihnen meine

Frau vorzustellen.""

Die beiden Frauen knicksten kaum merklich voreinander.

„Meine Zimmer sind nicht das, woran Ihre Lordschaft gewöhnt sind, aber sie sind sauber." Sie hob ihren Sohn auf, der offensichtlich Angst vor Fremden hatte.

Margaret lächelte. Mit Mikey war es anfangs genauso gewesen, aber jetzt liebten sie einander sehr. Als sie an ihr besonderes Verhältnis zu Mikey dachte, fiel ihr das Baby ein, das Elizabeth trug und sie hoffte, einen eigenen Neffen zu bekommen. Es sah nicht aus, als würde sie je ein eigenes Kind haben.

Ihre Tritte klapperten auf dem ausgetretenen Holzboden, als Mrs. Weatherford sie in ein schäbiges, karg möbliertes Wohnzimmer führte. Da es an der Vorderseite des Hauses lag, besaß es zwei hohe, schmale Fenster, aber da die Straße, auf die diese Fenster führten, so überaus eng war, wurde der größte Teil des Sonnenlichts von dem gegenüberliegenden Gebäude blockiert.

Lord und Lady Finchley setzten sich auf das verblichene, samtbezogene Sofa und Mrs. Weatherford ließ sich, mit ihrem Sohn auf dem Schoß, auf einem Sessel neben dem Kamin nieder. Obwohl es ein kühler Tag war, brannte kein Feuer. Zweifellos aus Sparsamkeit, überlegte Margaret.

Es war gut, dass sie gekommen waren. „Wie heißt Ihr Junge?", fragte Margaret.

„Auch George. Ich habe ihn nach seinem Vater genannt."

„Ich habe nie einen besseren Mann gekannt", sagte John ernst.

Die Witwe lächelte. „Da kann ich nur

zustimmen."

Margaret hätte gerne mehr über den Jungen gewusst, wollte aber nicht unterbrechen. Schließlich war John aus Respekt vor dessen Vater hergekommen. Er und die Witwe würden sicher über den gefallenen Soldaten sprechen wollen.

Aber es schien, dass weder die Witwe, noch John wussten, wie sie fortfahren wollten.

Um das Schweigen zu unterbrechen, fragte Margaret: „Bitte, wie alt ist der kleine George?"

„Ich bin nich' wein!", protestierte der Junge. „Ich bin 'rei."

Ein Jahr älter als Mikey. Mikey sprach noch keine ganzen Sätze.

Seine Mutter umarmte ihn fester und lächelte, als er die Augen verdrehte. „Er mag drei sein, aber er wird immer mein B-a-b-y sein."

Offenbar buchstabierte sie das letzte Wort, weil George nicht Baby genannt werden wollte. Sie lachten alle.

Einen Moment später holte John tief Luft. „Sie sind schon lange in London, Madam?"

„Nicht lange genug, um Freunde hier zu haben. Als George zu den Horse Guards versetzt wurde, wollte ich in seiner Nähe sein. Diese Wohnung hier lag nahe – und war erschwinglich!"

„Warum bleiben Sie noch hier?", fragte John mit sanfter Stimme.

„Ich habe nichts, wohin ich gehen könnte. Ich bin Waise und ich kann nicht zu Georges Mutter ziehen – sein Vater starb im letzten Jahr, wissen Sie – weil seine Schwester und ihre Familie dort eingezogen sind, um ihr zu helfen."

Armer John. Ihm fehlten die Worte. Da er selbst ein privilegiertes Leben führte, verstand er vermutlich nichts von den Schwierigkeiten, denen andere sich gegenübersahen. Margaret war auch völlig von den Entbehrungen geschützt gewesen, die so viele zu erdulden hatten, bevor Elizabeth ihr die Augen geöffnet hatte. Margaret hatte sich Elizabeth angeschlossen, um Witwen zu helfen, die mit ihren Kindern mit bis zu zwanzig anderen in einem Raum hatten schlafen müssen. Jetzt, am Trent Square, hatte jede vaterlose Familie ein eigenes Zimmer und die Herzogin und ihre Schwägerinnen sorgten für alle ihre Bedürfnisse.

„Ohne die Unterstützung Ihres Mannes", sagte Margaret, „können Sie sich diese Wohnung überhaupt leisten?"

John fuhr herum und sah seine Frau stirnrunzelnd an. Obwohl er kein Wort sagte, wusste sie, dass er ihre Frage für ungezogen halten musste. Schließlich gehörte es sich nicht, andere nach ihrem Einkommen zu fragen oder direkte Fragen in Bezug darauf zu stellen.

Die Frau wandte ihr Gesicht ab, als ob sie gekränkt sei. Als sie sprach, hörte sich ihre Stimme schmerzlich gebrochen an. „Nicht wirklich."

„Dann bin ich sehr froh, dass ich heute gekommen bin", sagte John. „Ihr Mann hat mich gebeten, dass ich mich um Sie und den Jungen kümmern solle."

Mrs. Weatherford begann zu schluchzen. Ihre schmalen Schultern zuckten und ihr kleiner Sohn schaute höchst erschrocken drein. „Mama! Tut dir etwas weh?"

Sie zog den Jungen an ihre Brust und hielt ihn fest, strich mit ihren eleganten Fingern durch seine dunkelbraunen Wuschelhaare. „Ich bin nur glücklich, mein Lieber, dass ich sehe, wie sehr

Papa uns liebte."

Margaret konnte sich gerade zurückhalten, nicht in Tränen auszubrechen.

„Ja, das tat er", sagte John ernst.

„Natürlich ist mein Mann bereit, Ihnen in jeder Weise beizustehen, die notwendig ist, aber erlauben Sie mir Ihnen von etwas zu erzählen, was meiner Meinung nach ein netter Ort für Witwen von Offizieren ist."

Mrs. Weatherford tupfte ihre Augen mit ihrem Ärmel trocken und wandte ihr Gesicht wieder den Finchleys zu. Selbst jetzt, mit roten Augen, war sie noch schön. „Es gibt einen Platz für Offizierswitwen? Hier in London?"

„Es gibt einen einzigen Platz. Mein Bruder, der Herzog von Aldridge, und seine Frau haben ihn nur zu dem Zweck eingerichtet, um Witwen von Offizieren einen anständigen Ort zum Wohnen anzubieten. Die Frauen haben alle viel gemeinsam und sie kommen sehr gut miteinander aus. Sie leben eher wie eine glückliche, große Familie."

„Ich kann Ihnen nicht sagen, wie sehr ich mich danach gesehnt habe, mit anderen Frauen zusammen zu sein, die meinen Verlust verstehen, anderen Frauen, die auch ihre Männer in Spanien verloren haben. Und ..." Ihre Stimme versagte. „Ich wäre äußerst dankbar, wenn ich mich nicht darum sorgen müsste, wie ich meine Miete bezahlen kann."

„Wir haben derzeit achtundzwanzig Kinder dort. George würde Spielkameraden haben." Margaret dachte an Mikey und stellte sich vor, wie er und George miteinander Fangen spielten.

Mrs. Weatherford lächelte sie an. „Das wäre nett."

„Zufällig wird in dieser Woche ein Platz frei."

Die Witwe hob eine Braue.

„Eine unserer Witwen – eine Mutter von vier Kindern – wird wieder heiraten und ein schönes Zuhause in dem Dorf finden, wo sie aufwuchs. Wir freuen uns alle sehr für sie. Mein persönlicher Wunsch ist, dass alle unsere Witwen mit einem neuen Ehemann und eigenem Zuhause wieder ihr Glück finden. Ich betrachte Trent Square 7 als eine Übergangslösung für sie, während sie sich an das Leben ohne ihr Ehemänner gewöhnen."

Mrs. Weatherfords Lider senkten sich, ebenso wie ihre Stimme. „Ich kann mir nicht vorstellen, jemals jemanden so zu lieben, wie ich George geliebt habe."

Schweigen hing im Zimmer wie ein trüber Nebel.

Schließlich sprach John. „Niemand wird je George Weatherfords Platz in Ihrem Herzen, oder in meinem, einnehmen. Aber ich weiß, dass George wollen würde, dass Sie wieder glücklich sind. Er würde wünschen, dass Sie wieder heiraten."

Die Witwe hob eine Hand. „Bitte, sprechen wir nicht mehr über dieses Thema."

Wieder Schweigen.

„Wenn Sie es wünschen, können wir Sie und George, bevor Sie eine Entscheidung treffen, zum Trent Square bringen, damit Sie selbst entscheiden, ob das für Sie das Richtige ist", sagte Margaret.

Das Gesicht der Witwe hellte sich auf. „Heute?"

Margaret schaute zu John.

Er nickte. „Wenn Sie möchten."

Mrs. Weatherford seufzte. „Ich wäre dankbar für die Abwechslung, die eine solche Fahrt für mich bedeuten würde."

Kurze Zeit später fuhren die vier in Richtung Bloomsbury. Klein-George war von der Kutschfahrt fasziniert. Zweifellos war es seine erste.

Dies würde auch der erste Besuch Johns am Trent Square 7 sein. Mit einem Lächeln auf ihrem Gesicht erinnert sich Margaret daran, wie ihr die Herzogin vom ersten Mal erzählt hatte, als Aldridge mit ihr dorthin gefahren war – bevor sie geheiratet hatten und bevor noch eine der Witwen eingezogen war – und ihr einen Kuss gestohlen hatte. Es war ihr erster Kuss gewesen. Der Liebe nach zu urteilen, die sie inzwischen füreinander zeigten, musste es ein überaus mächtiger Kuss gewesen sein.

Was Margaret an den Kuss denken ließ, den John ihr in der letzten Nacht gegeben hatte. Die bloße Erinnerung daran ließ ihren Herzschlag rasen und ein kribbelndes Gefühl in ihren Unterleib senden. Sie sehnte sich danach, wieder so geküsst zu werden.

Sie sehnte sich nach noch mehr …

* * *

Wenn am Vortag jemand John erzählt hätte, dass er einer Witwe helfen würde, anstatt mit seinen Freunden am Nachmittag zu den Rennen zu gehen, hätte er das kaum geglaubt. Als sie durch die Stadt fuhren, bemerkte er jedoch, dass es jedoch merkwürdigerweise so war, dass er es nicht bedauerte, die Pflicht dem Vergnügen vorgezogen zu haben. Das musste ein erstes Mal sein.

Weniger als eine halbe Stunde, nachdem sie Foster's Croft Lane verlassen hatten, bogen sie in den Trent Square ein. Der verdammte Herzog von Aldridge besaß den gesamten, verfluchten Platz.

Johns Auge flog zu der Nummer 7 aus Messing, die auf einer frisch schwarzgestrichenen Tür saß.

Das Haus war das größte am Platz. Sie waren alle bescheiden, sahen aber doch solide und respektabel aus. Vermutlich wurden sie von Anwälten und schlauen Geschäftsleuten bewohnt. Wäre er ein Offizier der Armee mit einer Familie, wäre dies genau die Art von Nachbarschaft, wo er seine Familie gerne wohnen lassen würde.

An der Tür wurden sie von einem ordentlich aussehenden Mann begrüßt, den Margaret als den Hausverwalter, Carter, vorstellte. John hatte nie etwas von einem verdammten Hausverwalter gehört. Aber schließlich hatte er auch nie von einem Haus wie Trent Square 7 etwas gehört.

Nachdem sie Carter ein breites Lächeln geschenkt hatte, erklärte Johns Frau, dass der Hausverwalter ein Diener in Aldridge House gewesen wäre und sie sich deshalb noch manchmal verspräche und ihn Abraham riefe.

Der Mann musste große Fähigkeiten bewiesen haben, um so befördert zu werden.

Als sie noch im Eingang standen, eilte eine jugendliche Frau herbei, um Margaret zu begrüßen.

Margaret wandte sich zu ihm um. „Liebling, ich möchte dir Mrs. Hudson vorstellen. Sie war unsere erste Bewohnerin hier."

Die hübsche Frau, die ungefähr so alt war wie Margaret, knickste.

Er schrak kurz davor zurück, *Liebling* genannt zu werden. Es war eine verdammt schwierige Vorstellung, das in seinen Kopf zu kriegen. Er war Maggies Ehemann. Für andere war er ihr *Liebling*. „War es Ihr Mann, der mit dem Bruder der Herzogin gedient hatte?", fragte er Mrs. Hudson.

Die Dame nickte.

Dann stellte Maggie die Witwen einander vor. „Wie lange ist es her, dass Sie Mr. Weatherford verloren haben?", fragte Mrs. Hudson mit ernster Stimme.

Mrs. Weatherfords Augen wurden feucht. „Er starb im Februar, aber ich erfuhr es erst im letzten Monat."

Mrs. Hudson nahm die Hand der Witwe in ihre beiden. „Ich weiß, wie Sie sich jetzt fühlen. Wollen Sie mir erlauben, Ihnen unser Zuhause zu zeigen?"

Die beiden – zusammen mit George, der an seiner Mutter klebte – begannen, die Treppen hinaufzusteigen. Ein anderer kleiner Junge, der noch kleiner war als George, kam und rannte auf Maggie zu, die Arme hochstreckend, damit sie ihn hochheben sollte.

Das Gesicht seiner Frau leuchtete auf wie ein Feuerwerk, als sie den kleinen Kerl sah und sie schwang ihn hoch auf ihre Arme und begann sein Gesicht mit Küssen zu bedecken – sehr zum Gefallen des Jungen.

So hatte er Maggie noch nie gesehen. Man hätte denken können, dass sie die Mutter des Jungen war. Eine Traurigkeit überkam ihn bei dem Gedanken, dass sie wegen ihrer nicht vollzogenen Ehe nie selbst die Mutterschaft erleben würde. Maggie war offensichtlich eine geborene Mutter.

Sie drehte sich mit lächelndem Gesicht zu ihm um. „Mein Lord Finchley, ich möchte Ihnen Mikey vorstellen und ich muss Ihnen sagen, dass mein Herz ihm gehört."

„Da muss ich ja eifersüchtig werden." Warum zum Teufel hatte er das gesagt? Vor allem nach ...

der Nähe in der letzten Nacht. In Grandmères Kutsche. Die Erinnerung daran hatte immer noch die Macht, sein Herz schneller schlagen zu lassen.

Bis zur letzten Nacht, bis er sie jetzt mit Mikey erlebte, hatte er nicht bemerkt, wie liebevoll die Frau war, die er geheiratet hatte.

Er betrachtete den kleinen Kerl. „Und wie alt bist du, Mikey?"

Maggie kicherte. „Alter ist keine Kategorie, die Mikey bereits versteht. Er ist noch nicht einmal zwei."

Johns Gesicht wurde nachdenklich. „Er scheint fast so alt wie der kleine George zu sein." Er glaubte nicht, dass er den Namen von Weatherfords Sohn jemals würde benutzen können, ohne ihn in eine Verkleinerungsform zu setzen. Das Aussehen des Jungen ähnelte so sehr dem seines Vaters, dass in Johns Erinnerung, als er den Jungen zuerst erblickte, sofort sein erstes Jahr in Eton aufgeblitzt war. Er dachte an George Weatherford, wie er als acht- oder neunjähriger Junge ausgesehen hatte.

Wenn er solche melancholischen Gedanken doch unterdrücken könnte. Es war nicht fair, dass er es war, der jetzt in diesem Haus mit Weatherfords Sohn, den Weatherford selbst niemals sehen würde, war, und dass John nie mehr einen Blick auf Weatherford würde werfen können.

„Sie sind altersmäßig etwas mehr als ein Jahr auseinander. Wäre es nicht wundervoll, wenn sie Freunde würden – so wie du und Hauptmann Weatherford?"

Bevor er antworten konnte, rauschte die Herzogin von Aldridge ins Haus. Sie begrüßten sich alle, dann fragte ihn die Herzogin: „Ist das Ihr erster Besuch im Trent Square 7, Mylord?"

„In der Tat, ja."

„Sie sind ein sehr pflichtbewusster Ehemann, das steht fest. Aldridge ist nicht hier gewesen, seit wir das Haus zum ersten Mal besichtigt haben – bevor irgendjemand hier einzog." Ihr Gesicht wurde weicht und sie murmelte: "Ich habe schöne Erinnerungen an diese Besichtigung. Es war das erste Mal, dass mein lieber Mann mich küsste – wir waren noch nicht verheiratet."

Er meinte, sich an irgendeinen kleineren Skandal zu erinnern, der Aldridge gezwungen hatte, die frühere Elizabeth Upton zu heiraten, aber er wollte verdammt sein, wenn er sich daran erinnern konnte, was das gewesen war. Hatten sie an dem Tag hier ein Schäferstündchen gehabt?

Die Herzogin schaute dann zu Maggie und dem kleinen Jungen. „Ich sehe, Mikey bekommt seine ihm zustehenden Umarmungen von Lady Finchley."

Maggie lächelte ebenso überschwänglich wie in der letzten Nacht, als sie ihm erklärt hatte, dass es die glücklichste Nacht ihres Lebens wäre. „Er hat meinen neuen Namen gelernt. Er nennt mich nicht mehr Wady Margaret. Ich bin jetzt Wady Finchley."

Der kleine Junge, der seine Finger in Margarets Haaren wühlen ließ, schien so zufrieden wie ein Kälbchen, das sein Heu fraß.

Wieder einmal wandten sich Johns Gedanken DEM Kuss zu. Maggies Kuss. Er dachte auch daran, wie der steife Herzog von Aldridge einen Kuss von seiner zukünftigen Frau gestohlen hatte. Und John ertappte sich dabei, dass er sich wünschte, seine Frau auf die Arme zu nehmen und sie in eines der Schlafzimmer zu tragen.

Kapitel 14

Drei Tage später halfen John und seine Frau Mrs. Weatherford bei ihrem Umzug. Maggies neue Kutsche war geliefert worden und sie bot an, damit die Witwe und ihre Habe zum Trent Square zu bringen.

„Bist du sicher?", fragte er. „Was, wenn der Junge – oder die Sachen von der Frau – sie verkratzen?"

„Das kümmert mich nicht. Menschen sind viel wichtiger als Dinge." Sie sah zu ihm auf. „Macht es dir etwas aus?"

Er zuckte mit den Schultern. „Nicht wirklich."

Zu seinem Erstaunen hatte Maggie schüchtern gebeten, dass er sich in der neuen Kutsche neben sie setzen solle, als sie in Richtung Strand fuhren. Er konnte sie nicht enttäuschen.

Wie zum Teufel kam es, dass er sich jetzt jedes Mal, wenn er mit Maggie zusammen war, an die Intensität dieses einen Kusses erinnerte? Er war über sich selbst überrascht gewesen, als er beim letzten Mal am Trent Square von dem Verlangen überfallen worden war, diese süße Frau, die er geheiratet hatte, zu vergewaltigen.

So sehr er auch ein Freigeist war, er würde nie ein so widerwärtiges Verhalten billigen.

Jedenfalls nicht bei einer Dame, und nicht mit einer anständigen Witwe als Zeugin seiner Verworfenheit.

„Findest du nicht, dass Mrs. Weatherford

ungewöhnlich schön ist?", fragte Maggie.

Er zuckte die Achseln. „Ich habe mir über ihr Aussehen keine Gedanken gemacht. Ich muss sagen, ich war zu sehr von der starken Ähnlichkeit des Jungen mit seinem Vater schockiert."

Ihre Hand legte sich auf seine. „Oh, mein Lieber, das muss schwer für dich sein."

„Das ist es tatsächlich. Ich wünschte zu Gott, Weatherford wäre noch am Leben."

„Ich weiß."

Als ihre Kutsche in die Foster's Croft Lane einbog, stand ihm das Bild der Witwe seines Freundes vor Augen. Er schätzte, dass man sie als bildschön bezeichnen konnte. Kein Wunder, dass George so jung geheiratet hatte. John bemerkte, dass er darüber nachdachte, ob die Frau wieder heiraten würde.

Er fragte sich auch, wer für den Jungen ein väterliches Vorbild sein würde.

Dann erkannte er: *das muss ich sein*. Er musste in die Fußstapfen seines Freundes treten und versuchen, den Jungen so zu behandeln, wie seines Wissens nach Weatherford es getan haben würde.

Als sie in Mrs. Weatherfords Wohnung ankamen, war er dankbar dafür, dass die Witwe seines Freundes nicht mehr an einem so trostlosen Ort würde leben müssen. Trent Square war ein helles, sicheres Heim in einer anständigen Nachbarschaft.

Es war traurig, wie wenig Sachen die Weatherfords hatten, um sie mit zum Trent Square zu nehmen. Diese eine Fahrt würde genug sein. Alle ihre Kleidung war in einen schäbigen Koffer gestopft worden, und Mrs. Weatherford trug ein paar Bücher in ihren Händen.

„Was ist mit den Möbeln?", fragte er.

Die Witwe schüttelte den Kopf. „Die gehören nicht uns." Als sie sich auf die Bank ihnen gegenüber setzte, bemerkte er, dass der kleine George nicht länger auf dem Schoß seiner Mutter saß. Jetzt fühlte der Junge sich in ihrer Gegenwart wohl. Der Kleine sprach Maggie an. „Mylady, könnten Sie mich so in die Luft werfen, wie sie es mit Mikey tun?"

„Wenn du das magst, Schatz."

Maggie war in ihrem Element, wenn sie von Kindern umgeben war. *Eine geborene Mutter.* Was für ein Jammer!

„Ja, aber Georgie", entfuhr es John, „ich bin viel größer als Lady Finchley und könnte dich viel höher in die Luft schwingen." Nachdem er den Jungen jetzt so genannt hatte, dachte er, er sollte Georgie beibehalten. Es würde ihm unmöglich sein – weil es viel zu schmerzhaft war – den Kleinen jemals beim selben Namen zu rufen wie früher seinen Vater.

Das Gesicht des Kindes hellte sich noch mehr auf. „Wann?"

„Sobald wir euer neues Zuhause erreicht haben, wenn du magst."

„Oh ja, das würde ich sehr gerne mögen!"

Georgie war ungewöhnlich aufgeregt. „In meinem neuen Zuhause gibt es einen Park auf der anderen Straßenseite! Und Mama sagt, dass ich mit den anderen Jungs spielen darf. Dass sie wie meine Brüder sein werden! Ich wollte immer einen Bruder haben."

Nachdem der Junge seine Schüchternheit nun abgelegt hatte, erwies er sich als überaus wortreicher Redner.

Der Park auf der anderen Straßenseite, fiel John ein, war das Stück Land in der Mitte des Platzes. „Stimmt! Da wirst du viel Spaß haben." War der Junge alt genug, um zu lernen, wie man Cricket spielte? Würde Georges Sohn ebenso viel Talent für diesen Sport beweisen wie sein Vater es gehabt hatte?

John würde sich darum kümmern müssen, dass der Junge die Gelegenheit dazu bekam. In der Tat, er dachte an etwas, was er für den Jungen anfertigen lassen würde. Ein Lächeln flog über sein Gesicht.

„Es tut Ihnen auch nicht leid, Mrs. Weatherford? Dass Sie umziehen, meine ich", fragte Maggie.

„Überhaupt nicht. Mrs. Hudson hat mich so herzlich begrüßt. Tatsächlich haben alle der Witwen das auch getan." Ihre Wimpern senkten sich und ihre Stimme wurde weich. „Sehen Sie, zwischen uns besteht ein Band, das andere nicht verstehen können. Ich muss auch zugeben, dass ich schrecklich einsam war, seit dem Tag, an dem George England verlassen hat. Mein Sohn war ein großer Trost, aber man braucht auch andere Erwachsene, mit denen man reden kann."

Dann lächelte Mrs. Weatherford ihn an. „Was für ein Glück ich habe, Mylord, dass Sie sich um mein Wohlergehen kümmern."

„Das wollte George so." Überraschenderweise war John über die Wünsche seines alten Freundes sehr froh. Er war noch immer verwirrt darüber, dass ihr letzter Besuch in Foster's Croft Lane ihn vom umstrittensten Rennen des Jahres abgehalten hatte und er in keiner Weise Verbitterung deshalb empfand. Seine Freunde konnten gar nicht aufhören, darüber zu reden –

Perry hielt ihnen vor, dass er viel Geld gewonnen hatte und die anderen protestierten und behaupteten, dass ihr Pferd hätte zum Sieger erklärt werden müssen. „Zwischen den beiden war keine Haaresbreite Abstand!", hörte Knowles nicht auf zu beteuern.

John bedauerte, dass er das nicht gesehen hatte. Er bedauerte, dass er nicht die Gelegenheit bekommen hatte, auf Perrys Pferd zu wetten. Geld zu gewinnen war immer angenehm. Aber merkwürdig, er bedauerte es nicht, Zeit mit der Witwe und ihrem kleinen Sohn zu verbringen.

„Mama sagt, ich soll seine Lordschaft fragen, ob ich ihn Onkel Finchley nennen darf."

Die Worte des kleinen Jungen brachten eine Saite in Johns Herzen zum Klingen. „Ich sollte mich geehrt fühlen, aber ich glaube, du solltest mich so anreden, wie dein Papa es tat. Dein Papa nannte mich immer Finch. Du kannst mich Onkel Finch nennen."

„Ich muss sagen, Euer Lordschaft", sagte Mrs. Weatherford, „dass ich fast gesagt hätte, dass Ihr Name Finch sei, an dem Tag, als sie vor meiner Tür standen! So hat George immer von Ihnen gesprochen."

„Ah, aber Ihnen werde ich nicht erlauben, mich als Onkel Finch zu bezeichnen", sagte er mit einem spitzbübischen Funkeln in seinen Augen.

Sie alle lachten.

Als sie am Trent Square ankamen und aus der Kutsche ausstiegen, wandte seine Frau sich zu ihm um. „Jetzt hast du deine Pflicht erfüllt, mein lieber Mann. Nun, bitte, geh und verbringe Zeit mit deinen Freunden. Ich weiß, dass es hier am Trent Square nichts Interessantes für dich gibt."

Sie tat es schon wieder – las seine verdammten

Gedanken! Er hatte sich gerade gefragt, ob er sich mit den Freunden bei White's treffen sollte, bevor ihre übliche Runde Whist begann. „Sobald ich Georgie in die Luft geworfen habe, denke ich, dass ich mich verabschieden kann. Ich schickte dir die Kutsche zurück, nachdem sie mich in St. James abgesetzt hat."

Er griff nach unten und hob Georgie hoch, bis er über Johns Kopf schwebte und wirbelte den quietschenden Jungen dann wie Windmühlenflügel herum.

Georgie wollte nicht, dass er aufhörte, aber John schaffte es schließlich, ihn abzusetzen. „Jetzt musst du mit deiner Mama gehen. Die anderen Jungen werden schon darauf warten, mit dir zu spielen."

Maggie stand an Johns Seite; ihre Augen glänzten vor Entzücken, als sie zu ihm aufsah. Er beugte sich zu ihr hinüber und presste seine Lippen auf ihre Wange, spürte deutlich ihren Duft nach Rosen. Warum hatte er das getan? Fühlte er sich schuldig, weil er sie hierlassen würde? Fühlte er sich schuldig, weil er nicht die Absicht hatte, sie an diesem Abend zu sehen? Oder war es, weil sie so wunderbar unschuldig aussah – in einer reifen, mütterlichen, fast heiligen Art? Er bemerkte, dass er die Erinnerung an ihre offen zur Schau gestellte Zuneigung zu dem kleinen Kerl namens Mikey nicht unterdrücken konnte. Während John einerseits von ihrer liebevollen Natur gerührt war, wurde er gleichzeitig von Schuldgefühlen überwältigt. Seinetwegen würde ihr die Gelegenheit, ein glückliches Heim und eine Familie zu haben, vorenthalten werden.

* * *

Mikey hatte auf Zehenspitzen am Fenster des

Wohnzimmers beobachtet, wie Lord Finchley Georgie in die Luft warf. Als Margaret wenige Minuten später das Haus Nummer 7 betrat, rannte er mit den Armen über dem Kopf zur Tür. „Ich!"

Sie hob den kleinen Kerl hoch in ihre Arme und wirbelte ihn herum, während er quietschte. Sie fühlte sich, als könnte sie jede Sorge angesichts der Umarmung eines Kindes oder des ansteckenden Lachens eines Kindes vergessen.

Obwohl sie sich des großen Glücks in ihrem Leben bewusst war, stieg an diesem Tag doch Melancholie in ihr auf. Es ließ sich nicht leugnen. Das Leben dieser armen Witwen war viel reicher als das ihre. Sie hatten erlebt, was es hieß, geliebt zu werden. Sie hatten Kinder. Margaret wusste, dass trotz der großen Zuneigung, die Mikey für sie empfand, er doch immer seine eigene Mutter mehr lieben würde. Mrs. Leander hatte unglaubliches Glück. Mrs. Weatherford auch. Alle diese Frauen, die in Trent Square Nummer 7 wohnten, waren vom Glück gesegnet.

Obwohl Margaret reich an materiellen Gütern sein mochte, war sie in vieler anderer Hinsicht arm. Sie besaß nicht einmal die Liebe ihres eigenen Mannes.

Sie schaute auf, während sie Mikey noch herumschwang und sah seine Mutter dort stehen, eine Schürze umgebunden und mit einem Glänzen in ihren Augen, als sie ihr jüngstes Kind betrachtete. „Falle Mylady nicht zur Last, Liebling. Komm zu Mama."

Als er glücklich in die Arme seiner Mutter wechselte, blätterte ein kleines Stück von Margarets Herzen ab. „Er ist keine Last. Sie wissen, wie gerne ich ihn habe."

„Ja." Mrs. Leander sah zur Tür, die Abraham gerade öffnete. „Das ist die Herzogin. Wir wollen heute mit Bewerberinnen für die Stelle als Köchin sprechen."

Margaret hatte nicht gehört, dass Nummer 7 eine Köchin einstellen wollte. „Es ist auch höchste Zeit dafür. Für fast drei Dutzend Menschen zu kochen ist viel zu viel Arbeit für Sie", sagte sie zu Mrs. Leander.

„Ich hatte Hilfe, aber ich muss zugeben, es ist anstrengend." Mrs. Leander küsste Mikey auf seinen Lockenkopf. „Und ich hatte nicht viel Zeit für meine eigenen Kinder."

Die Herzogin rauschte ins Haus, nahm ihren blauen Umhang ab, den sie Abraham überreichte, und begrüßte sie. „Meine Schwester hat völlig Recht, Mrs. Leander", sagte Elizabeth. „Sie haben seit zu langer Zeit zu viel gearbeitet."

„Sie haben mir im zweiten Monat, in dem wir hier waren, das Küchenmädchen eingestellt."

„Selbst mit ihrer Hilfe – und den anderen Witwen, die sich abgewechselt haben, Ihnen zur Seite zu stehen – es ist zu viel", sagte die Herzogin. „Es war ein Versäumnis von mir, Ihnen all diese Küchenarbeit nicht schon vor Monaten abzunehmen. Sie sind die Frau eines Offiziers und ich würde sagen, wenn Ihr Mann noch am Leben wäre, würde er es nicht gutheißen, dass Sie solche Aufgaben übernehmen." Elizabeth warf ihr einen fragenden Blick zu. „Sagen Sie mir die Wahrheit, Madam, hatten Sie keine eigene Köchin, als Ihr Mann noch lebte?"

Mrs. Leander nickte scheu. „Ja. Aber ich habe immer gerne gekocht. Meine Mutter bereitete unsere eigenen Mahlzeiten zu und ich habe es genossen, in der Küche zu arbeiten, solange ich denken kann."

„Dann müssen Sie nur die neue Köchin anlernen, dass sie das Essen so zubereitet, wie Sie es mögen", sagte Elizabeth.

„Ja, Sie müssen darauf achten, dass sie sich an Ihre Rezepte hält, oder wir könnten hier einen Aufstand haben", sagte Margaret mit einem Lachen. „Wenn es etwas gibt, worüber alle Bewohner von Nummer 7 sich einig sind, ist es, dass Sie wundervoll kochen."

Mikey rutschte vom Arm seiner Mutter hinab, bis sie ihn auf den Boden setzte. Er ging auf Margaret zu, seine zarten Augenbrauen hoben sich fragend, als er zu ihr aufschaute. „Junge?"

Mrs. Leanders Augen wurden schmal. „Was möchtest du, Liebling?"

„Ich glaube, er sucht nach dem kleinen Jungen, der heute eingezogen ist", sagte Margaret. „Georgie. Ich glaube, er ist das Kind, das Mikey im Alter am nächsten ist – oder zumindest das *männliche* Kind, das ihm im Alter am Nächsten ist!"

Mrs. Leander lachte kopfschüttelnd. „Alle meine Jungen wollen nur mit anderen Jungen spielen, aber ich glaube, meine Mädchen würden sich lieber auch den Jungs anschließen, als den anderen kleinen Mädchen!"

Margaret verstand das nur zu gut. Ihr Mann wollte lieber mit seinen männlichen Freunden zusammen sein als mit ihr – oder mit anderen weiblichen Wesen. Anständigen weiblichen Wesen zumindest, hieß das.

So glücklich wie sie war, dass Mrs. Leander von ihren nie endenden Küchenarbeiten befreit sein würde, war Margaret doch traurig, da sie wusste, dass die Frau jetzt mehr Zeit für ihr jüngstes Kind haben würde. Das würde mit Sicherheit Margarets Gelegenheit verringern, ihn zu verwöhnen, wie seine Mutter es zuvor nie gekonnt hatte.

„Möchten Sie Mrs. Weatherfords neues Zimmer sehen?", fragte Mrs. Hudson, nachdem die Herzogin und Mrs. Leander in den Salon hinübergegangen waren.

„Ja, sehr gerne."

Die beiden Frauen stiegen die Treppen hinauf. „Ich kann gar nicht sagen, wie sehr ich mich für Mrs. Nye freue", sagte Margaret. „Die Frau strahlte förmlich, als ich ihr gestern Lebewohl sagte."

„Ich freue mich auch für sie. Sie hat sich in den Mann, den sie heiraten wird, wirklich verliebt."

Margarets Stimme wurde sanft. „Sie wissen, dass Mr. Hudson das für Sie auch gewollt hätte. Wie alt sind Sie?"

„Zweiundzwanzig."

Ein Jahr älter als Abraham Carter, wenn Margaret sich recht erinnerte. „Die Zeit mit Ihrem Mann war nur ein kurzes Zwischenspiel in einem, wie ich denke, langen Leben. Sie können nicht den Rest Ihrer Tage damit verbringen, Ihrer verlorenen Liebe nachzutrauern. Nicht, wenn Sie so hübsch sind. Und der Gegenstand der Zuneigung eines anderen Mannes. Eines atmenden, lebenden Mannes."

Mrs. Hudson hielt auf der Treppe an, als hätten ihre Füße auf der Stufe Wurzeln geschlagen und drehte sich um, um Margaret ins Gesicht zu sehen. „Bitte, Mylady, wen meinen Sie damit?"

„Ich denke, das wissen Sie."

„Carter?", flüsterte Mrs. Hudson.

Margaret nickte. „Sie dürften die einzige sein, die nicht bemerkt hat, dass er Sie anbetet."

Mrs. Hudson ließ die Bemerkung an sich abgleiten. „Er ist mir nur dankbar, weil ich ihn Lesen und Schreiben gelehrt habe."

„Wenn Sie das annehmen, können Sie nicht so klug sein, wie ich gedacht hatte."

Mrs. Hudson setzte ihren Weg die Treppe hinauf fort.

Es war für jemand so zurückhaltendes wie Margaret schwierig gewesen, ein so persönliches Thema anzuschneiden, aber nachdem sie am Vortag gesehen hatte, wie glücklich Mrs. Nye war, hatte Margaret beschlossen, dafür zu sorgen, dass auch Mrs. Hudson eine weitere Gelegenheit für eine liebende Ehe bekommen sollte. Die junge Mutter brauchte offensichtlich einen Schubs.

Im obersten Stockwerk fanden sie das Zimmer von Mrs. Weatherford und Georgie am Ende des Gangs. Die schöne Witwe wirbelte herum und schaute Margaret mit einem Lächeln, das ihr Gesicht erhellte, an. „Ich bin sehr glücklich über mein Zimmer und George hat schon angefangen, mit den anderen Jungen zu spielen. Ich schulde Ihnen und seiner Lordschaft sehr viel, Mylady."

„Ihre Freude ist unsere Belohnung. Ich hoffe, dass Sie Ihre Zeit am Trent Square 7 genießen. Ich glaube, Ihr Sohn hat seine Zufriedenheit mit der neuen Umgebung bereits gezeigt."

„Und ob!"

Schritte im Flur kamen näher und bald stand Mrs. Leander, mit Mikey auf dem Arm, in der offenen Tür zu Mrs. Weatherfords Zimmer. „Die erste Bewerberin soll erst in zehn Minuten kommen, daher wollte ich kommen und Mrs. Weatherford in Nummer 7 willkommen heißen." Sie betrachtete die neu Gekommene. „Sie müssen mir sagen, wenn Sie etwas brauchen." Sie setzte

Mikey ab. „Mein Kleiner möchte mit Ihrem Jungen spielen."

Margarets Melancholie verschwand angesichts ihrer Zufriedenheit darüber, dass die Witwe von Johns totem Freund glücklich in Nummer 7 eingezogen war und Mikey einen Spielkameraden hatte, beides Dank ihrer Tätigkeit.

Als sie sich abwandte, um ins Musikzimmer zu gehen, merkte Mikey nicht einmal, dass sie fortging. Sie freute sich, dass er einen anderen Jungen zum Spielen hatte. Früher oder später hätte er ohnehin Interesse an all den Dingen entwickelt, die Jungen so taten. Man konnte ein Kind nicht für immer in den Armen halten.

Aber trotzdem machte es sie etwas traurig.

Jede einzelne Witwe hier war viel reicher als sie. Würde Margaret je die Liebe ihres Mannes erfahren? Jemals ein eigenes Kind haben?

* * *

Als er bei Whites ankam, freute er sich, seine drei besten Freunde an ihrem üblichen Tisch sitzen zu sehen – zusammen mit zwei Flaschen Brandy. Er setzte sich auf den vierten Stuhl.

Arlington schaute als erster auf und zuckte mit einer Braue. „Ah, da kommt Lady Finchleys Pantoffelheld."

John runzelte die Stirn, als er sich niederließ. „Was soll das bedeuten?"

„Ich glaube, dass er andeuten will, dass du unter ihrem Pantoffel stehst, alter Junge", sagte Knowles.

„Was mich glauben lässt, dass die Braut unseren lieben Finch irgendwie in ihr Bett gelockt hat." Christopher Perry warf seinem Freund einen herablassenden Blick zu. „Und ich hatte dir geglaubt, als du sagtest, dass du keine Absicht hättest, diese Verbindung zu einer echten Ehe zu machen."

Seit sie Kinder gewesen waren, hatten sie vier alles miteinander geteilt. Sie hatten selbst Dirnen herumgereicht, als ob sie eine Schüssel voller Spargel wären. Aber aus Gründen, die John selbst überhaupt nicht verstehen konnte, wollte er nicht, dass seine drei besten Freunde an den intimen Details seiner Ehe mit Maggie – oder deren Abwesenheit – teilhatten.

Er wusste, dass der Ehrenkodex seiner Freunde sie davon abhalten würden, der Frau ihres Freundes galante Anträge zu machen, aber wenn sie glaubten, dass er und Maggie keine intimen Beziehungen pflegten, was könnte einen dieser Kerle davon abhalten zu versuchen, die süße Maggie zu erobern?

Das könnte er nie dulden.

Er schaute Arlington böse an. Warum war der Kerl so versessen auf Einzelheiten über Johns Ehe? „Von nun an", sagte John im Befehlston, während sein Blick über seine drei Freunde schweifte, „wird es keine Diskussionen über meine Frau geben, keine Fragen über ... Schlafzimmeraktivitäten. Verstanden?"

„Aber mein lieber Freund", sagte Arlington strahlend,   „deine   sogenannten Schlafzimmeraktivitäten können doch anderswo stattfinden."

Perry schnaubte. „Wie zum Beispiel im Stehen hinter dem Bühnenvorhang des Drury Lane Theaters."

„Das warst du – nicht ich!", protestierte John.

Knowles nickte lächelnd. „Oder oben auf dem Kutschersitz zwischen St. Albans und Oxford."

John musste zugeben, dass sie alle in jeder

Nacht, auf die Knowles anspielte, sich an diesem Sport beteiligt hatten. Zumindest war es das, was man John am nächsten Morgen erzählt hatte. Ein Übermaß alkoholischer Getränke war dabei im Spiel gewesen.

„Dann war da der Brunnen in Tolford Abbey …“ Perry betrachtete ihn erheitert.

John war nicht belustigt und hielt die ausgestreckte Hand hoch. „Genug!“ Es war ihm peinlich zu denken, dass Maggie je erfahren könnte, welche ungewöhnlichen Aktivitäten in dem Springbrunnen seines Landsitzes stattgefunden hatten.

Noch ein Fall von zu viel Alkohol.

„Dann beweise es uns morgen Nacht“, sagte Perry, „dass du noch immer unser alter, unternehmungslustiger Freund bist. Benimm dich wie zu der Zeit, bevor du dich in Ehefesseln begeben hast.“

Über Johns Nase entstand eine Falte. „Was schlägst du vor?“

„Du bist jetzt flüssig. Schaffe dir ein Vögelchen an.“

„Und Perry hat gerade die Richtige!“, nickte Arlington. „Die neue, pummelige kleine Rotblonde, eine Tänzerin an der Oper. Wenn ich nicht bei Mrs. Flannagan unter Vertrag wäre, würde ich sie selbst haben wollen.“

„Das ist zu bald nach seiner Hochzeit“, protestierte Knowles. „Der Herzog von Aldridge würde das nicht gutheißen.“

John nickte enthusiastisch. „Er hat Recht. Ich kann es mir nicht gut erlauben, mich in einer Art zu betragen, die die Feindseligkeit des Herzogs mir gegenüber noch vergrößern würde.“

Perrys Gesicht verzog sich nachdenklich.

„Finch, hattest du nicht erwähnt, dass du nun, nachdem du genug Moos hast, es dir leisten könntest, die Klatschschreiber zu bezahlen, damit sie deine Skandale aus den Zeitungen halten?"

„Das hat er ganz bestimmt gesagt", bestätigte Arlington.

Perry schaute John lächelnd ins Gesicht. „Da hast du es! Komm morgen Abend mit uns und ich stelle dich der prachtvollen Leichten Lucy mit ihrer enormen Oberweite vor."

„Und", fügte Knowles hinzu, „sie ist leiiiicht."

„Eine passende Beschreibung für die liebevolle Dame." Perry grinste.

John konnte es nicht ertragen, dass seine Freunde dachten, er stünde unter dem Pantoffel. Es war eine Beleidigung für die großzügige Frau, die er geheiratet hatte. „Also gut. Morgen Abend."

Kapitel 15

Barrows weiße Haare zu sehen, als er die Tür zu ihrem früheren Zuhause aufschwang, war so willkommenheißend wie eine warme Umarmung. Sie hatte den lieben, alten Mann jeden Tag ihres Lebens gesehen. Bis sie geheiratet hatte. „Hallo, Barrow."

Seine weißen Augenbrauen zogen sich zusammen. „Waren Sie nicht ausgezogen, Mylady?"

„Sie wissen sehr wohl, dass das stimmt, aber ich muss meine Schwestern besuchen. Sind sie hier?" Sie war eine der wenigen, die außer den Dienern, die er beaufsichtigte, wusste, dass man sehr laut sprechen musste, um von Barrow gehört zu werden.

„Ja, Lady Clair und Lady Caroline sind beide zu Hause, aber Lady Clair wird bald ausgehen. Mr. Rotten-Smelly wird sie abholen."

Sie versuchte, nicht vor Lachen über die fehlerhafte Aussprache des Namens von Clairs Verehrer zu platzen. Sie drehte sich um, um die Stufen hinaufzuhuschen. „Danke, Barrow."

Beide Schwestern waren in Margarets altem Schlafzimmer, das sie mit Caro geteilt hatte. Clair saß vor Caros Frisierkommode und spähte in den Spiegel. „Kannst du meine Haare nicht aussehen lassen wie deine?", fragte sie Caro. „Du hast elf Heiratsanträge bekommen und ich nicht einen einzigen."

Sie drehten sich um, als Margaret eintrat.

„Aber liebe Clair", sagte Margaret, „du wolltest doch nie mehr als einen Antrag – und, um auf Mr. Rothcombe-Smedley zu sprechen zu kommen, warum meint Barrow denn nun, dass der Name des armen Mannes Rotten-Smelly sei?"

Beide Schwestern kicherten. „Das liegt daran, dass Aldridge den Versuch unternahm, Barrows falsche Aussprache – Rotten anstatt Rothcomb – zu verbessern", erklärte Caro, „und der arme, halbtaube Butler dachte, es ginge um Smedley. Barrow änderte den Namen sofort zu Rotten-Smelly und informierte Aldridge, dass er ein pflichtbewusster Diener sei, der selbstverständlich den Wünschen seines Dienstherren folgen würde – auch, wenn er nicht damit einverstanden sei."

„Und", fügte Clair hinzu, „Aldridge hatte nicht das Herz, ihn ein zweites Mal zu korrigieren."

Margarets Blick heftete sich an das Bild ihrer zwei Schwestern im Spiegel. Leider gab es nichts, was Clair tun konnte, um so hübsch wie Caro zu werden. Der einzige Unterschied in ihrem Aussehen war ihre Haut. Während Carolines die Farbe und Ausstrahlung frischer Sahne hatte, war Clairs mit Sommersprossen übersät. Margaret fand Sommersprossen überhaupt nicht schlimm, aber der Vergleich mit Caros makelloser Haut fiel nicht zu Clairs Vorteil aus.

„Was denkt Mr. Rothcomb-Smedley über den Spitznamen, den Barrow ihm so verpasst hat?", fragte Margaret.

„Er ist sehr höflich, wenn Barrow ihn so anredet, aber wenn andere ihn im Spaß *Rotten-Smelly* nennen, wird er ziemlich verstimmt", sagte Clair.

Caro zuckte mit den Schultern. „Solange es

nicht in die Zeitungen gerät, ist es ein guter Scherz."

Die bloße Erwähnung von Zeitungen erinnerte Margaret an diesen grässlichen Zeitungsleute und ihre üblen Praktiken. „Wenn der Presse dieser Name bekannt würde und sie anfangen würden, ihn zu benutzen – besonders bei politischen Karikaturen – könnte es für Mr. Rothcomb-Smedleys parlamentarische Hoffnungen verheerend sein."

„Der Gedanke kam mir auch schon", sagte Clair beunruhigt.

Caro stellte sich unbekümmert. „Ich würde sagen, es ist schon zu spät. Die Katze ist schon eine ganze Weile aus dem Sack. Ich denke, wenn jemand der Presse diesen Namen stecken wollte, wäre das längst passiert. Und es ist ja nicht so, dass wir das Gedächtnis derer auslöschen könnten, die diesen Namen schon gehört haben."

„Da hat Caro irgendwie Recht." Margaret begann, um ihre sitzende Schwester herumzugehen. „Bitte, Liebes, was sollen alle diese Klagen über Caros Haare, um einen Heiratsantrag an Land zu ziehen?"

Clair schmollte. „Ich bin am Verzweifeln. Mr. Rothcomb-Smedley ist seit fast einem Jahr mein Verehrer. Wir passen ganz wundervoll zusammen. Wir werden der Gesellschaft des anderen nie müde. Jeder in der guten Gesellschaft wartet seit Monaten auf die Ankündigung unserer Hochzeit. Die einzige Erklärung muss sein, dass ich nicht hübsch genug bin."

„Unsinn!", sagte Margaret. „Ich habe Mr. Rothcomb-Smedley bei mehr als einer Gelegenheit deine Schönheit preisen hören. Außerdem bist du wirklich hübsch."

„Mir ist klar, dass ich nicht so gut aussehe wie ihr beide."

„Ich habe keine Zweifel daran", sagte Caro bestimmt (aber Caro sagte schließlich alles mit Bestimmtheit), „dass Mr. Rothcomb-Smedley dich überaus bewundert. Ich habe keine Zweifel, dass eine Ehe zwischen euch beiden ausnehmend erfolgreich sein würde. Aber ich *habe* Zweifel, ob Mr. Rothcomb-Smedley das Bedürfnis hat, Ehefesseln angelegt zu bekommen. Ich glaube, die Aussicht, in einer Ehe festzusitzen, lähmt ihn förmlich."

Genau wie John. „Das ist bei vielen Männern so."

„Dann brauchen wir vielleicht einen Plan, der dem Mann klarmacht, wie sehr er Clair heiraten möchte", verkündete Caro.

„Das klingt hinterhältig." Margarets Augen wurden schmal, als sie Caroline betrachtete.

„Das liegt daran, dass du so scheußlich ehrlich bist!"

„Es ist nichts Scheußliches an der Ehrlichkeit", verteidigte sich Margaret. Obwohl, sie zugeben musste, sie war nicht diejenige, die als Beispiel für Ehrlichkeit dienen sollte, nicht mit all den Geheimnissen, die sie über ihre eigene Ehe für sich behielt.

„Du bist absolut sicher, dass du Mr. Rothcomb-Smedley heiraten möchtest?", fragte Margaret.

Clair nickte. „Ich habe nie etwas anderes gewollt."

„Das ist es!" Caro warf den Kamm hin, den sie für Caros Haare benutzt hatte. „Ich weiß genau, was wir brauchen, damit er sich erklärt."

Margaret sah im Spiegel, wie Clairs Augen sich weiteten, während sie Caro mit Skepsis betrachtete.

„Wir müssen ihn eifersüchtig machen."

Margaret und Clair sahen Caro mit offenem Mund an. „Wie macht man das?", fragte Margaret.

Caro schürzte nachdenklich ihre Lippen. „Ich glaube, dass ich einen Plan habe, aber bevor ich meinen Plan durchführe, Clair, musst du mir dein Wort geben, dass du so tun wirst, als ob du das Interesse eines anderen Mannes ermutigst."

„Ich kann mich unmöglich zu so einem lächerlichen Plan verpflichten! Nichts könnte geeigneter sein, um Mr. Rothcomb-Smedley abzuschrecken."

„Sie hat Recht!", stimmte Margaret zu. „Mr. Rothcomb-Smedley ist ein sehr stolzer Mann. Wenn er für einen Moment annähme, dass Clair ihm einen anderen Mann vorzöge, würde er sich zurückziehen."

„Lasst mich noch einmal darüber nachdenken." Caro begann, auf dem Teppich hin und her zu gehen. Nach einigen Augenblicken drehte sie sich um und betrachtete Clair mit einem strahlenden Lächeln. „Dann schlage ich vor, dass du weiter alles das tust, was du ausschließlich mit Mr. Rothcomb-Smedley tust, wie nachmittags im Park auszufahren, aber dass bei öffentlicheren Anlässen ein anderer Mann den Eindruck erwecken wird, dass er vor Liebe zu dir verrückt ist. Er muss gut aussehen. Und reich sein. Andernfalls würde Mr. Rothcomb-Smedley ihn nie als Bedrohung deiner sicheren Zuneigung zu ihm betrachten können. Der Mann muss in der Öffentlichkeit so charmant sein und du musst von seinen Aufmerksamkeiten so geschmeichelt sein, dass Mr. Rothcomb-Smedley sich beeilen wird, sich deiner Zuneigung zu versichern."

Clairs Mund blieb offen stehen. Margarets Augen wurden groß. Beide starrten Caroline an, als ob sie in einer toten Sprache sprechen würde. „Wo, wenn ich fragen darf", verlangte Caro zu wissen, „willst du einen solchen *angeblichen* Verehrer finden?"

Caro schenkte ihren Schwestern ein selbstzufriedenes Lächeln. „Tatsächlich habe ich den Mann auf dem Ball der Finchleys schon gefunden."

Margaret brauchte einen Moment, bis sie sich daran erinnerte, dass sie Lady Finchley war und ihre Schwester über *ihren* Ball sprach. In der Nacht, wo sie DEN Kuss bekommen hatte. Noch bevor Caro ihr sagte, wer dieser Mann wäre, wusste Margaret es. *Christopher Perry*. Er sah gut aus. Er war überaus vermögend. Aber er hatte Clair kaum bemerkt. Alle seine Aufmerksamkeit hatte Caro gegolten.

„Bitte, wen?" Clair blinzelte ihre Schwester an.

„Mr. Christopher Perry."

„Von dem habe ich noch nie gehört."

„Das, meine liebe Schwester", sagte Margaret zu Clair, „liegt daran, dass er nicht im Parlament ist und du dich nur für Regierungsangelegenheiten interessierst."

„Er ist ein enger Freund von Lord Finchley. Er kam ein oder zweimal, um mich zu besuchen. Ich bin sicher, dass er mir zu Gefallen so tun würde, als wäre er völlig verrückt nach dir. Soll ich ihn fragen?"

Margaret wusste, dass Perry in der Ballnacht sich entschieden an Caro interessiert gezeigt hatte, aber sie hatte nicht gehört, dass er seither tatsächlich gekommen war, um ihre Schwester zu besuchen. Was für eine Neuigkeit! John und seine

Freunde hatten sich bisher nie von Damen aus guter Familie angezogen gefühlt. „Würdest du Mr. Perry die Wahrheit sagen?", fragte Margaret.

„Ich weiß noch nicht, wieviel ich ihm erzählen werde. Ich bin nicht sicher, ob ich ihn gut genug kenne, um mich auf seine Verschwiegenheit zu verlassen."

„Männer können angeblich besser Geheimnisse bewahren als Frauen", sagte Margaret.

Es klopfte an der Tür von Carolines Schlafzimmer. „Ein Besucher für Sie, Lady Caroline. „Mr. Christopher Wren."

Alle Schwestern tauschten amüsierte Blicke und fingen dann an zu kichern. Zweifellos hatte der arme alte Barrow in der Zeit, bis er die Treppen der zwei Stockwerke heraufgestiegen war, Christopher Perrys Namen mit dem des berühmtesten Architekten Londons vermischt, der jedoch seit vielen Jahren tot war.

Caro wandte sich an Margaret. „Möchtest du mich nicht begleiten?"

Es bedurfte keiner Überredung, da Margaret sich immer über eine Gelegenheit freute, die alten Freunde ihres Mannes zu treffen.

Mr. Christopher Perry wanderte im Salon auf und ab, als die beiden Damen eintraten. Sein Blick sprang von Margaret fort, um dann auf Caro zu ruhen, aber er verbeugte sich zuerst vor Margaret, bevor er ihrer Schwester seine bewundernde Aufmerksamkeit widmete. „Wie erstaunlich die Ähnlichkeit zwischen zwei so wunderschönen Schwestern ist."

„Wirklich, Mr. Perry, sie werden uns zum Erröten bringen", sagte Caro. „Bitte, wollen Sie sich nicht setzen?"

Er wartete, bis die Damen sich gesetzt hatten

und ließ sich dann auf dem nächsten Stuhl nieder.

„Ich bin überrascht, Sie hier zu sehen", sagte Margaret. „Ich dachte, Sie wären in Gesellschaft meines Mannes." Dann schlug sie eine Hand vor ihren Mund. „Bitte, denken Sie nicht, dass ich eine neugierige Ehefrau bin."

Er schüttelte den Kopf. „Finch sagt, Sie wären eine in einer Million. Wenn ein Mann sich schon in die Fes..." Er hüstelte. „Was ich sagen möchte, ist, dass Finch überaus zufrieden damit ist, eine Frau geheiratet zu haben, die so gutmütig und verständnisvoll ist."

Es entging Margaret nicht, dass Mr. Perry es unterlassen hatte, sich darüber zu äußern, wo ihr Mann sich befand. Ihr Herz wurde schwer. War er bei einem leichten Mädchen? War er an allen diesen Nachmittagen, wenn sie gedacht hatte, dass er bei White's, bei Pferderennen oder Boxmatches mit seinen Freunden wäre, bei ihr gewesen?

„Sie haben meine liebste Schwester genau beschrieben", stimmte Caroline zu. Dann klimperte sie mit den Wimpern. „Es ist so ein bemerkenswerter Zufall, dass Sie genau in dem Moment kamen, als meine Schwestern und ich über Sie sprachen."

Er plusterte sich auf wie ein Hahn im Hühnerhof. „Wie geehrt ich bin, Mylady. Erlauben Sie mir zu fragen, aus welchem Grund Sie über mich sprachen."

„Unsere ältere Schwester bräuchte einen Mann, der gut aussieht und vermögend ist."

„Ich denke, jede unverheiratete Frau in der Hauptstadt dürfte genau das gleiche suchen."

Die Schwestern lachten. Das war nur zu wahr.

„Wie klug Sie sind, Mr. Perry", lobte Caro. „In der Tat ist die Zuneigung meiner Schwester bereits vergeben, aber der Mann, den sie heiraten möchte, ist sich bislang über die Vorteile, die eine solche Verbindung haben würde, nicht im Klaren."

„Wie kommt es dann, dass Sie über mich sprachen. Ich glaube nicht, dass ich Ihre andere Schwester je kennengelernt habe und ich möchte zwar nicht unfreundlich sein, aber ich glaube nicht, dass ich ihr einen Antrag machen möchte."

„Oh, Sie haben sie nicht kennengelernt, und Sie müssen ihr keinen Antrag machen", sagte Caro. „Ich habe ihr nur gerade gesagt, dass Sie der richtige Mann wären, um sich einzuschalten, ihr vorgeblich den Hof zu machen und Mr. Rothcomb-Smedley so eifersüchtig zu machen, dass er auf die Knie fällt, um um ihre Hand zu bitten."

Mr. Perrys Brauen zogen sich zusammen. „Würde Mr. Rothcomb-Smedley nicht gerne unangenehm auffallen. Finch sagt, er sei ein junger Mann, der England regieren würde, bevor er dreißig ist."

„Es ist nur so, dass Sie der einzige Mann im Königreich sind, der so viele Eigenschaften – männliche Eigenschaften – hat, dass er Mr. Rothcomb-Smedley eifersüchtig machen könnte." Caro legte diesen warmen, flirtenden Ton in ihre Stimme, der es nie versäumte, ihre männlichen Besucher zu überzeugen. „Ich versichere Ihnen, ich habe lange darüber nachgedacht, um den genau richtigen Mann zu finden, und niemand anders als Sie, Mr. Perry, könnte das sein." Mehr Wimperngeklimper.

Wie konnten zwei Schwestern, die sich so

ähnlich sahen, so verschieden sein? Caro hatte
mit Sicherheit *nicht* lange über die Angelegenheit
nachgedacht. Und zu sehen, wie unglaublich sie
flirtete! Kein Wunder, dass sie elf Heiratsanträge
erhalten hatte. Caroline konnte Männer so einfach
manipulieren wie man eine Uhr aufzog. Und
anders als Margaret hatte sie keinerlei
Hemmungen, die Wahrheit ihren Wünschen
entsprechend zu dehnen.

Welcher Mann hätte nach so viel Schmeichelei
ihre Bitte ablehnen können? Mr. Perry sah
inzwischen aus wie ein Rad schlagender Pfau.

„Es ist sehr nett von Ihnen, das zu sagen,
Mylady, aber ich fürchte, sie übertreiben meine
Vorzüge", sagte er.

Carolines Wimpern senkten sich voller Ernst.
„Überhaupt nicht, Mr. Perry. Sie haben alle diese
Eigenschaften. Ich hoffte, dass Sie – mir zuliebe –
nächste Woche ... zu Almack's kommen würden."

„Ihnen zuliebe, Lady Caroline, ich werde mich
geehrt fühlen." Er warf Margaret einen Blick zu.
„Vorausgesetzt, dass Finch kommt."

„Ich kann nicht für meinen Mann sprechen. Sie
müssen ihn selbst fragen." Sie wusste, dass ihr
Mann Perry keinen Korb geben würde. Eine Bitte
seiner Frau abzulehnen war etwas anderes.

Carolines Gesicht hellte sich auf. „Ich verlasse
mich darauf, Sie Mittwochabend zu sehen."

* * *

Er hatte beinahe eine Stunde bei White's
gesessen, als im plötzlich aufging, dass er
dasselbe tat, was er in den letzten sieben Jahren
beinahe jeden Tag getan hatte. Heute empfand er
die Gesellschaft seiner Freunde als öde. Vor allem,
da es etwas anderes gab, was er tun wollte.

„Es werden Wetten abgeschlossen, wann Lord

Styne es schaffen wird, Lady Baltimore flachzulegen", verkündete Arlington. „Vielleicht sollten wir dich und Lady Finchley auf die Wettliste setzen."

„Wann wird Lord Finchleys Erbe geboren?", fügte Knowles hinzu.

John sprang auf die Füße, seine Hände zu Fäusten geballt, seine Augen so kalt wie Achate. „Wenn euch euer Leben lieb ist, rate ich davon ab", drohte er Arlington. „Ich habe heute Nachmittag etwas zu erledigen."

„Du kommst heute Nachmittag nicht mit mir zu Angelo zum Training?", fragte Perry.

„Ich wage zu behaupten, dass Angelo froh sein wird, wenn ihm meine Anwesenheit an einem von drei Tagen erspart bleibt." Wurden seine Freund es nie müde, tagein, tagaus dasselbe zu tun?

„Sehe ich dich morgen Abend?", fragte Perry. „In meiner Loge."

„Sicher."

Als er das schmale Gebäude in St. James verließ, wurde John klar, dass er seinen Freunden nicht erzählt hatte, was seine Besorgung war. Das hatte er auch nicht vor. Sie würden es nicht verstehen.

Er stieg auf seinen Wallach und begann, sich einen Weg durch die geschäftigen Straßen Londons zu suchen, vorbei an Westminster und Charing Cross in die Altstadt. Es war lange her, dass er in dieses Geschäft gekommen war, aber er dachte, dass er sich daran erinnern würde, wo es lag. Und wenn der Eigentümer nicht gestorben wäre, war John sich sicher, dass er den Laden des Mannes an seinem auffälligen Reklameschild erkennen würde.

Nach etwas über zwanzig Minuten, während er

eine dunkle Gasse entlang ritt, erspähte John das Zeichen, das im leichten Wind des Tages hin und her schwang. Es war geformt wie ein Kricketschläger.

Er stieg ab und betrat das Geschäft.

Aus dem hinteren Teil des Raums kam langsam ein gealterter Mann nach vorn, der nur noch dünne weiße Härchen über seinen Ohren hatte, sonst aber schon völlig kahl war. Er schätzte John sofort als Gentleman von Rang ein, verbeugte sich und begrüßte ihn. „Was bringt einen so feinen Herrn an diesem schönen Tag in Frederick O'Toole's Laden?"

„Ich möchte, dass Sie einen Kricketschläger für einen sehr kleinen Jungen bauen."

„Wie groß mag der Junge sein?"

John dachte einen Moment nach. „Er ist drei – wenn Ihnen das eine Vorstellung verschafft. Ich würde sagen, ungefähr so groß." John hielt seine Hand etwa drei Fuß über den Boden.

„Ja, das geht. Ich weiß genau, welche Größe ich für den kleinen Kerl machen muss. Ich kann das erledigen, während Sie warten, wenn Sie wollen."

„Das würde ich sehr gerne." John ertappte sich dabei, dass er begierig darauf war, wieder zum Trent Square zu fahren und mit Georgie zu spielen.

Kapitel 16

Als ihre Zofe am nächsten Tag letzte Hand an Margarets Haare legte, klopfte es an die Schlafzimmertür. „Ja?"

„Ich bin's, Finchley, äh, John."

„Du kannst hereinkommen."

Er kam nicht herein. Er schob die Tür auf und stand auf der Schwelle, schaute sie nur an. „Hast du vor, heute zum Trent Square zu gehen?"

„Früher bin ich jeden Tag hingefahren, jetzt nur noch zwei Mal in der Woche. Das ist, wenn ich Klavierstunden gebe."

Sie bemerkte, dass sein Gesicht länger wurde und ergänzte ihre Antwort schnell. „Trotzdem, ich fahre immer gerne hin. Möchtest du vielleicht heute dein Mündel besuchen?"

Ein Lächeln zuckte um seine Mundwinkel. „Genau. Ich habe etwas für Georgie."

Sie war erleichtert, dass es der Junge war, nicht die schöne Mutter des Jungen, den ihr Mann sehen wollte. „Was?"

„Ich habe einen kleinen Kricketschläger für ihn machen lassen. Der Schnitzer hat mir versichert, er hätte die perfekte Größe für einen dreijährigen Jungen." Ihr Mann zeigte wesentlich mehr Begeisterung für einen Schläger für drei Schilling, als er für einen Wallach gezeigt hatte, der ihn hundert Pfund gekostet hatte.

Es freute sie, dass er an den vaterlosen kleinen Jungen gedacht hatte, anstatt seinen

Vergnügungen nachzugehen. Dann wurde ihr klar, dass er am vorigen Nachmittag bei dem Schnitzer gewesen sein musste, als sie befürchtete, dass er bei einer Frau sein könnte.

Sie schämte sich, dass ihre Gedanken sich in so unappetitliche Gefilde herabgelassen hatten. Sie stand auf, ohne auch nur einen Blick in den Spiegel zu werfen. „Ich bin bereit, wenn du es bist."

Er nickte, wartete aber, bis sie die Schwelle des Schlafzimmers überschritten hatte, bevor er ihr seinen Arm bot. Dass er ihr Zimmer nicht betreten hatte, enttäuschte sie. Es schien, dass jedes Mal, wenn sie dachte, dass sie mit ihrer Ehe einen Fortschritt erzielt hätten, er sie wieder an den Ausgangspunkt zurückschob.

Er machte diesen Rückschritt wieder gut, als er sich in der Kutsche neben sie setzte. Wie ein wirkliches Ehepaar, dachte sie zufrieden. Sie hoffte, dass zwischen dem Cavendish Square und Trent Square an diesem Tag viel Verkehr sein würde, damit die Fahrt länger dauerte. Sie war ihm nahe genug, um sein Sandelholzparfüm zu riechen, die kleinen Wassertröpfchen auf seinen frisch frisierten Haaren und das Heben und Fallen seiner männlichen Brust zu sehen. Ihr Blick lief zu seinen langen Beinen hinunter, die er quer durch die Kutsche ausgestreckt hatte, und ihr Herzschlag beschleunigte sich.

Sie dachte an seinen Körper, ausgestreckt neben dem ihren. Auf ihrem Bett. Nackt. Sie dachte an ihren Körper, ausgestreckt neben dem seinen. Nackt. Ihre Kehle wurde trocken. In ihrem Unterleib kribbelte es. Mit jeder Sekunde, die verstrich, wurde sie erregter. In ihrem Innersten strömte geschmolzene Glut. Sie verlangte verzweifelt, ihr Verlangen nach ihm zu stillen.

Aber sie würde nie das Hindernis überwinden können, das ihr Stolz darstellte. Nie würde die zurückhaltende, scheue Margaret fähig sein, John ihre Liebe oder ihr Verlangen nach ihm zu gestehen.

Warum kann ich nicht mehr wie die schamlose Caro sein?

Sie versuchte, ihre Gedanken an einen anderen Ort als diese kuschelige Kutsche zu zwingen. „Wusstest du, dass Christopher Perry meine Schwester Caroline besucht hat?"

Er wirbelte zu ihr herum, seine Brauen waren fast bis zum Haaransatz hochgezogen. „Du musst dich irren. Könnte es sein, dass du dich verhört hast? Percy, vielleicht? Wir kennen einen Christopher Percy."

„Warum meinst du, ich hätte mich geirrt? Was lässt dich glauben, dass dein Freund sich nicht von meiner Schwester angezogen fühlen würde?"

„Das ist etwas delikat. Ich mag so etwas vor einem jungen Mädchen nicht erörtern."

„Bitte, denk nicht an mich als ein junges Mädchen! Ich bin eine verheiratete Frau."

„Das bist du. Aber verheiratet zu sein ist absolut nicht dasselbe, wie verheiratet und eine verheiratete Frau zu sein."

Sie wollte ihn anbetteln, sie zu einer Frau zu machen. Sie wollte es vom Glockenturm der Westminster Abbey schreien. „Nichtsdestotrotz", sagte sie fest, „ich bestehe darauf, als verheiratete Frau angesehen zu werden." Margaret spielte sich nie so auf, sprach nie in einem solchen Befehlston. Er sah sie seltsam an. „Sehr wohl, Mylady. Ich werde mich an deine Wünsche halten."

„Dann bitte, fahre fort mir zu erklären, warum du glaubst, Christopher Perry könne kein Interesse daran haben, meiner Schwester Besuche abzustatten."

„Weil er keine anständigen Frauen mag. In den letzten acht Jahren hat er niemals einen Morgenbesuch bei einer wohlerzogenen jungen Dame gemacht. Deshalb." Er verschränkte seine Arme über der Brust.

„Dann schätze ich, es wird dich überraschen zu erfahren, dass ich gestern Nachmittag anwesend war, als er zum dritten Mal meine Schwester in Aldridge House aufsuchte."

Seine Augen weiteten sich. „Ich falle um vor Erstaunen, ehrlich!" Er dachte einen Augenblick ernsthaft über die Angelegenheit nach. „Ich glaube, ich weiß, was er vorhat."

„Warum muss er etwas vorhaben, wenn er nur meine Schwester besucht?"

„Weil das, was er tut, allem, was er je getan hat, diametral entgegengesetzt ist!"

„Ebenso wie deine Heirat!"

„Das stimmt", sinnierte er. „Ich glaube, mein bester Freund möchte mich nachahmen."

„Was meinst du damit?"

„Es gab niemals eine Zeit in unseren Leben, in der mein Freund nicht alles begehrte, was ich besaß. Ungeachtet dessen, dass er zehnmal so viel Vermögen besitzt als ich."

Sie brauchte einen Moment, um das zu verstehen. War Christopher Perry ebenso gegen die Ehe wie sein bester Freund es gewesen war? Würde er Caroline nur der Liste seiner Eroberungen hinzufügen wollen? „Du willst sagen, weil du mich geheiratet hast, möchte er die Frau besitzen, die fast mein Zwilling ist?"

„Genau."

Sie war erschüttert über ihre Verwendung des Worts *besitzen*. Einen Monat zuvor hätte Margaret nie das Wort *besitzen* in Verbindung mit der Beziehung zwischen einem Mann und einer Frau verwendet. Sie hatte es jetzt nicht nur benutzt, sondern es auch im körperlichsten Sinne verwendet. Physisch mochte Margaret noch als unschuldig anzusehen sein, aber ihre Gedanken waren die einer sich ihrer Weiblichkeit voll bewussten Frau.

„Willst du sagen, dass dein Freund vielleicht keine ehrenhaften Absichten gegenüber meiner Schwester hat?"

„Ich bin von seinem Handeln so erstaunt, dass ich nicht weiß, was ich denken soll, obwohl er nie eine adlige Dame entehren würde. Da bin ich mir sicher.

„Oh, er benimmt sich immer wie ein Gentleman."

„Ich bin nur völlig perplex, dass er die Gesellschaft deiner Schwester sucht. Sie ist nicht sein Stil, wenn du weißt, was ich meine."

„John?"

„Ja?"

„Denkst du, dass Mr. Perry jetzt, wo du verheiratet bist, auch heiraten möchte?"

„Vor zehn Minuten hätte ich alles, was ich besitze, gewettet, dass er das nicht möchte. Aber vor zehn Minuten hätte ich nicht gedacht, dass er jemals in Betracht ziehen würde, deiner Schwester Besuche abzustatten. Jetzt würde es mich nicht mehr überraschen, wenn er mich nachahmen wollte. Selbst, indem er auch in die Familie des Herzogs von Aldridge einheiratet. Das wäre genau die Art, sich in eine adlige Familie einzubringen, an der er interessiert sein könnte!"

„Liebster?"

Seine Brauen zogen sich zusammen. „Ja?"

„Mr. Perry kennt die Wahrheit über ... unseren Mangel an Intimität, nicht wahr?"

„Er weiß es."

Ein Jammer. Ein Jammer, dass es keine Intimitäten gab. Ein Jammer, dass sein Freund wusste, dass sie nicht mehr als eine alte Jungfer war, die sich als verheiratete Frau verkleidete. „Könntest du ihn bitte darum ersuchen, meiner Schwester die Wahrheit über dich und mich vorzuenthalten?"

„Ich kann nicht glauben, dass, wo ihr euch so nahesteht, du ihr nicht die Wahrheit gesagt hast."

„Meine Schwester ist daran gewöhnt, dass ich ihr gehorche. Wenn sie dachte, dass die Heirat stattfand, weil ich dich heimlich liebte, würde sie mir nicht im Weg stehen wollen."

Einen Moment später fuhr sie fort. „Mr. Perry sagte meiner Schwester, er würde nächste Woche zu Almack's kommen – wenn du ihn begleiten würdest."

Er murmelte in seinen Bart. „Er versucht nur, ihr gefällig zu sein. Er weiß verdammt genau, dass ich keinen Fuß ins Almack's setze."

Sie betrachtete ihn nachdenklich.

Ein teuflisches Grinsen flog über sein Gesicht. „Oder doch? Ich glaube, ich werde ihn zwingen! Ich werde verdammt noch mal Mittwochabend zu Almack's gehen! Nur um Perry dort zu sehen, wird es das wert sein."

Die Ankündigung, dass ihr Mann sie zu Almack's begleiten würde, machte sie fast so glücklich, wie ihn neben sich in der Kutsche sitzen zu haben. „Das würde mir sehr gefallen,

John." Ihr Blick fiel auf das eingeölte Stück Holz, das zu einem Cricketschläger für das Mündel ihres Mannes verarbeitet worden war. Wie nett das von ihm war.

„Meinst du, Georgie ist alt genug dazu, Cricket zu spielen?"

Er zuckte mit den Schultern. „Ich habe angefangen, als ich nur ein kleines bisschen älter war als er."

„Wenn man bedenkt, wo er bisher sein ganzes Leben lang gelebt hat, frage ich mich, ob er je ein Cricketspiel gesehen hat."

„Sicherlich hat seine Mutter ihn mit in den Park genommen, um die Männer in Weiß zu sehen. Welcher Junge würde nicht gerne einem Cricketspiel zusehen?"

„Ich nehme an, alle kleinen Jungen finden sich von solchen Unternehmungen angezogen."

„Nicht nur Jungen. Ich habe eine Cousine, die überaus talentiert beim Cricket war, als sie noch mit uns spielte. Hast du nie mit deinen Brüdern in Glenmore Hall gespielt?"

„Meine Brüder waren viel zu ehrgeizig bei ihren Spielen, um uns mitmachen zu lassen. Außerdem wäre ich hoffnungslos. Ich habe keine Ahnung von dem Spiel."

„Dann kann ich es dir ebenso beibringen wie Georgie."

Sie schüttelte ihren Kopf. „So gerne ich an den Aktivitäten meines Mannes teilhaben möchte, muss ich ablehnen. Mein Mangel an Talent wird nur noch von meinem Mangel an Interesse übertroffen."

„Durch und durch ein Mädchen."

* * *

Er wünschte dringend, dass er sich nicht so

neben sie gesetzt hätte. Es war unmöglich, das zu tun und sich nicht an die Leidenschaft des einen Kusses, den sie geteilt hatten, zu erinnern. Er hatte sich geschworen, nicht zuzulassen, dass sich das wiederholte. Und doch saß er jetzt hier und war sich ihrer Attraktivität aufs Äußerste bewusst.

Er hatte das absichtlich getan, um sie zu erfreuen. Sie mochte es, wenn er sich benahm wie ein Ehemann und er hatte festgestellt, *dass* Ehemänner in Kutschen neben ihren Frauen saßen. Sie hatte ihn nicht direkt gebeten, sich neben sie zu setzen, aber er hatte begonnen, in ihrem Gesicht zu lesen wie man ein vertrautes Gedicht liest. Sie hatte es beim letzten Mal, als er neben ihr sitzend gefahren war, nicht vermocht, ihre Freude darüber zu verbergen.

In derselben Weise, wie er sie verstehen lernte, verstand auch sie ihn instinktiv. Besser als Perry. Besser als Grandmère. Besser als jemals irgendjemand. Von Anfang an hatte sie erstaunliches Verständnis für ihn bewiesen. Seine Abneigung gegen die Ehe, sein Bedürfnis, mit seinen besten Freunden zusammen zu sein, selbst sein Vorhaben, bei Tattersall den Wallach zu ersteigern – alle diese Dinge hatte sie gewusst, ohne dass man sie ihr je gesagt hätte. Wie zum Teufel konnte sie so erfolgreich seine Gedanken lesen?

Sie wusste auch, dass er nicht dazu gedrängt oder geschmeichelt werden konnte, ihre Wünsche zu erfüllen. Nichts hätte diese labile Ehe schneller zerstören können. Die sanfte, süße Maggie war die perfekte Ehefrau.

Ein Jammer, dass er keine Ehefrau wollte.

„Dir ist klar, nicht wahr", sagte sie, „dass jeder

Junge in Nummer 7 darum betteln wird, mit dir und Georgie Cricket spielen zu dürfen."

Daran hatte er nicht gedacht. Nichts würde ihn sich schlechter fühlen lassen, als alle die anderen Jungen zu enttäuschen, die keinen Vater hatten, der mit ihnen spielte. Er schlug sich an die Stirn. „Daran hatte ich nicht gedacht. Hättest du etwas dagegen, wenn ich den Kutscher umdrehen lasse?"

„Warum?"

„Irgendwo im Haus sind meine alten Cricketsachen eingelagert und ich will sie heraussuchen. Bei Jupiter! Ich werde alle Jungen in der Mitte des Trent Squares spielen lassen!"

„Eine wundervolle Idee!"

Er klopfte ans Dach der Kutsche und wies den Kutscher an, nach Finchley House zurückzukehren. Einmal dort angelangt, fand er die Sachen schnell auf dem Dachboden – dem ersten Ort, an dem er gesucht hatte. Dann stiegen Maggie und er wieder in die Kutsche.

„Weißt du, mein Lieber", sagte sie zu ihm, „ich würde es mir nicht anmaßen, dir zu sagen, was du tun sollst, aber denkst du nicht, dass es eine gute Idee wäre, ihnen erst einmal ein Cricketspiel zu zeigen? Ihnen etwas zu geben, das sie nachahmen können?"

„Du meinst an einem Ort wie dem Hyde Park?"

„Ja. Ich habe darüber nachgedacht, seit du erwähntest, dass Mrs. Weatherford ihren Sohn vielleicht schon in den Park mitgenommen haben könnte, um die Männer in Weiß zu sehen."

„Ich denke, dass das eine ausgezeichnete Idee ist, aber Trent Square ist nicht nahe dem Hyde Park."

Sie runzelte die Stirn. „Und einige der Jungen

sind zu klein, um die Strecke zu laufen."

„Ich werde einen Ausflug mit den Jungen für einen Tag planen, wo ich sicher bin, dass im Park ein Spiel stattfindet. Wie viele Jungen gibt es?"

„Ich habe sie nie gezählt. Wir hatten insgesamt achtundzwanzig Kinder, bevor Mrs. Nye heiratete, aber ihre vier Kinder sind jetzt fort, stattdessen kam eines hinzu, also drei weniger."

„Also gibt es fünfundzwanzig Kinder beiderlei Geschlechts."

Sie begann sie an ihren Fingern abzuzählen, indem sie die Namen nannte. „Natürlich ist mein Mikey zu klein, aber er sollte besser nicht mitbekommen, dass die Jungen spielen, oder er wird einen Wutanfall bekommen, wenn er nicht mittendrin sein darf."

Mein Mikey. Das störte ihn. Sie war viel zu sehr auf dieses Kind fixiert, das auch eine eigene Mutter hatte. Es wäre anders, wäre der Junge ein Waisenkind und Maggie hätte ihn für sich beanspruchen können. „Warum nennst du ihn *mein* Mikey?"

„Das ist schändlich von mir, ich weiß. Er war nur ein Baby, als ich das erste Mal zu Nummer 7 kam und seine Mutter war so beschäftigt damit zu kochen und für alle ihre fünf Kinder zu sorgen und hatte Angst, dass er die Treppen hinunterfallen könnte, dass ich mit Freude angefangen habe, mich um Mikey zu kümmern, wenn ich dort war. Ich habe Babys immer geliebt. Und Mikey ist für mich etwas Besonderes geworden."

Sie brauchte ein eigenes Kind. *Aber meins wird es nicht sein.*

Er fühlte sich, als würde er sich vor seinen Pflichten drücken, aber er hatte nicht die Absicht, sich in seiner Ehe so einzurichten wie Haverstock oder Aldridge. Diese beiden – jedenfalls nach dem, was man ihm gesagt hatte – waren früher auch keine Kinder von Traurigkeit gewesen.

Er wusste nicht, was er ihr sagen sollte. Er wollte nicht, dass sie verletzt würde. Mikey könnte nie ihr Kind sein, solange seine Mutter noch atmete. „Möchtest du vielleicht, dass ich einen kleinen Waisenjungen finden, den du adoptieren könntest?"

Ein sehnsüchtiger Ausdruck huschte über ihr Gesicht, dann schüttelte sie den Kopf. „Mach' dir um mich keine Sorgen, mein Liebster. Ich weiß, dass Mikey schon eine Mutter hat. Eine wundervolle Mutter, die er sehr liebt."

Er konnte es nicht ertragen, daran zu denken, dass Maggie leiden könnte. „Mikey liebt dich sehr. Man muss euch beide nur zusammen sehen, um das zu erkennen."

„Wir haben eine besondere Beziehung."

Er wünschte, dass er ihr versichern könnte, dass sie eines Tages eigene Kinder haben würde, aber er konnte nicht lügen.

Eine trübe Stille breitete sich in der Kutsche aus, er dachte ständig daran, wie sie ihn *mein Liebster* nannte. Es wäre ihm peinlich, wenn seine Freunde es hörten, aber aus Maggies Mund fand er, dass es süß klang.

Als sie in Nummer 7 ankamen, traf er sich unter vier Augen mit Mrs. Weatherford und Georgie, um dem Jungen sein besonderes Geschenk zu geben. Der Junge hatte keine Ahnung, wozu es zu benutzen war.

„Oh, mein Gott", sagte seine Mutter. „Ich weiß, dass mein Sohn das Spiel genauso lieben wird, wie sein Vater früher. Ich kann ihnen unmöglich sagen, wie zutiefst ich Ihnen zu Dank verpflichtet bin."

„Sie müssen mir nicht danken. Ich mache nur, was ich denke, das George es gewollt haben würde. Außerdem freut es mich selbst."

„Nicht zu erwähnen", fügte Maggie hinzu, „dass mein Mann selbst gerne Cricket spielt."

Maggie half ihm, die anderen Junge zu versammeln, die Interesse am Spielen hatten, und zu seiner Überraschung eilten die Mütter herbei, um ihm zu danken. Eine pummelige Mutter sagte: „Oh, mein verstorbener Ehemann spielte so gerne Cricket. Er wird vom Himmel auf unsere Jungen herab lächeln. Es ist so freundlich von Eurer Lordschaft."

„Das ist es", sagte Mrs. Weatherford. Ihre Stimme war ein heiseres Schnurren, und ihre Augen blitzen vor Zustimmung. „Würden Sie mir erlauben, dass ich mitkomme und zusehe?"

Er zuckte die Schultern. „Wenn sie möchten."

Er zählte zehn Jungen, einschließlich Georgie, der der kleinste war.

„Ich bin nur froh, dass Mikey gerade ein Nickerchen hält, denn er würde unbedingt beim Spielen mitmachen wollen und ich fürchte, dass er dazu viel zu klein ist", sagte Margaret.

Mrs. Weatherford schüttelte ihr schönes Haupt. „Ich habe Zweifel, ob mein George alt genug ist, aber das werden wir ja bald sehen. Ich bin sicher, dass er Spaß haben wird."

Bevor sie losgingen, kam Lady Caroline mit der Herzogin und Lady Clair an und Maggie zog es vor, bei ihnen zu bleiben.

* * *

Die Herzogin und Mrs. Leander setzten ihre Gespräche mit den Bewerberinnen für die Stelle als Köchen fort. „Würden sie nach meinem Lämmchen schauen und ihn holen, wenn er aufwacht?", fragte Mrs. Leander Margaret.

„Sie wissen, wie gerne ich das tue."

Als die beiden Frauen in Richtung Küche gingen, bemerkte Mrs. Leander zu Elizabeth, wie sehr Margaret an Mikey hinge.

Clair wandte sich an Abraham, und obwohl er viel länger Diener in ihrem Haus gewesen war als jetzt Hausverwalter in Nummer 7, dachte sie daran, ihn bei seinem Nachnamen zu nennen. „Carter, es wurde beschlossen, dass eine Ihrer neuen Pflichten darin bestehen wird, die Haushaltsbücher zu führen und ich werde Ihnen zeigen, wie man das macht. Mrs. Hudson hat uns erzählt, dass sie sich gut aufs Rechnen verstehen."

„Nett von ihr, das zu sagen", antwortete der gutaussehende junge Mann.

„Seien Sie so freundlich, mit mir ins Esszimmer zu kommen. Wir können dort am Tisch sitzen", sagte Clair. „Es sei denn, dass Sie dringende Pflichten haben?"

„Nichts, was nicht warten könnte, Mylady."

Als sie den Gang zum Esszimmer entlanggingen, sagte Clair: „Bitte seien Sie nicht entmutigt, wenn Sie nicht alles an einem Tag lernen können. Dies wird einige Zeit brauchen. Vielleicht Wochen."

Als nur noch die beiden sich so ähnlich sehenden Schwestern in der Eingangshalle standen, wandte sich Caroline an Margaret. „Ist Finchley bereit, Mittwoch zu Almack's zu kommen?"

Wenn Margaret nicht überzeugt gewesen wäre, dass Caro einen Herzog heiraten wollte, hätte sie gedacht, dass ihre Schwester ein romantisches Interesse an Mr. Perry hätte. Dann wurde ihr klar, dass Caros Plan, nach dem Mr. Perry Mr. Rothcomb-Smedley eifersüchtig machen sollte, der Grund ihres Interesses daran, dass die Gentlemen zu Almack's kommen sollten, war.

Margaret hasst jede Art von Täuschung. Und doch war jetzt ihr ganzes Leben eine große Lüge. „Mein Mann hat gesagt, dass er Mittwoch hingehen wird."

Ein Lächeln erhellte Caros Gesicht. „Das ist wundervoll!"

Margaret betrachtete ihre Schwester misstrauisch. „Bist du glücklich, dass du deine listige Falle für Mr. Rothcomb-Smedley aufstellen kannst, oder bist du glücklich, weil du in Mr. Perry verliebt bist?"

„Beides, in der Tat."

Margaret war über Caros Geständnis so erstaunt, dass sie einen Augenblick lang sprachlos blieb. „Aber was ist mit deinem Plan, auf einen Herzog zu warten? Oder mindestens einen Marquis?"

„Ich dachte, ein Herzog oder ein Marquis würden gegenüber diesen elf Männern, die mir in den letzten drei Jahren Anträge gemacht haben, eine Verbesserung darstellen. Aber da hatte ich Mr. Perry noch nicht getroffen. Ich hatte deinen gutaussehenden Grafen auch noch nicht gesehen. Diese beiden – von ihrem grässlichen Ruf abgesehen – stellen alle anderen in den Schatten. Bist du nicht meiner Meinung?"

„Über Mr. Perrys Eigenschaften kann ich nichts sagen. Ich kann nur für meinen John sprechen, da das mich betrifft. Er stellt alle anderen in den Schatten." Margaret hätte nie geglaubt, dass Caro sich von einem Mann ohne Titel oder ererbte Ländereien angezogen fühlen könnte. Natürlich hatte der verstorbene Vater von Mr. Perry einen sehr schönen Landsitz *erworben*, aber das war nicht dasselbe. „Du weißt, dass Mr. Perry nicht aus einer adligen Familie stammt?"

Caros Augen blitzten mutwillig. „Ja, aber ich wage zu behaupten, dass er einer der wohlhabendsten Männer des Königreichs ist, nicht wahr?"

„So sagte man mir."

„Und er ist äußerst gutaussehend."

Margaret war erstaunt. Caro hatte noch nie zuvor zugegeben, sich zu einem Mann hingezogen zu fühlen. Niemals.

„Es scheint, liebe Schwester, dass ich dich um Verzeihung bitten muss", sagte Caro, „weil ich deinen Mann vorschnell verurteilt habe, ohne ihn überhaupt zu kennen. Jetzt fühle ich mich zu seinem Freund hingezogen – und ich wage zu sagen, dass zwischen dem sogenannten verruchten Umfeld der beiden Männer wenig Unterschied besteht – und kann deine Liebe gut verstehen."

„Ich freue mich so, dass du mich verstehst."

Caro wechselte das Thema und sagte: „Erzähle mir von dieser wunderschönen Mrs. Weatherford."

Margaret erzählte ihr alles über die Verbindung der Witwe zu John.

„Stört dich die Art nicht, wie sie ihren Blick nicht von deinem Mann losreißen kann?"

Margaret hatte gedacht, dass ihre Eifersucht etwas Flirtendes im Verhalten der Witwe sah, obwohl dies nicht existierte. Aber wenn Caro das auch sah, musste sich die Witwe wirklich zu John hingezogen fühlen.

„Es stört mich. Sie ist viel zu schön."

„Und er benimmt sich ihrem Jungen gegenüber wie ein Vater. Ich würde ihr zutrauen, dass sie sich Finchley an den Hals wirft."

Selbst Margarets eifersüchtige Gedanken hatten sich nicht in die gleiche Richtung bewegt wie Caros. Ihr Herz wurde schwer. Was, wenn ein winziges Körnchen Wahrheit in Caros Anschuldigung lag? Margaret wusste, dass bis jetzt keinerlei Beziehung zwischen ihrem Mann und Mrs. Weatherford bestand. Aber was würde die Zukunft bringen? Welche Frau würde sich nicht von einem so attraktiven Mann angezogen fühlen? Welche Frau der Mittelklasse würde sich keine Verbindung mit einem Grafen des Königreichs wünschen, vor allem, wenn dieser Graf von dunkler Schönheit war? Es wäre nur natürlich von Mrs. Weatherford, auf eine Affäre mit dem sie beschützenden Grafen zu hoffen.

Obwohl Margarets Befürchtungen sich verstärkten, war sie entschlossen, gegen solch destruktive Gedanken anzukämpfen. „Pass auf, was du sagst. Du beschuldigst die Witwe völlig grundlos des übelsten Verhaltens. Bitte sei ihr gegenüber nicht so kritisch."

„Du bist zu lieb."

Margaret schüttelte ihren Kopf.

„Du solltest jetzt da draußen sein", sagte Caro. „Erlaube der Frau nicht, deinen Mann zu umgarnen."

Wie sehr wünschte sich Margaret, dort zu sein und John mit den Jungen zu beobachten, zu beobachten, ob die Witwe Weatherford Lord Finchley mit hungrigen Augen verfolgte. Wäre seine Frau dort, würde keiner von beiden jemals ihre gegenseitige Anziehung ausleben.

„Ich kann nicht. Ich muss hier sein, wenn Mikey aufwacht", sagte sie ernst.

„Ich schaue nach Mikey."

Margaret schüttelte den Kopf. „Er geht nur zu mir oder seiner Mutter. Er wäre erschrocken, wenn er aufwachte und jemand anders an seinem Bett stehen sähe." Tief in Melancholie versunken begann sie, die Treppe hinaufzugehen.

* * *

Im Theater ertappte sich John an jenem Abend dabei, statt sich die ansehnlichen Musslinröckchen auf der Bühne anzuschauen, in die gegenüberliegenden Logen zu spähen, in jede einzelne Loge des gesamten, verdammten Theaters. Was, wenn Aldridge hier wäre? Oder Haverstock? Sie würden ihn mit Sicherheit beobachten, darauf warten, dass er einen falschen Schritt machte. Wie teuflisch schwierig es war, gleichzeitig Maggies furchterregenden Bruder und Johns ältesten Freund zufriedenzustellen. Aldridge verbot ihm, sich eine Mätresse zu nehmen; Perry ermutigte ihn.

Was sollte ein Mann da tun?

Seit sie Kinder waren hatte John Perry immer erlaubt, über ihn zu bestimmen. Vielleicht, weil John, bevor er nach Eton kam, nie mit anderen Kindern zusammen gewesen war. Vielleicht, weil Perry als einziger Sohn zwischen ihn anbetenden Schwestern es gewöhnt gewesen war, seine Geschwister herumzukommandieren. Aus welchem Grund auch immer, das Muster hatte sich so ergeben. John mochte ein Lord sein, aber er unterwarf sich Perrys Einfällen.

Wenn der letzte Vorhang fiel, würde Perry ihn hinter die Bühne mitnehmen, um ihn der Leichten Lucy vorzustellen. Perry hatte in der

Nähe bereits ein Haus gemietet, wo er die hübsche Tänzerin schon zu seinem und dem Vergnügen seines Freundes einquartiert hatte.

Aber was, wenn jemand John sich mit diesem hübschen Stück Weiberfleisch amüsieren sah? Was, wenn Aldridge Spitzel hatte? Der bloße Gedanke ließ ihn erneut das abgedunkelte Theater mit den Augen absuchen, um festzustellen, ob jemand sich besonders für die Loge interessierte, wo er mit Perry, Arlington und Knowles saß. Leider wurde allgemein unterstellt, dass Männer, wenn sie alleine in einer Loge saßen, nur dort waren, um ihre Affären mit den leichten Mädchen, die auf den Brettern standen, zu fördern. Wenn die Logeninhaber von anständigen Frauen begleitet wurden, wurde unterstellt, dass sie kamen, um die Vorstellung zu sehen.

Wohin immer er schaute, aller Augen waren auf die Bühne und den Schwarm der Schönheiten dort gerichtet. Niemand schien ihn zu beobachten.

So eine Qual hatte er vor seiner Ehe nicht gekannt. Seit er verheiratet war, hatte er noch keinen einzigen Moment in der Gegenwart einer Dirne verbracht. Seltsam, er hatte sich noch keinen einzigen Augenblick seit seiner Heirat die Anwesenheit einer Dirne gewünscht.

Warum zum Teufel hatte er zugestimmt, heute Abend hierher zu kommen? Er hatte sich mehrere Ausreden überlegt, um Perry zu erklären, warum er nicht könnte, aber er hasste es, den Mann sitzen zu lassen. Perry war so wahnsinnig aufgeregt über diese neue Tänzerin. Und unter keinen Umständen wollte John, dass Perry ihn beschuldigte, dass er sich in seiner Häuslichkeit einrichtete.

Das zu bekämpfen schwor John sich, koste es, was es wolle. *Kann die Männer doch nicht denken lassen, dass ich so ein alter Hausvater bin.*

Es war ihm kurz in den Sinn gekommen, seinem Freund zu erzählen, dass ein Mann, dessen wichtigste Bedürfnisse zu Hause erfüllt würden, es nicht nötig hatte, an andere Orte zu gehen, aber sich dann doch dagegen entschieden. Nicht, dass er etwas dagegen hätte, wenn seine Freunde glaubten, dass er und Maggie ebenso wie andere verheiratete Paare zusammenlebten. Seine Abneigung richtete sich darauf, mit irgendjemand über sein Privatleben mit ihr zu sprechen. Sie verdiente es nicht, dass ihre sexuellen Aktivitäten – oder das Fehlen derselben – in den Clubs zum Gesprächsthema wurden.

Er wurde nervös, als die Vorstellung sich ihrem Ende näherte und die gesamte Besetzung sich auf der Bühne versammelte, wo sich alle ihre Stimmen in einem Lied vereinten. Er war erst seit einem Monat verheiratet, aber es fühlte sich an, als hätte er schon vergessen, wie man mit einem leichten Mädchen flirtete.

Nach dem Stück blieben die Männer sitzen, während das Theater sich leerte. Einige Gentlemen aus ihrem Bekanntenkreis schauten herein, um sie zu begrüßen – und um lasterhafte Bemerkungen über die Tänzerinnen zu machen. John konnte sich kaum auf die Besucher konzentrieren, weil er ständig weiter das Theater nach Aldridge oder jemandem, den Aldridge damit beauftragt haben könnte, seinem übel beleumundeten Schwager nachzuspionieren, mit den Augen absuchte.

Als sie endlich hinter die Bühne gingen, war er noch immer nervös und befürchtete, dass er gesehen worden war.

Er, Perry und eine Handvoll anderer Männer (dankenswerterweise keiner, der ihm nachzuspionieren schien), warteten vor dem Ankleideraum der Tänzerinnen. Die Leichte Lucy war die dritte, die herauskam. Aus der Nähe und im Licht der Leuchter an den Wänden sah er, dass eine Art von weißer Masse ihr Gesicht bedeckte – er vermutete, um Sommersprossen zu verdecken. Ihre Wangen waren stark mit Rouge geschminkt. Sie sah zuerst Perry an und knickste, wandte sich dann ihm zu und knickste, klimperte mit ihren Wimpern und schaute wieder zu Perry. „Ist dies Ihr Lord?"

Perrys dunkle Augen blitzen vor Heiterkeit, als er nickte. „Lord Finchley, erlauben Sie mir, Ihnen Mrs. Lucy Dankworth vorzustellen."

John wusste, dass die Bezeichnung als verheiratete Frau nur eine Täuschung war, um diesen Frauen einen Anschein von Anständigkeit zu verleihen. Er nickte und versuchte, sich zu einem Lächeln zu zwingen. Nachdem er diese letzten Wochen mit Maggie verbracht hatte, war es ihm unmöglich, die Frau, die vor ihm stand, nicht mit der Frau, die er geheiratet hatte, zu vergleichen. Bei Maggie hatte er nichts gefunden, was ihm nicht gefallen hätte. Sie vereinte viele derselben guten Eigenschaften, die seine Mutter ausgezeichnet hatten. Tugend. Lieblichkeit. Bescheidenheit.

Bei der Leichten Lucy war er unerwartet kritisch. Nie zuvor hatte es ihn geärgert, wenn diese Nutten sich schminkten oder unanständig waren. Jetzt, als er an den Gegensatz zu der guten Frau dachte, die er geheiratet hatte, fühlte er sich schon beschmutzt, weil er nur hier stand.

Er war von dieser Erleuchtung so verblüfft, dass er sich nicht auf die Worte konzentrieren konnte, die gesprochen wurden. Schließlich gab Perry ihm einen Stoß. „Bist du bereit, jetzt zu Mrs. Dankworths Haus zu gehen?"

„Sicher."

Zu Johns Erstaunen legte die Leichte Lucy ihre behandschuhte Hand besitzergreifend auf seinen Arm. Er konnte nicht anders als die Berührung ihrer wogenden Brüste spüren, als sich an ihn schmiegte. *Lieber Gott, bitte lass niemand mich mit dieser Frau zusammen sehen.* Insbesondere Aldridge. Oder einen seiner Spitzel.

Kapitel 17

Am nächsten Tag, als sie wieder nach Finchley House zurückkam, wartete dort ein schlecht gekleideter Mann. „Sind Sie sicher, dass er zu mir will und nicht zu seiner Lordschaft?", fragte sie Sandford.

„Er sagte ausdrücklich, dass er mit der Gräfin sprechen wollte."

Sie ließ ihn in die Bibliothek eintreten und bedeutete ihm, sich auf einen der Stühle zu setzen.

„Ich stehe lieber, Mylady. Meine Angelegenheit braucht nur wenig Zeit. Ich habe ihnen ein Angebot zu machen."

Ihr Brauen hoben sich.

„Ich heiße Peter Moore." Er sagte seinen Namen, als ob das alles erklären würde.

„Sie schreiben für den *Morning Chronicle*!" Mehr als alle anderen Zeitungen verbreitete der Morning Chronicle genüsslich gedruckte Erzählungen über Johns schockierendste Taten.

Er lächelte schief. „In der Tat. Ich komme gerade von Ihrem Mann. Er hat mich engagiert, um gewisse seiner Aktivitäten aus der Presse herauszuhalten. Er wird mich gut bezahlen."

Es schmerzte, dass John, obwohl er jetzt verheiratet war, doch noch vorhatte, sich an Dingen zu beteiligen, die aus der Presse herausgehalten werden mussten. „Ich sehe nicht, was das mit mir zu tun hat."

„Wenn Sie mir weniger als ein Drittel dessen zahlen, was Ihr Mann bezahlt, erlaube ich Ihnen, die Sachen zu lesen, die unterdrückt werden."

Melancholie überflutete sie wie ein Bergrutsch. Verwundete Gefühle drohten, sie zu überwältigen. Ihr Herz sank und schlug wie rasend. Als dieser grässliche Mensch zuerst sprach, hatte sie sich gedemütigt gefühlt. Noch stärker als ihre Demütigung war ihre Enttäuschung über ihren Mann. Als der schleimige Mr. Moore sein Angebot erläutert hatte, tobte der Zorn in ihr.

„Verlassen Sie mein Haus." Sie schaute den schlecht gekleideten Reporter zorniger an, als sie je ein lebendes Wesen betrachtet hatte.

„Aber, Mylady ..."

„Gehen sie, oder ich lasse Sie von meinen Dienern hinauswerfen."

Er stolperte zur Tür und murmelte vor sich hin: „Noch nie hat bisher eine Frau meine Dienste abgelehnt."

Als er fort war und sie hörte, wie die Eingangstür zuschlug, brach sie auf dem Sofa des Zimmers zusammen. Sie fühlte sich beschmutzt. Wie konnte jemand annehmen, dass sie zustimmen würde, ihren Mann in so hinterhältiger Weise bespitzeln zu lassen? Solch eine Handlung war verachtenswert. Selbst wenn ihre Ehe auf Liebe und Zuneigung begründet gewesen wäre, hätte eine so abscheuliche Handlungsweise das engste Band zerstören können.

Eine größere Last auf ihrem verletzten Herzen war das Wissen, dass John sich in irgendeiner Weise so schamlos benahm, dass ihr Bruder damit nie einverstanden sein würde. Waren es Verluste beim Spielen? Oder, dachte sie mit einem

Stich in ihrem Herzen, war es ein leichtes Mädchen?

War sie nicht diejenige gewesen, die John geraten hatte, einen Teil seines neu erworbenen Geldes dazu zu verwenden, das Schweigen der Zeitungsleute zu erkaufen? Hatte sie nicht darauf bestanden, dass ihre Ehe seinen Lebensstil in keiner Weise ändern müsste? Hatte sie ihm nicht gesagt, er könnte sich eine Mätresse halten?

Damals hatte sie die Worte leichthin gesagt. Sie hätte vermutlich alles gesagt, um ihn dazu zu bringen, ihre Ehe fortzusetzen. Jetzt hätte sie den Verlust seines Vermögens verschmerzen können. Jetzt hätte sie es ertragen können, mit einem Dummkopf verheiratet zu sein. Jedoch wusste sie jetzt nicht, wie sie es ertragen würde, wenn ihr Mann sich eine Mätresse nähme.

Zu sehen, wie die Witwen am Trent Square sich so aneinander gewöhnten, als ob sie eine liebevolle Familie wären und wie sehr sie ihre Kinder liebten und ihre Kinder sie liebten, ließ Margaret eindrucksvoll erkennen, wie einsam sie durch diese Ehe geworden war. Die meiste Zeit trödelte sich in diesem großen, bequemen Haus herum, mit niemand anderem als den Dienern. Sie vermisste Caro.

Vielleicht würde ein Besuch in ihrem alten Zuhause, in der Gesellschaft aller, die sie liebten, etwas von ihren trüben Gedanken vertreiben.

* * *

Das einzige, was den Besuch bei Almack's erträglich machte, war die Aussicht, dass Perry auch dort sein würde. Sie konnten zusammen leiden. Als John einen Seitenblick auf Maggie warf, die in der dunklen Kutsche neben ihm saß, erkannte er, dass es noch etwas gab, was einen so

langweilen Abend annehmbar machte: es war ihm
eine Ehre, seine schöne Frau dorthin zu begleiten.
Welcher Mann betrat nicht gerne einen Raum mit
einer Schönheit an seinem Arm?

„Ein Jammer, dass Grandmère heute Abend
nicht bei Almack's sein wird", sagte er. „Ich
glaube, sie würde sich freuen zu sehen, wie
hübsch die Finchley-Smaragde an der neuen
Gräfin aussehen."

„Sie sind wundervoll."

So wie du. „Werde ich mit jeder deiner
Schwestern tanzen müssen?"

„Natürlich." Ihre Stimme klang ungezwungen.

„Ich würde viel lieber nur mit dir Walzer
tanzen."

„Du wirst immer mein bevorzugter Partner für
den Walzer sein."

Er fühlte sich schon von ihrem immer
präsenten Rosenduft berührt und der Gedanke,
jetzt einen Arm um sie zu legen, überwältigte ihn
fast. „Ich bin sicher, dass du die einzige sein wirst,
die meine Unfähigkeit nicht kritisieren wird, vor
allem, wenn ich dir auf die Füße trete."

Sie kicherte. „Aber du musst zugeben, dass
dein Mangel an tänzerischen Fähigkeiten – nicht,
dass ich behaupte, dass du nicht tanzen könntest
– durch dein gutes Aussehen und schöne Größe
mehr als ausgeglichen wird. Du wirst immer ein
sehr beliebter Tanzpartner sein."

Hatte seine Frau ihm gerade geschmeichelt?
Die bloße Idee ließ seinen Puls rasen. Er fühlte
sich, als wäre er gerade zwei Fuß gewachsen. „Du
bist zu freundlich."

„Ich halte mich gerne für nett, aber mein
Kompliment war ernst gemeint."

Er nahm ihre Hand und drückte sie. Dann, aus

Gründen, die ihm nicht klar waren, behielt er ihre Hand in der seinen. Es war nur gut, dass Knowles und Arlington heute Abend nicht kommen würden. Sie würden nie aufhören, ihn als Pantoffelhelden zu necken.

Als sie bei Almack's eintrafen, war er enttäuscht, dass Perry noch nicht gekommen war. Als die ländlichen Tänze begannen, forderte er die scharfzüngige Lady Caroline auf, als Versuch, sich bei Maggies Lieblingsschwester beliebt zu machen.

Als sie sich zur Tanzfläche begaben, schaute sie auf und lächelte. Zunächst. „Sind Sie sicher, dass Mr. Perry heute kommt?", fragte sie.

Also war das Lächeln durch den Gedanken an Perry hervorgerufen worden. „Er hat mir sein Wort gegeben, und in den zwei Jahrzehnten, seit wir Freunde sind, hat er sein Wort noch nie gebrochen."

„Also ist er ebenso ehrbar wie gutaussehend und wohlhabend?"

Guter Gott, hatte sich Lady Caroline in Johns ältesten Freund verliebt? Hatte nicht jeder gesagt, dass sie auf einen Herzog wartete? Mit Sicherheit war ihr klar, dass Perry nicht aus einer adligen Familie kam. Vielleicht hatte John sie falsch eingeschätzt. Vielleicht war sie ebenso wenig eingebildet wie ihre süße Schwester.

Während des Tanzes konnte John seine Gedanken nicht von einer möglichen Romanze zwischen diesen beiden losreißen. Die Vorstellung, Perry in Ehefesseln zu sehen, gefiel ihm. Wie hieß das alte Sprichwort? Geteiltes Leid ist halbes Leid. Sie konnten gemeinsam unter der Ehe leiden.

In seinen wildesten Fantasien konnte John sich jedoch Perry nicht in einer häuslichen Umgebung

vorstellen, konnte sich keine Zeit vorstellen, wenn
Monogamie etwas Anziehendes für seinen Freund
haben würde. Perry ohne Mätresse wäre wie
England ohne Winter.

Als der Tanz halb vorbei war, beobachtete er,
wie Perry den Saal betrat, zu Maggie
hinüberschlenderte und sich verbeugte. Obwohl
John kein gutes Urteil hatte, was männliches
Aussehen betraf, wusste er genug über modische
Kleidung, um zu erkennen, dass sein Freund
überaus flott aussah. Er war ganz in schwarz
gekleidet, außer dem schneeigen Weiß seines
Hemdes und der gut gestärkten Krawatte, die mit
äußerster Perfektion gebunden war. So, wie es
sein sollte. Perry zahlte dem besten
Kammerdiener in ganz London einen exorbitanten
Lohn.

Nach dem Tanz flog Lady Caroline förmlich zu
dem neu Angekommenen hinüber. Das Gesicht,
das sie Perry zeigte, war das genaue Gegenteil des
steifen Benehmens, das sie gegenüber dem
unerwünschten Ehemann ihrer Schwester zeigte.
„Sie sind wirklich gekommen!"

„Ihr Wunsch ist mir Befehl, Mylady." Perry bot
ihr eine übertriebene Verbeugung und küsste
dann ihre Hand ziemlich genauso, wie Arlington
Maggies Hand an dem Tag, als er sie kennenlernte
fast abgeschleckt hatte.

Lady Caroline – eine sehr vorwitzige Frau,
wirklich – schob ihren Arm besitzergreifend durch
den Perrys, lächelte zu ihm empor und senkte
dann ihre Stimme. „Sehen Sie, meine Schwester
Clair steht dort mit Mr. Rothcomb-Smedley. Sie
trägt ein elfenbeinfarbenes Kleid."

Perry nickte.

„Ich zähle darauf, dass Sie charmant zu ihr

sein werden."

Was zum Teufel ging hier vor? Johns fragender Blick schweifte zu Maggie hinüber.

„Caro hat einen Plan ausgeheckt, um Mr. Rothcomb-Smedley so eifersüchtig zu machen, dass er endlich bei Clair zur Sache kommt", flüsterte Maggie.

„Meinst du, Perry wird das tun?"

Sie zuckte mit den Schultern. „Wie die meisten von uns scheint er unter Caros Kommando zu stehen."

Zu Johns Überraschung nickte Perry bereitwillig. „Ich werde Myladys Wünsche erfüllen, vorausgesetzt, Mylady wird mir heute Abend erlauben, mit ihr Walzer zu tanzen."

Lady Carolines Wimpern senkten sich aufreizend. „Nichts lieber als das."

„Müsste Mr. Perry Clair nicht zuerst vorgestellt werden, bevor er die Erlaubnis erhält, mit ihr zu tanzen?", fragte Maggie.

„Ich beabsichtige, das genau jetzt zu erledigen." Caro führte Perry fort zu dem Platz, an dem Rothcomb-Smedley stand.

John war sprachlos. Sprachlos wegen Perrys Kapitulation gegenüber der arroganten jungen Dame und noch sprachloser wegen des riesigen Unterschieds zwischen den beiden Schwestern.

Als die nächsten Tänze begannen, vollzog Perry die nächste übertriebene Verbeugung und bat Lady Clair, mit ihm zu tanzen. Als Lady Caroline wieder zu ihm und Maggie trat, sah Rothcomb-Smedley sehr verblüfft aus, als er alleine am Rande der Tanzfläche stand.

Lady Caroline, einen teuflischen Blick in ihren Augen, wandte sich an John. „Sie wären so stolz auf Ihren Freund gewesen."

„Warum?"

„Weil er Clairs Schönheit wirklich in höchsten Tönen pries."

„Ich glaube, Mr. Rothcomb-Smedley sieht verärgert aus", sagte Maggie mit ihrer leisen, schüchternen Stimme.

Sie drehten sich alle um und betrachteten den ehrenwerten Parlamentsabgeordneten. Mr. Rothcomb-Smedley sah in der Tat verloren aus. Als er schließlich in ihre Richtung sah, stolperte er über die Tanzfläche hinweg, um sich ihnen anzuschließen.

Sie begrüßten sich. Maggie hatte Rothcomb-Smedleys Gemütszustand richtig zusammengefasst. Er war verärgert.

Er schaute John böse an. „Ich kann mich nicht erinnern, Sie und Ihren Freund schon zuvor bei Almack's gesehen zu haben."

John beschloss, den Plan der Schwestern nach bestem Vermögen zu unterstützen. „Wir haben diesen Ort seit Jahren vernachlässigt und dabei übersehen, dass man hier die schönsten Damen findet." Er schaute seine Frau an und nahm dann ihre Hand. „Und die Art von Dame, mit der man sesshaft werden möchte."

Zu Johns Erstaunen nahm Maggie den Handschuh auf und trug zu Rothcomb-Smedleys Nutzen dick auf. „Mein Mann sagt, dass Mr. Perry immer darauf bedacht war, ihm nachzueifern, und nachdem Mylord Finchley jetzt geheiratet hat, möchte Mr. Perry sich vielleicht auch häuslich niederlassen."

„Und", fügte Caro boshaft hinzu, „er findet offensichtlich vieles an Clair bewundernswert."

„Hören Sie", donnerte Rothcomb-Smedley. „Der Mann kann doch nicht einfach hier hereintanzen und versuchen, sich an eine Frau heranzumachen, die so gut wie vergeben ist."

Caroline durchbohrte Clairs Verehrer mit einem unnachgiebigen Blick. „Mein lieber Herr, eine Frau ist zu haben, bis sie *wirklich* vergeben ist. Es ist mir nicht bekannt, dass jemand meiner Schwester einen Antrag gemacht hätte."

Rothcomb-Smedley klappte seinen Mund zu. Sein Gesicht war vor Zorn rot geworden.

John stellte fest, dass der Abend alles andere als langweilig zu werden versprach. Rothcomb-Smedley war durchaus ein guter Kerl. Seine Hingabe an seine Pflichten war lobenswert, aber der Mann war ein Langweiler. Es tat gut, ihn sich so winden zu sehen.

Offensichtlich im Versuch, die schlechte Laune des Mannes zu verbessern, wählte Maggie ein Thema, über das Rothcomb-Smedley sich gerne ausließ. „Sie müssen uns erzählen, Mr. Rothcomb-Smedley, wie es mit dem Steuergesetzt vorangeht, mit dessen Verabschiedung Sie und mein Bruder sich so viel Arbeit gemacht haben."

Sein ganzes Verhalten wurde freundlicher. „Wie Sie wissen, fehlten uns im letzten Jahr ganze zehn Stimmen, und ich freue mich, berichten zu können, dass sechs dieser zehn Männer überredet werden konnten, sich uns anzuschließen und die Steuererhöhung zu unterstützen."

„Das sind wirklich gute Nachrichten", sagte Maggie.

„Aldridge muss hocherfreut sein", kommentierte Caroline.

John nickte. „Es ist gut, dass wir entschlossene Männer wie Sie und Aldridge haben, die unsere Interessen vertreten." Selbst vor seiner Heirat mit der Schwester des Herzogs war John von der

Steuererhöhung überzeugt worden, als er hörte, wie Aldridge bei White's erklärte, warum dieses Geld notwendig war, um die Franzosen zu besiegen.

Mit einem Seitenblick auf Caroline fügte John hinzu: „Mr. Rothcomb-Smedley investiert alle seine Kraft in seine Pflichten. Er weiß nicht, wie man sich so amüsiert wie Perry und ich."

„Nachdem Sie nun verheiratet sind", sagte Rothcomb-Smedley zu John, „warum nehmen Sie nicht Ihren Platz im Oberhaus ein?"

Warum würde ich das tun wollen? „Ich fühle mich geschmeichelt, dass Sie denken, dass ich etwas beitragen könnte, aber ich versichere Ihnen, das ist nichts für mich."

Margaret trat näher zu ihm und legte ihre Hand auf seinen Arm. „Ich unterstütze Mylord Finchley bei jeder Entscheidung, die er trifft, aber ich glaube, dass es ein Verlust für uns ist, dass er nicht ins Parlament gehen will."

Was hatte sie gerade getan? Ohne ihn zu bitten, dass er es tun sollte, hatte seine Frau gerade – in ihrer eigenen, süßen Art – ihm gesagt, dass sie dachte, er solle im Oberhaus sitzen. Bei Jupiter! Sie war schlauer als irgendjemand sonst in diesem Raum!

Natürlich hatte er trotzdem keinerlei Absicht, seinen Platz dort einzunehmen. Nicht einmal Maggie zuliebe.

Andere mächtige Persönlichkeiten des Unterhauses waren darauf bedacht, mit Rothcomb-Smedley zu sprechen und mit ihm gesehen zu werden und bald wuchs ihre Runde erheblich an.

Als der Tanz zu Ende war, begleitete Perry Lady Clair zu ihrer Gruppe und blieb neben ihr stehen.

Selbst nachdem Rothcomb-Smedley seinen Platz gewechselt hatte, um an ihre andere Seite zu gelangen, fuhr Perry fort, eine Fülle von Lob über Lady Clairs Schönheit auszuschütten. „Wie kommt es, dass ich siebenundzwanzig bin und es versäumt habe, Ihnen schon früher begegnet zu sein, Lady Clair?"

Bevor sie antworten konnte, mischte sich ein böse schauender Rothcomb-Smedley mit eisiger Stimme ein. „Sie und Ihr Freundeskreis haben nie zuvor ein Interesse an *feiner* Gesellschaft bekundet. Ich kann mich nicht erinnern, Sie je zuvor bei Almack's gesehen zu haben."

Perrys funkelnde schwarzen Augen trafen sich mit Johns. „Sicher müssen wir doch schon einmal hergekommen sein?"

John zuckte mit den Schultern. So sehr es ihm gefiel, Rothcomb-Smedley Unbehagen zu bereiten, machte ließ dieser jedoch John sich unbehaglich fühlen. Zwei Monate zuvor würde John fröhlich zu seinem Ruf als verruchtem Wüstling gestanden haben, aber jetzt – in der Gegenwart dieses fähigen Parlamentariers – war Johns vergnügungssüchtige Lebensweise ihm peinlich.

Es brachte ihn auch in Verlegenheit, dass dieser Mann, der jünger war als er, so viel erreicht hatte und er und seine Freunde nie etwas anderes getan hatten, als exzessiv zu trinken, wild zu spielen und hemmungslos herumzuschlafen.

Selbst Maggie und ihre Schwestern hatten am Trent Square etwas geschaffen, was sie mit Stolz vorzeigen konnten. Aber John, Perry, Arlington und Knowles könnten morgen sterben und keine Spur ihres Daseins hinterlassen.

So niedergeschlagen er sich fühlte, es sollte noch schlimmer kommen.

Der Herzog von Aldridge mit seiner hübschen, blonden Herzogin am Arm, kam mit der Arroganz eines türkischen Potentaten in den Saal geschlendert, während er John finster musterte. Als er sich der Gruppe seiner Bekannten näherte, fiel stattdessen sein Blick auf Rothcomb-Smedley und ein Lächeln löste den bösen Ausdruck ab. „Ach, Rothcomb-Smedley, Sie sind genau der Mann, den ich zu sehen hoffte."

Die Brauen des anderen Mannes hoben sich. „In der Tat, Euer Gnaden?"

„Ich habe das Vergnügen, Ihnen mitzuteilen, dass der Lordkanzler endlich unserer Sache gegenüber kapituliert hat."

Rothcomb-Smedleys Gesicht hellte sich auf. „Er wird tatsächlich die Steuererhöhung unterstützen?"

„Ja, das wird er."

„Ich kann Ihnen nicht sagen, wie sehr ich in Ihrer Schuld stehe, Euer Gnaden."

„Längst nicht so tief, wie ich in Ihrer Schuld stehe, für alles, was sie für Britannien im Unterhaus getan haben."

Rothcomb-Smedley wandte sich an Clair, die ebenso breit lächelte wie er. „Jetzt möchte ich einen irischen Jig mit Ihnen tanzen, Mylady!"

„Ich weiß genau, wie Sie sich fühlen", sagte sie, „weil ich meine eigene Freude kaum bändigen kann. Sie und mein Bruder haben so hart hierfür gearbeitet. Nachdem jetzt Lord Knolles seine Unterstützung zusagt, wird der Rest folgen. Man muss Ihnen gratulieren." Clair drehte sich zu ihrem Bruder. „Dir auch, Aldridge. Du warst die treibende Kraft hinter diesem Erfolg."

Der Marquis von Haverstock war der nächste, der sich ihrer Versammlung anschloss. Von drei so erfolgreichen Mitgliedern der Regierung umgeben zu sein, ließ John sich noch wertloser fühlen.

Dann traf ihn der Blick des Herzogs. „Auf ein Wort, Finchley."

Johns Herzschlag begann zu dröhnen.

Kapitel 18

Die beiden Männer schwiegen, während sie den Ballsaal verließen und die Treppen hinabgingen. John blieb einen Schritt hinter dem Herzog, als dieser sie im Erdgeschoss zu einem Raum am Ende eines langen Ganges führte. John fühlte sich wie ein Häftling, der zu Gericht geführt wird, denn er wusste, dass er etwas getan hatte, um sich den Zorn des Herzogs zuzuziehen.

Da er nicht mehr leichtsinnig gespielt hatte, seit er verheiratet war, hatte er eine ziemlich genaue Vorstellung davon, was es gewesen war, das den Herzog verärgert hatte.

Und er verstand jetzt, was es bedeutete, fälschlich angeklagt zu werden.

Aldridge schloss die Tür hinter ihnen. Er knallte sie nicht direkt zu, aber schloss sie auch nicht wohlerzogen. Als er da stand und auf John hinabsah, erleuchteten die Wandleuchter das dunkle Gesicht des Herzogs und John konnte die Wut in seinem flackernden Blick erkennen.

„Als Sie meine Schwester geheiratet haben", begann Aldridge, „habe ich Sie gewarnt, dass ich keine Mätressen dulden würde – schon gar nicht so kurz nach der Heirat. Sie machen Margaret zum Gespött, und das werde ich nicht dulden." Er trat näher an John heran, sein wilder Zorn glomm wie heiße Kohlen. „Ich kann Sie vernichten."

John schluckte. Schon wenn er als Schuljunge getadelt worden war, hatte er nie etwas erwidert, sich nie gegen die Anschuldigungen verteidigt – hauptsächlich, weil die Anschuldigungen immer berechtigt gewesen waren. Aber dies war etwas anderes. Er wollte sich nicht so sehr vor dem Zorn des Herzogs schützen, sondern Maggie vor diesen falschen Vermutungen bewahren.

„Ich bezweifele nicht, dass Sie mich vernichten könnten, aber darf ich Sie daran erinnern, dass es Ihrer Schwester schaden würde, wenn Sie es täten. Ich selbst, Euer Gnaden, werde nichts dulden, das meine Frau verletzen könnte."

Der Herzog hob fragend eine Braue. „Daran sollten Sie gedacht haben, bevor sie Drury Lane mit einer Dirne verließen."

„Ich weiß, dass es einen schlechten Eindruck macht. Ich gebe zu, dass ich zu sehen war, wie ich das Theater mit einem Flittchen an meinem Arm verließ, aber als wir an unserem Bestimmungsort ankamen, konnte ich mich nicht dazu bringen, mein Ehegelübde zu brechen. Ich gebe Ihnen mein Wort."

Der Herzog schnaubte.

„Nachdem ich jetzt verheiratet bin", fuhr John fort, „muss ich mich bemühen, reifer zu werden und mich nicht so leicht von meinen ... zügellosen Freunden verführen zu lassen." Er konnte nicht glauben, dass er seine besten Freunde gerade zügellos genannt hatte, aber es war die Wahrheit.

„Ich bin erleichtert zu wissen, dass Ihnen klar ist, wie unreif Ihre Handlungen waren. Ich hätte gerne jemand älteres, reiferes für Margaret gefunden. In der Tat, ich bin sicher, dass es Sie nicht überraschen wird zu erfahren, dass ich nie wollte, dass sie Sie heiratet. Zu meiner Enttäuschung hat sie sich jedoch in Sie verliebt. Sie ist von allen meinen Schwestern bei weitem die sensibelste – und die liebevollste."

John war verblüfft. *Sie hat sich in Sie verliebt.* Er hatte nie wirklich in Betracht gezogen, dass Maggie ihn lieben könnte. Aber dann erkannte er, dass sie nur eine sehr gute Schauspielerin war. Sie wollte seinen Titel und die Achtung und Freiheit, die sie als verheiratete Frau hätte. Sie konnte nicht wirklich ihn wollen. Vor allem nicht, wenn andere Männer – edle Männer wie Rothcomb-Smedley – zu haben waren. „Und sie ist die tugendhafteste Frau, die ich je kennengelernt habe. Ihr Güte allein hat mich für jede andere Art von Frau verdorben."

„Ich hoffe zu Gott, dass Sie mir die Wahrheit sagen." Aldridges Lippen waren zu einem dünnen Strich zusammengepresst.

„Ich hoffe, mir nicht selbst zu schmeicheln, wenn ich Ihnen sage, dass Sie jeden fragen können, der mich kennt und sie alle bestätigen werden, dass ich nicht lüge."

Die Augen des Herzogs wurden rund. „Margaret ist genauso."

„Ja, das weiß ich. Anders als ich hat sie nur gute Eigenschaften."

Ihre Augen trafen sich. Das einzige Geräusch, das zu hören war, kam von den gedämpften Klängen des Orchesters, das weit über ihnen spielte.

„Ich hoffe zu Gott, dass Sie mir die Wahrheit sagen, Finchley." Aldridge ging steif fort.

Als John ihm schweigend die Stufen hinauf zurück in den Ballsaal folgte, fühlte er sich mehr denn je wie ein unartiger Junge.

Ihre Gruppe war noch größer geworden, als sie zurückkamen. Morgan und seine Frau, Lady Lydia, hatten sich zu den anderen gesellt. Obwohl

John diese Art von Gesellschaft nicht mochte, begann er an der Vorstellung, Mitglied einer großen Familie wie der Haverstocks und Aldridges zu sein, Gefallen zu finden. Als einziges Kind hatte er sich immer danach gesehnt, Geschwister zu haben. Vielleicht hatte er sich deshalb Perry immer so untergeordnet. Er hatte verzweifelt nach Spielkameraden gesucht. Vor allem nach so beliebten wie Perry.

Es war ein Jammer, dass er und Aldridge sich nicht besser verstanden. Er hatte Morgie immer gemocht, aber als John sich jetzt neben Perry stellte, der zwischen Lady Clair an seiner einen und Lady Caroline an seiner anderen Seite stand, und Morgie zulächelte und zunickte, wandte Morgie schnell den Blick ab.

Es war so deutlich, als hätte er ihn offen geschnitten.

Was hatte John je getan, um sein Verhältnis mit dem freundlichen Morgie zu beeinträchtigen?

Er sollte bald einen Hinweis bekommen.

Morgie beobachtete Maggie, als sie mit Lord Selby tanzte. „Ja, in der Tat", sagte Morgie zu seiner Frau, „nachdem ich jetzt ein Mitglied deiner Familie bin, denke ich an alle deine Schwestern wie an meine eigenen – einschließlich Lady Margaret, weil sie ja jetzt eine Schwester deiner Elizabeth ist."

„Denke daran, Liebster", sagte Lady Lydia, „dass sie nicht länger Lady Margaret ist, sondern jetzt Lady Finchley."

Er murmelte etwas in sich hinein.

Obwohl John die Worte nicht hören konnte, verriet ihm doch die Bewegung von Morgies Lippen, dass er gesagt hatte: „Sie ist zu gut für jemanden wie den."

Heißer Zorn zerriss John förmlich. Sein erster Instinkt war, Morgie seine Faust ins Gesicht zu schlagen, obwohl er nie so schlechte Manieren zeigen und das an einem so öffentlichen Ort tun würde. Dann kühlte er sich ab.

Denn er wusste, dass Morgie in seiner Zuneigung für Maggie nur das aussprach, was jeder dachte – und was, wie John wusste, die Wahrheit war: Maggie *war* zu gut für ihn.

* * *

Sobald es für Margaret deutlich wurde, dass das Orchester einen Walzer zu spielen begann, suchten ihre Augen Johns. Ohne ein Wort bewegte er sich auf sie zu. „Ich bitte darum, mit der schönsten Frau auf dem Ball tanzen zu dürfen."

Sie lächelte zu ihm auf und legte ihre Hand in seine. Wann immer sie sich an den Händen hielten, erinnerte sie das an jenen ersten Tag in St. George's, als sie am Altar standen und sich Treue schworen. Sie war erstaunt gewesen, sehr angenehm erstaunt, wie schön ein solcher Körperkontakt sich anfühlen konnte.

Ebenso, wie mit ihm zu tanzen. Sie frohlockte über das Gefühl, seine Hand an ihrer Taille ruhen zu spüren, über die Vorstellung, wie ihre beiden Körper sich so intim zugewandt waren. Und ganz natürlich dachte sie auch daran, wie es sich anfühlen würde, ihn neben sich liegen zu haben. In ihrem Bett. Sie war sich völlig darüber im Klaren, dass John an sie nie als eine begehrenswerte Frau denken würde. Er würde sie nie als etwas anderes betrachten als das schüchterne Mäuschen, das er geheiratet hatte.

Nicht nur John. Vermutlich dachte jeder Mensch im Saal heute Abend dasselbe. Niemand würde glauben, dass die immer so anständige, frühere Lady Margaret Ponsby in ihrer Fantasie davon träumte, dem berüchtigten Lord Finchley zu erlauben, ihr die Kleider auszuziehen und sich in sie hinein zu senken.

Aber das war tatsächlich die Richtung, in die ihre Gedanken gingen, wann immer sie mit dem berüchtigten Mann zusammen war, den sie geheiratet hatte.

Schade, dass sie zu stolz und zu schüchtern war, um ihn jemals wissen zu lassen, was sie wirklich wollte. *Warum kann ich nicht mehr wie Caro sein?* Wenn Caro nach einem Mann hungerte, würde der Mann es erfahren. Caro jagte dem nach, was sie wollte, und sie bekam es immer.

Ihr Glück beim Walzertanzen mit ihrem Mann wurde nur von einer tief verborgenen Furcht gestört, die sich in ihrem ganzen Körper ausbreitete. Warum hatte Aldridge alleine mit John sprechen wollen? Der Gesichtsausdruck ihres Bruders war beinahe finster gewesen.

Offensichtlich wusste ihr Bruder etwas über ihren Mann – etwas, wovon weder John noch Aldridge wollten, dass sie es erfuhr. Entweder verlor ihr Mann große Summen beim Spiel, oder … oder er vertändelte seine Zeit mit einer Dirne.

Deshalb war der grässliche Zeitungsmann in ihrem Haus aufgetaucht, um ihr einen Handel vorzuschlagen. Welche Frau würde je hören wollen, wenn die Zuneigung ihres Mannes sich auf eine andere Frau richtete?

Margaret erinnerte sich, wie sie gehört hatte, als Lady Haverstock und die Herzogin über die intime Seite der Ehe gesprochen hatten. Lady Haverstock hatte zu Elizabeth gesagt, dass ein

Mann, dessen Schlafzimmer-Bedürfnisse zu Hause befriedigt würden, keine Lust hätte, sich anderswo herumzutreiben.

Wenn nur Margaret dazu imstande wäre, ihren Mann in dieser Hinsicht zu befriedigen. Wenn sie nur offen mit Caro über das Zustandekommen ihrer Ehe sprechen könnte, dann würde Caro vermutlich eine Möglichkeit wissen, wie Margaret den Mann verführen könnte, den sie geheiratet hatte.

Aber Margaret konnte Caro nicht erzählen, dass sie einen Fremden geheiratet hatte, der nicht beabsichtigte, seine Ehe zu vollziehen.

Ihn nicht zu fragen, warum ihr Bruder mit ihm hatte sprechen wollen, war fast das Schwerste, was Margaret je getan hatte. Ehemänner mochten keine schnüffelnden Ehefrauen und sie traute sich auf dem dünnen Eis ihrer Ehe nicht zu weit vor.

Als ob ihre Gedanken zu Caro geschwebt wären, tanzten sie und Mr. Perry vorbei. Margaret konnte ihre Schwester unverschämt mit Johns wohlhabendem Freund flirten hören. „Ich werde Ihnen nicht erlauben, mich wieder zu besuchen, bevor ich nicht sicher bin, dass Sie Mr. Rothcomb-Smedley dazu gezwungen haben, Clair einen Antrag zu machen. Und ich bin sicher, dass er das tun wird. Er war so furchtbar eifersüchtig auf Sie – aus gutem Grund. Sie sind der bestaussehende Mann hier heute Abend. Ihr Auge für modische Dinge ist unfehlbar und Sie tanzen wirklich gut.“

Margaret konnte Mr. Perrys Antwort nicht hören, da sie sich durch die Tanzbewegungen wieder voneinander entfernten. Margaret musste zugeben, dass Mr. Perry – wobei sie nicht fand, dass er auch nur halb so gut aussah wie John – ein weit besserer Tänzer war. Sie wäre nicht erstaunt zu erfahren, dass er nicht ein einziges Mal auf Caros Füße trat.

Anders als bei Margaret. Der arme, liebe John war ein furchtbar schlechter Tänzer. Zum Glück wogen seine Größe und sein gutes Aussehen diesen Mangel auf.

„Liebster?", fragte sie.

„Ja?"

„Denkst du, dass Mr. Perry sich in Caro verlieben könnte?"

„Wie zum Donner soll ich wissen, was Perry will? Ich hätte meine Pferde verlieren können, da ich darauf gesetzt hätte, dass er niemals einen Fuß zu Almack's setzen würde." Er zuckte mit den Schultern.

„Ich entnehme dem, dass Mr. Perry sich noch nie von anständigen Frauen angezogen gefühlt hat."

Ihr Mann antwortete nicht.

„Ihr Männer haltet doch immer zusammen. Du willst mir nichts über die niederen Instinkte deines Freundes erzählen, nicht wahr?"

„Bestimmt nicht. Du bist eine Dame."

Ich wünschte, ich wäre keine.

Sie freute sich, Clair mit Mr. Rothcomb-Smedley tanzen zu sehen. Der Mann hatte Clair zu lange als selbstverständlich hingenommen. Es war Zeit, dass er erkannte, was für einen Schatz er in Clair hatte. Als Margaret sie beobachtete, konnte sie mehr Weichheit in Mr. Rothcomb-Smedleys Verhalten feststellen. Mehr noch, er konnte seinen bewundernden Blick nicht von ihr abwenden. Er lächelte leicht und Margaret war überzeugt, dass er Clair in einem völlig neuen

Licht sah.

Manche von Caros Plänen waren doch nicht so schlecht.

„Ich denke, wir könnten morgen an den Trent Square gehen", sagte John.

„Damit du mit den Jungen spielen kannst?"

„Natürlich."

„Da ich morgen keinen Klavierunterricht gebe, würde ich euch gerne zuschauen." *Und ein Auge auf die schöne Mrs. Weatherford haben.*

Ihr Mann seufzte. „Ich wünschte, ich könnte jeden Tanz mit dir tanzen. Du bist die beste Partnerin, die ich je hatte."

Bemerkungen wie diese ließen sie die Traurigkeit vergessen, die in ihr aufgestiegen war, als ihr mächtiger Bruder John weggeführt hatte. „Danke, du bist mein Lieblingspartner." *In jeder Hinsicht.*

„Ich muss sagen, je länger wir zusammen sind, desto mehr muss ich an das denken, was du mir an dem Tag gesagt hast, als du mich überzeugtest ... so zu tun, als wären wir ein glücklich verheiratetes Paar."

„Was war das?"

„Du sagtest, wir sollten immer loyal zueinander sein. Und obwohl wir uns erst weniger als zwei Monate lang kennen, habe ich das Gefühl, als wären wir immer Freunde gewesen. Genau wie bei Perry."

Sie selbst hatte diesen Vergleich von Freundschaft benutzt, an dem Tag, als sie ihn dazu überredete, ihre Ehe zu akzeptieren, aber es von seinen Lippen zu hören, gefiel ihr nicht. Auch wenn sie erfreut war, dass er sie so zärtlich ansah, Freundschaft war nur ein Bestandteil der Beziehung, die sie mit John aufzubauen wünschte. „Mein liebster Mann, keine Frau möchte, dass ihr Mann sie wie einen männlichen Freund betrachtet!"

Er wurde nervös, stolperte und zerquetschte ihren kleinen Zeh am linken Fuß. „Habe ich dir weh getan?", fragte er besorgt.

„Nein." Sie hoffte, dass er ihr Zusammenzucken nicht bemerkt hatte.

„Verzeih mir. Bitte, verzeih mir auch, wenn ich dir den Eindruck vermittelt habe, an dich als männliches Wesen zu denken." Seine Füße standen still und er schaute zu ihr herab, sein glühender Blick schweifte über ihr Gesicht, um dann einen Moment lang auf dem tief ausgeschnittenen Mieder ihres meergrünen Kleides zu ruhen. „Ich bin mir über deine weiblichen Vorzüge völlig im Klaren."

Ihr Herz schlug schneller. *Ich habe Vorzüge?* „Ich hoffe, dass das etwas Gutes ist."

Er zuckte mit den Schultern und tanzte weiter. (Wenn man die Bewegungen seiner Füße tanzen nennen konnte.) „Ich habe versucht, an dich als einen Kerl zu denken, aber das ist verdammt schwierig."

„Ich versichere dir, dass ich erfreut bin, das zu hören und ich hoffe, dass du dich freuen wirst, zu erfahren, dass ich an dich nie wie an Caro oder eines der Mädels denken könnte."

„In der Tat erfreut mich das."

„Du hast meine völlige Loyalität erworben. Du bist mir teuer und ich will dich immer unterstützen, immer deine Verteidigerin sein."

„Beim Jupiter! Ich fühle dasselbe für dich. Tatsächlich bist du überhaupt nicht lästig – wie ich erwartet hatte."

„Sollte das gerade ein Kompliment sein?" Sie

brach in Gelächter aus.

„Ich meinte es wirklich als Lob. Ernsthaftes Lob – das du dir allerernstens verdient hast. Ich kann bei dir keinen einzigen Nachteil finden."

Sie fühlte sich, als hätte sie einen weiteren Stein aufgebaut. „Dann sollte ich dich aufklären!"

Sie bedauerte, dass das Orchester diesen Moment wählte, um den Walzer zu beenden. Sie wäre völlig glücklich gewesen, die ganze Nacht hindurch in seinen Armen über die Tanzfläche zu gleiten. Äußerst widerwillig gingen sie zurück dahin, wo ihre Geschwister zusammen standen. Sie wünschte, Aldridge würde netter zu John sein.

Obwohl die Überlegung, was John getan haben musste, um sich Aldridges Zorn zuzuziehen, sie sich schlecht fühlen ließ, wurde sie durch die Gewissheit aufgebaut, dass sie an diesem Abend so gut wie nie zuvor aussah. Ihr Kleid war perfekt. Das Kleid in einem Grün wie der Schaum auf dem Meer schleppte elegant hinter ihr her und ein großer Teil ihres Rückens war entblößt. Caro hatte geschworen, dass bei Almack's unmöglich eine Frau ihr das Wasser reichen konnte. „Ich habe es aus guter Quelle, dass Männer gerne den bloßen Rücken einer Frau sehen, und deiner ist wunderhübsch", hatte Caro gesagt.

Daher bewegte sich Margaret ganz dezent vor ihn, als sie zum Rande des Ballsaals gingen. Dann wurde ihre Bewegung plötzlich unterbrochen. Sie stolperte nach vorn. Aber ihr Kleid bewegte sich nicht. Es gab ein reißendes Geräusch.

Ohne sich auch nur umzudrehen, wurde ihr klar, dass John auf die Schleppe ihres Kleides getreten war.

Sie fühlte einen Hauch kalter Luft an ihrer Rückseite. Guter Gott, war ihre Unterwäsche zu sehen?

„Oh, Maggie, Liebes", sagte John reuevoll. „Du wirst nicht glauben, was geschehen ist."

Sie war zu verärgert, um aufzunehmen, dass John sie gerade als „Maggie, Liebes", bezeichnet hatte. Sie würde vor Scham sterben, wenn jeder bei Almack's jetzt ihre Unaussprechlichen begutachten könnte. Sie holte tief Luft, um ihn nicht zu beschimpfen. „Ich vergaß, meine Röcke zu raffen. Ich fürchte, du bist daher auf sie getreten."

Er verringerte den kleinen Abstand zwischen ihnen. Er war ihr so nahe, dass sie sein Sandelholzparfüm riechen konnte und seinen Atem spürte, als er heiser in Ohr sprach. „Bleib ganz dicht bei mir. Mein Körper wird ... den Riss in deinem Kleid verdecken."

Sie hatte sich noch nie so gedemütigt gefühlt. Einen Moment zuvor hatte sie sich noch schön gefühlt. Jetzt war sie vermutlich das Gespött des ganzen Saals. Sie begann, mit winzigen Schritten auf die Treppe zuzugehen, die zu einem Ausgang des Gebäudes führte. Sie konnte nicht schnell genug wegkommen.

„Verzeih mir", sagte er ernst, als sie endlich am oberen Ende der Treppe angekommen waren. „Ich sagte dir ja, dass ich in einem Ballsaal nutzlos bin."

Morgie, zwei Tassen Tee in der Hand, kam auf sie zu. Wieder ignorierte er John, lächelte sie aber strahlend an. „Ah, Lady Margaret! Das ist, ich meine, Lady Finchley, wollte ich sagen. Lyddie sagt, ich müsste Sie zum Tanzen auffordern. Wette, sie würde mich lieber auf einen Drachen wünschen, als mit mir tanzen zu müssen." Sein Gesicht wurde bleich. „Nicht, dass ich an Sie je als an einen Drachen denken würde. Sie sind wie meine eigene kleine Schwester und sehen heute Abend überaus bezaubernd aus." Er schaute John ebenso finster an, wie ihr Bruder es getan hatte. „Würden Sie mir die Freundlichkeit erweisen, mit mir zu tanzen, wenn ich diese beiden Tassen Tee abgeliefert habe?"

„Vielen Dank für die Aufforderung, Mr. Morgan, aber mein Mann und ich müssen leider sofort gehen." Wäre sie nicht von Natur aus so schüchtern gewesen, hätte sie das näher erklären können, aber sie würde niemals über etwas so Privates wie sichtbare Unaussprechliche sprechen können. Auch nicht, wenn Morgie so gut wie zur Familie gehörte.

„Wie schade", sagte er enttäuscht. „Sie sind eine meiner bevorzugten Tänzerinnen." Er wollte schon wieder seinen Weg zum Ballsaal fortsetzen, als er innehielt und sich umdrehte. „Sie werden Lyddie sagen, dass ich Sie aufgefordert habe?"

Ängstlich, dass er ihre Unaussprechlichen doch noch sehen könnte, fuhr sie herum. „Ja, natürlich."

Im Erdgeschoss stand sie mit dem Rücken zur Wand, während ihr Mann ging, um ihren Samtumhang zu holen. Als er ihn um ihre Schultern legte, fühlte sie sich vor Erleichterung schwach werden.

Auf dem Weg nach Hause in der Kutsche entschuldigte er sich wortreich.

Unvermittelt fing sie an zu kichern.

„Bitte, was ist so verdammt komisch?"

„Du. Was du nicht alles tust, um nicht mehr mit mir zu Almack's gehen zu müssen!"

In seinen Augen blitzte Humor auf. „Nun, meinst du jetzt, dass du mir diese Gesellschaften in Zukunft ersparen wirst?"

„Absolut nicht. Du bist noch immer mein liebster Tanzpartner."

„Wenn du das, was ich tue, tanzen nennst." Unbewusst nahm er ihre Hand in seine und im Inneren der Kutsche wurde es still, das einzige Geräusch war das rhythmische Schlagen der Hufe auf den Straßen.

„Weißt du, John, auch wenn es mir so peinlich war, dass jemand anders meine ... du weißt schon, die Unterwäsche, sehen könnte, bei dir war mir das nicht peinlich."

„Dir nicht, mir aber schon!"

So viel zu ihrem Versuch, die Grenzen ihrer Intimität zu lockern. Wenn sie bei Almack's nur Champagner servieren würden. Mit diesem schäumenden Trank, der ihre Hemmungen verschwinden ließ, würde sie ihn begierig gebeten haben, sie wieder zu küssen. Während des gesamten restlichen Heimwegs kämpfte sie darum, den Mut aufzubringen, um ihn darum zu bitten, aber sie war viel zu schüchtern.

* * *

Er war so verteufelt unglücklich darüber, was er mit ihrem schönen Kleid angestellt hatte. Als sie an ihrem Haus ankamen, bat er erneut um Verzeihung. „Wirklich, Maggie, es tut mir so schrecklich leid, dass ich dein Kleid ruiniert habe."

„Es ist nicht ruiniert. Meine Zofe wird es reparieren können."

Er hob hoffnungsvoll eine Braue. „Ist das wahr? Du sagst das nicht nur, damit ich mich nicht so verdammt mies fühle?"

Sie schüttelte den Kopf. „Ich versichere dir, Annie ist eine wahre Zauberin mit der Nadel."

Der Kutscher öffnete die Tür der Kutsche.

„Erlaube mir, dich ins Haus zu tragen", sagte John zu Maggie. „Ich möchte nicht, dass deine schönen Röcke über das Pflaster schleifen."

„Du bist so galant. Das letzte Mal hast du mich hochgetragen, um zu verhindern, dass ich auf die Nase falle, weil ich zu viel Champagner getrunken hatte."

„Ich wünschte, du würdest diese Nacht nicht erwähnen." Er stieg aus der Kutsche, drehte sich dann um und hob sie auf seine Arme.

„Es war eine besonders glückliche Nacht für mich. Warum möchtest du nicht, dass ich darüber rede?"

Wie konnte er ihr erklären, wie quälend es für ihn war, sich daran zu erinnern, sie ihm Arm zu halten und es nicht wiederholen zu wollen? Ihr so nahe zu sein, war eine einzige Tortur. „Ich fürchte, dass mein Verhalten in jener Nacht alles andere als galant war."

„*Au Contraire*! Du hast nur die Wünsche einer Dame erfüllt."

Das stimmte. Sie hatte ihn gebeten, sie zu küssen. Warum zum Teufel musste er dauernd daran denken? Seine Erregung wurde förmlich schmerzhaft.

Er eilte durch die Eingangstür und trug sie nach oben in ihr Schlafzimmer. Für den Bruchteil einer Sekunde stand er wie erstarrt in der Türöffnung, sein Blick schweifte über das mit Vorhängen versehene, große Bett. Er gehörte nicht hierher. Nicht mit jemand so Süßem wie Maggie.

Er holte tief Luft und schritt durch das Schlafzimmer, wo er sie auf der seidenen Bettdecke ablegte. „Gute Nacht, Mylady. Möchtest du, dass ich nach deiner Zofe klingele?"

„Ich komme zurecht."

Er ging durch ihr Ankleidezimmer zu seinem und knallte die Tür hinter sich zu; dann schälte er sich aus seiner Kleidung.

Sehr lange noch lag er wach in seinem Bett, seine Gedanken kreisten darum, wie es wäre, mit Maggie zu schlafen. Nicht in ihr Schlafzimmer zu laufen war das Schwerste, was er je getan hatte.

Kapitel 19

Am nächsten Tag fuhr er zum Trent Square und spielte Cricket mit den Jungen, wobei er Weatherfords Sohn besondere Aufmerksamkeit widmete. Der kleine Kerl erinnerte ihn sehr an seinen Vater. So traurig John über den Tod seines Freundes war, erkannte er doch, dass George Weatherford in diesem Kind weiterleben würde. Die Ähnlichkeit beschränkte sich nicht auf das Äußere. Als Georgie den Schläger aufnahm, zeigte er genau die gleiche Haltung wie sein Vater. Und in seinem Lachen war etwas, das John an seinen toten Freund erinnerte.

Als John erfuhr, dass Weatherford kurze Zeit, nachdem er Oxford verließ, geheiratet hatte, fühlte er Mitleid mit ihm. Was für ein Jammer, hatte er gedacht, sich zu binden, wenn es so viele hübsche Frauen gab, die man haben konnte, und so viel Spaß. Perry, Arlington und Knowles hatten ihm alle zugestimmt. Warum sollte ein Mann sich so jung schon an die Leine legen lassen?

Er selbst stellte sich diese Frage nicht mehr. Obwohl Weatherford nicht vermögend gewesen sein mochte, besaß er doch Dinge – unbezahlbare Dinge – die John und seine engsten Freunde nicht hatten. Sein Blick fiel auf Weatherfords schöne Witwe, dann auf diesen kleinen Teil von George Weatherford, dessen dünne, kleine Arme den Cricket-Schläger genauso hielten, wie sein Vater das zu tun pflegte. John schluckte; plötzlich hatte er einen dicken Kloß im Hals. *Lieber Gott, warum bin ich so rührselig?*

Könnte etwas auf der Welt kostbarer sein, als einen eigenen Sohn zu haben? Welcher Mann würde auf seinem Totenbett nicht wünschen, dass ein Teil von ihm weiterlebte?

Obwohl Maggie ihn für seine Aufmerksamkeit Georgie gegenüber gelobt hatte, wusste John, dass er nicht nur zum Trent Square kam, um dem Jungen zu helfen. Er kam zum Trent Square, weil er hier sein wollte. Er wollte Zeit mit diesen Jungen verbringen, mit ihnen teilen, was zu lernen ihn ein ganzes Leben gekostet hatte, wollte die warme Sonne spüren, statt bei White's beim Spielen zu sitzen oder in Jacksons Studio Übungskämpfe zu absolvieren.

Jeden Tag in den letzten beiden Wochen war er jetzt zum Trent Square gekommen, um den Jungen etwas von den Dingen zuteilwerden zu lassen, die ihnen fehlten, weil sie keine Väter hatten. An einem Tag hatte er ihnen Reitunterricht auf seinem eigenen Pferd gegeben. Das hatte riesengroßen Anklang gefunden. Er war neben jedem der Jungen hergegangen, als sie nacheinander auf seinem Wallach sitzen durften.

Meist spielte er mit ihnen in dem eingezäunten Bereich in der Mitte des Trent Squares Cricket. Jeden Tag bestand Mrs. Weatherford darauf mitzukommen. Sie hatte einen kleinen Klappstuhl, den sie mitbrachte, so dass sie sitzen und ihren Jungen beobachten konnte, wie er lachte und spielte. Es kam John so vor, als würde sie jetzt viel öfter lächeln.

Manchmal, an Tagen, wenn Maggie nicht dazu verpflichtet war, Klavierstunden zu geben, kam sie auch zum Zuschauen. Er nahm nicht an, dass sie

Cricket mochte, denn sie lächelte selten, wenn sie das Spiel beobachtete. Wenn sie glaubte, dass er nicht hinsah, flog oft ein Hauch von Melancholie über ihr Gesicht. Er versicherte ihr ständig, dass ihre Gegenwart nicht erforderlich wäre, aber sie gab vor, gerne dort zu sein.

An diesem Tag flog der Ball, den Georgie geschlagen hatte, weiter, als er es bisher je geschafft hatte, und er lief los wie der Wind. Johns entzückter Blick traf den Blick Mrs. Weatherfords. „Ihr Junge macht große Fortschritte."

Sie bedachte ihn mit einem sinnlichen Lächeln. „Alles nur dank Ihnen, Mylord. Wie soll ich Ihnen das je zurückzahlen?"

„Das Vergnügen ist ganz meinerseits." Er meinte, was er sagte.

Das Tor öffnete sich und Lady Caroline schlenderte in den Park. So wie immer schaute sie ihn böse an, eher noch mehr als sonst. *Was zur Hölle habe ich denn jetzt getan?* Sie ging direkt zu ihrer Schwester und drängte sich zwischen sie und Mrs. Weatherford. Ihm schien es, als ob sie auch der Witwe gegenüber kalt auftrat, aber vielleicht bildete er sich das auch nur ein. Sie drehte sich langsam zu Maggie. „Bist du heute in deiner Kutsche gekommen?"

„Ja."

Lady Caroline richtete ihren finsteren Blick wieder auf ihn. „Und Lord Finchley?"

„Wir sind nicht zusammen gefahren. Er kam zu Pferd."

„Würdest du mich dann bitte nach Hause mitnehmen?"

„Bist du fertig?"

„Ja."

„Ich nehme an, dass du nicht an einem Cricketspiel von Anfängern interessiert bist."

„Da hast du Recht."

Zu seinem Erstaunen kam seine Frau, als sie sich zu gehen anschickte, zu ihm und berührte seine Wange leicht mit ihren Lippen.

„Bis später, Liebes", sagte er so natürlich, als hätte er eine Bemerkung über das Wetter gemacht. Nun, warum hatte er sie *Liebes* genannt? Die Leute würden denken ... genau das denken, was Maggie und er sie glauben machen wollten: dass sie ein wirklich verheiratetes Paar waren.

* * *

Sie hatte genug Jahre mit Caro zusammengelebt, um zu wissen, wenn ihre Schwester etwas auf dem Herzen hatte. Als sie in der Kutsche saßen, fragte sie: „Was ist los?"

Caros Augen wurden schmal. „Ich weiß alles über deine Heirat."

Margaret fühlte sich, als wäre sie von einer Kanonenkugel getroffen worden. Sie brauchte einen Moment, bis sie auch nur eine Antwort formulieren konnte. Sie räusperte sich. „Alles, was genau meinst du damit?"

„Ich weiß von den Zufällen, von Miss Margaret Ponsby aus Windsor."

„Ich bin sehr verärgert über Mr. Perry. Er hat es dir gesagt, stimmt's?"

„Er hat mir nur das erzählt, was ich ein Recht zu erfahren habe! Er ist Lord Finchleys engster Freund und er weiß es. Ich bin deine engste Vertraute, und ich wusste nichts davon! Margaret, mein Gott, wie konntest du!"

Margaret senkte die Lider. Sie konnte Caro nicht in die Augen sehen. „Weil ich mich an keine

Zeit erinnern kann, in der ich ihn nicht aus der Ferne anbetete."

„Du hast nicht einmal ein Wort darüber zu mir gesagt!"

„Ich wusste, dass du ihn für zügellos hältst."

Caro warf hochmütig ihren Kopf zurück. „Ich kannte ihn überhaupt nicht."

„Aber du wusstest von seinem Ruf als Wüstling."

„Das ist wahr."

Beide Frauen schwiegen einen Moment lang. Schließlich sagte Caro: „Willst du mir erzählen, dass es nie einen anderen Mann gab, der dir gefiel?"

„Nie. Nur ihn."

Wieder Schweigen. Endlich seufzte Caro. „Und du bildest dir immer noch ein, ihn zu lieben?"

Margaret nickte.

„Aber du hast nicht ... mit ihm geschlafen?"

Margaret schüttelte den Kopf.

„*Möchtest* du denn mit ihm schlafen?"

„Oh, ja, mehr als alles andere!"

Caroline kicherte. „Mich deucht, unter dem scheuen Verhalten meiner schüchternen Schwester lauert eine Wildkatze."

„Ich könnte mich nie wie eine Wildkatze benehmen."

„Du wirst es müssen, wenn du hoffst, Finchleys Liebe zu gewinnen."

Margaret schaute ihre Schwester skeptisch an. „Was willst du damit sagen?"

„Wir müssen uns etwas überlegen – einen Plan schmieden, das Herz deines Mannes zu gewinnen." Caro nahm die Hand ihrer Schwester in die ihre und drückte sie. „Alles, was ich mir für dich je wünschte, ist, dich glücklich zu sehen."

„Oh, Caro, ich bin gerade jetzt so unglücklich." Sie brach in Tränen aus.

Caro umarmte sie und erlaubte ihr, sich auszuweinen, bis sie aussprechen konnte, warum sie so furchtbar unglücklich war. „Ich habe Angst, dass John sich in die schöne Mrs. Weatherford verliebt hat. Er möchte mit ihr – und ihrem Jungen – jeden Tag zusammen sein. Und hast du die Art gesehen, wie sie ihn so bewundernd anschaut?"

„Verzeih mir, dass ich diese Gedanken in dir ausgelöst habe. Vermutlich liest du zu viel in die Dankbarkeit der Witwe hinein. Sie ist selbstverständlich Finchley dankbar für alles, was er für sie und den Jungen tut." Caro schürzte ihre Lippen. „Natürlich musst du zugeben, dass der Mann, den du geheiratet hast, *sehr* gut aussieht."

„Wie könnte ich das bestreiten? Ich habe ihn bewundert, lange bevor ich auch nur aus dem Schulzimmer herauskam."

„Dann ist es jetzt an dir, ihm deine weiblichen Reize bewusst zu machen."

„Wie meinst du, dass ich das tun soll?"

„Nicht schüchtern. Wenn ich wollte, dass der Mann, mit dem ich rechtmäßig verheiratet bin, in mein Bett kommt, würde ich ihm nie verbergen, dass ich ihn anziehend finde. Denke immer daran, dass Männer genauso gut mit einem Zaunpfahl schlafen würden, wenn es sie befriedigte. Du musst ihn wissen lassen, dass du eine Frau bist, bereit für seine Liebe. Sei besonders ehrlich."

„Ich kann doch nicht einfach sagen, *ich bin verrückt vor Liebe zu dir*."

Caroline schüttelte den Kopf. „Nein, sag das nicht. Sag etwas wie: *wenn ich nachts in meinem einsamen Bett liege, zittere ich vor Sehnsucht nach dir.*"

Margarets Wangen wurden heiß. „Das könnte ich nicht sagen!"

Caro sah ihrer Schwester fest in die Augen. „Sag mir die Wahrheit, hast du je in deinem Bett gelegen und warst vor Sehnsucht nach ihm ganz heiß?"

Margaret schluckte und nickte ernst.

„Ich verspreche dir, der Mann ist noch nicht geboren, der nicht freudig kommen würde, nachdem eine Frau so etwas gesagt hat. Männer sind genau dafür gemacht!"

Jetzt kicherte Margaret. „Und du weißt das, weil?"

Caro zuckte mit den Schultern. „Nicht aus erster Hand. Aber ich kann nicht leugnen, dass ich ein Pulsieren an einer unaussprechlichen Stelle fühle, wann immer ich mit einem bestimmten Mann zusammen bin."

„Christopher Perry?"

Mit mutwillig blitzenden Augen nickte Caro. „Ich will ihn haben. Ich habe vor, ihm einen Heiratsantrag zu machen."

„Sicher würdest du nicht so dreist sein, mit ihm über pulsierende Körperteile zu sprechen."

Ein verstohlenes Lächeln ließ Carolines Mundwinkel sich heben. „Als ich es gestern schaffte, ein paar Minuten mit ihm alleine zu sein, sagte ich – mit heiserer, atemloser Stimme: *„Wenn Sie mich so ansehen, fühle ich mich, als ob sie mir langsam alle Kleider ausziehen würden."*

„Das hast du nicht getan!"

„Und ob!"

„Und was hat er gesagt?"

Carolines Augen blitzen vor Vergnügen. „Es war nicht so sehr das, was er sagte, sondern wie ein bestimmter Körperteil von ihm reagierte."

„Er hob eine Braue?"

Caro lachte laut auf. „Ein Teil viel weiter unten."

„Ich verstehe nicht."

„Du bist viel, viel zu unschuldig. Weißt du nichts darüber, wie die ... herunterhängende Teile eines Mannes wie ein Kanonenrohr hochschnellen, wenn er erregt ist?"

Margarets Augen wurden rund. „Ich habe nie von so etwas gehört! Bist du sicher, dass du dir das nicht ausdenkst?"

Ihre Schwester schüttelte den Kopf. „Du musst lernen, geschickt darin zu werden, das untere Körperende eines Mannes zu beobachten. Dann kannst du feststellen, wenn ein Mann dich begehrt."

Margarets Mund stand offen. „Woher weißt du diese Dinge? Sicher hast du doch nicht ...?"

„Ich habe nicht, aber unsere liederlichen Brüder haben, bevor sie zur Armee gingen, mir alles Mögliche erzählt."

„Und du hast es mir nie verraten?"

Caro warf ihrer Schwester einen hochmütigen Blick zu. „Es sieht also so aus, als hätten wir beide Geheimnisse voreinander gehabt."

„Ich verstehe nicht, warum Harold und Compton dir von solchen Dingen erzählt haben, aber mir nicht."

„Du Gans. Weil sie wissen, wie zurückhaltend du bist. Aber wenn du Finchleys unsterbliche Liebe gewinnen willst, musst du deine Schüchternheit ablegen. Tue so, als wärest du ich. Dann sage ihm – am besten mit leiser, heiserer Stimme – dass du immer, wenn er in deiner Nähe ist, die erregendsten Gedanken hast. Und wenn er dich fragt, was für Gedanken, sagst du etwas wie: *ich denke an deine Hand unter meinen Röcken,* oder erzähle ihm, dass du davon träumst, völlig nackt neben ihm zu liegen."

Die Röte stieg wieder in Margarets Wangen auf. „Du weißt, dass ich so etwas nie sagen könnte."

„Du musst dich darin üben, so selbstbewusst zu sein wie ich. Tue so, als wärest du ich. Es wird nur einmal notwendig sein. Wenn er erst einmal mit dir geschlafen hat, bin ich sicher, dass er sich des großen Glücks bewusst sein wird, dich zur Frau zu haben, und er wird zum Sklaven seiner Liebe zu dir werden."

„Ich kann mir nicht vorstellen, dass John jemals zum Sklaven der Liebe zu irgendeiner Frau werden könnte."

„Du bist nicht fair zu ihm. Er hat sich unglaublich verändert, seit ihr geheiratet habt. Mr. Perry beklagt sich ständig, dass Finch immer weniger Zeit mit seinen Freunden verbringen würde. Er hat seit mehr als zwei Wochen nicht mehr bei Angelo gefochten oder bei Jackson geboxt."

Margaret runzelte die Stirn. „Weil er jeden Tag mit Mrs. Weatherford und ihrem Sohn Zeit verbringen will."

„Ich glaube, er erfüllt nur seine Pflichten als Vormund bei dem Jungen, und ich glaube auch, dass er zu der Erkenntnis gelangt ist, dass es im Leben Wichtigeres gibt als die ständige Suche nach Zerstreuung."

„Er ist abends nie bei mir. Er verbringt die Zeit lieber mit Mr. Perry und ihren anderen Freunden."

„Dann gib ihm einen Grund, die Nächte bei dir zu verbringen." Sie richtete einen nachdenklichen

Blick auf Margaret. „Du weißt, dass Liebespaare diese Dinge tun können, egal ob es Tag oder Nacht ist, oder wusstest du das nicht?"

„Ich bin kein kompletter Dummkopf."

Während sie weiterfuhren dachte sie über das nach, was Caro gesagt hatte. Bei ihr klang es so einfach, Johns Zuneigung zu gewinnen.

„Ich werde einen Teil der Ratschläge, die ich dir gebe, nutzen, um einen Heiratsantrag für Mr. Perry zu gestalten."

„Du wirst ihm wirklich sagen, dass er dich heiß macht?"

„Und ob ich das tun werde! Männer lieben diese Sorte von Intimitäten weit mehr als wir. Frauen werden von ihren Herzen gelenkt, Männer von ihren ..."

Margaret hob abwehrend ihre Hand.

* * *

Als sie am folgenden Tag zum Trent Square fuhren, hielt er sich wieder an die Sitte, neben seiner Frau zu sitzen. Er hatte sich daran gewöhnt, einen leichten Rosenduft mit ihr in Verbindung zu bringen. Das erinnerte ihn daran, wie seine schöne Mutter immer nach Lavendel duftete. Bis zu diesem Tag rief Lavendel glückliche Erinnerungen in ihm hervor, an den sanften Druck der Lippen seiner lieben Mutter auf seine Wangen, wie sie neben ihm am Bett saß, wenn er vor Fieber brannte. Der Geruch von Lavendel erfüllte ihn immer mit Glück.

Jetzt übte der Geruch von Rosen, von Maggies Rosen, eine ähnliche Wirkung auf ihn aus. Er stellte fest, dass er es genoss, mit ihr zusammen zu sein. Er bewunderte sie sehr. Er fühlte sich auch als ihr Beschützer, als ob er diese wundervolle Frau vor dem Wissen um alles

Schlechte auf der Welt bewahren wollte – und davor, von seinen eigenen Missetaten zu erfahren. Deshalb hatte er Moore bezahlt, um Berichte über seine eigenen Untaten zu unterdrücken. Komisch war jedoch, dass, seit er Maggie geheiratet hatte, eine wesentliche Änderung in seinem Verhalten eingetreten war. Er hatte wiederholt seinen Freunden versichert, dass Maggie nicht versucht hätte, ihn zu zähmen. Aber er musste zugeben, dass ihr Bruder etwas damit zu tun hatte.

Sein Blick fiel auf sie. Wie elegant sie in dem blauen Kleid aussah, das sie trug. Heute schienen ihre Augen zur Farbe des Kleides zu passen. Da das Wetter schön war, trug sie kein Schultertuch, keinen Umhang. Er konnte sich nicht davon abhalten, auf die vielversprechende Rundung ihrer Brüste zu schauen. Zuerst fühlte er sich schuldbewusst, als er diesen Teil von ihr betrachtete. Er befürchtete noch immer, dass Aldridge überall Spitzel hatte. Aber dann erinnerte er sich daran, dass Aldridge glaubte, dass sie das Bett teilten. John lachte innerlich bitter auf. Aldridge glaubte sogar, dass Margaret in ihn verliebt wäre!

Mit Maggie in der Kutsche zu fahren, hatte nur einen Nachteil. Jedes Mal, wenn nur sie zwei in einer Kutsche waren, erinnerte er sich an die Leidenschaft ihres ersten Kusses.

Und jedes Mal, wenn er in der Kutsche mit ihr saß, musste er ein starkes Verlangen bekämpfen, DEN Kuss zu wiederholen. Obwohl er sich geschworen hatte, sie nicht wieder so zu küssen.

„Glaubst du, dass Georgie groß genug ist, um ein Pony zu bekommen?", fragte er, vor allem, um einen Versuch zu machen, seinen Kopf von dem betäubenden Verlangen zu reinigen, das er für sie empfand.

„Bestimmt nicht! Er ist erst drei."

„Ich bin fast sicher, dass ich ein Pony hatte, als ich so alt wie er war, und ich würde Georgie natürlich nicht erlauben, ohne mich an seiner Seite loszugaloppieren."

„Sollten wir deine Großmutter fragen? Sie wird wissen, in welchem Alter du dein erstes Reittier bekommen hast, und außerdem haben wir sie seit mehr als einer Woche nicht gesehen."

„Ein ausgezeichneter Vorschlag." Er klopfte ans Dach der Kutsche und ließ den Kutscher zum Berkeley Square fahren.

Das Entzücken seiner Großmutter über ihren Besuch richtete sich hauptsächlich an Maggie. „Du siehst in Blau entzückend aus, meine Liebe, das tut sie doch, oder?" Dann geruhte Grandmère, ihn anzuschauen.

„Oh ja, in der Tat."

Margaret ging und setzte sich neben Grandmère auf das Sofa, dann setzte er sich neben Maggie und nahm ihre Hand in seine. Er konnte es am Gesichtsausdruck seiner Großmutter sehen, dass es sie freute zu sehen, dass sie liebevoll miteinander umgingen. „Maggie schlug vor, dass du uns eine Frage beantwortest."

Die alte Dame hob eine Braue. „Und was könnte das sein?"

„Kannst du dich erinnern, wie alt ich war, als ich das Pony bekam?"

„Und ob ich mich daran erinnere. Du warst genauso alt wie dein Vater, als er sein erstes Reittier bekam – entgegen meines ausdrücklichen Widerspruchs, dass mein Sohn zu jung wäre." Sie zuckte mit den Schultern. „Wenn es um ihr Viehzeug geht, wollen Männer ihren eigenen Kopf durchsetzen."

„Ich war drei, nicht wahr?"

Sie nickte ernst. „Viel zu jung, meiner Meinung nach, aber entweder dein Papa oder der Reitknecht rannten immer neben dir her."

Mit einem übermütigen Ausdruck auf seinem Gesicht beäugte er seine Frau.

„Warum all dies Interesse an Kindern?", fragte Grandmère, und dann breitete sich ein wundervolles Lächeln auf ihrem Gesicht aus. „Erzählt mir nicht, dass es Familienzuwachs geben wird!" Er hatte seine Großmutter noch nie so fröhlich klingen hören.

Sein Blick flog zu Maggie hinüber. Röte stieg in ihren Wangen auf, als sie beide verneinend den Kopf schüttelten.

Großmutters Gesicht verdunkelte sich.

Er fuhr damit fort, seiner Großmutter über sein Mündel zu berichten.

„Es tat mir sehr leid, als ich in der Zeitung von George Weatherfords Tod las", sagte sie. „Ich habe ihn nur das eine Mal getroffen, als er in Tolford Abbey bei uns zu Besuch war, und fand, er sei ein feiner junger Mann."

„Sie würden so stolz darauf sein, wie ernst John seine Aufgabe als Vormund des Jungen nimmt", sagte Margaret. „Er geht jeden Tag an den Trent Square, um mit allen Jungen dort Cricket zu spielen."

„Das ist das Haus für Offizierswitwen, das die Herzogin von Aldridge eingerichtet hat?"

Maggie nickte. „John verbringt inzwischen mehr Zeit dort als jede von uns."

Grandmère schenkte ihm mit leuchtenden Augen ein Lächeln. „Ich kann dir nicht sagen, wie glücklich ich bin, das zu hören. Du beweist erhebliche Reife."

Er warf Maggie einen dankbaren Blick zu. „Das erzählen meine Freunde mir auch andauernd."

„Dann ist das die beste Neuigkeit, die ich seit dem Tag eurer Hochzeit gehört habe." Seine Großmutter richtete einen sanften Blick auf Maggie.

Die alte Dame hatte ihr aus vollem Herzen kommendes Einverständnis mit Maggie als Gräfin nicht vor ihrem Enkel verbergen können. Es kam ihm in den Sinn, dass er das ganze Königreich hätte absuchen können, ohne eine bessere Frau als Maggie zu finden. Das hieß, wenn man denn verheiratet sein wollte. Was er ganz sicher nicht wollte. Aber wenn es sein musste, konnte er keine bessere finden als Maggie.

Er dachte an die Männer, die sie abgewiesen hatte, Männer, die sie hatten heiraten *wollen*. Waren sie verzweifelt? Das mussten sie sein. Dieses Wissen verschaffte ihm ein überlegenes Gefühl von Besitzerstolz. Er stand auf. „Wir müssen weiter, zum Trent Square." Er bot Maggie eine Hand.

„Ich hoffe, beim nächsten Mal, wenn ihr mich zusammen besucht, kommt ihr, um mir zu sagen, dass die Gräfin in anderen Umständen ist."

Die arme Maggie wurde puterrot.

* * *

Als sie mit der Kutsche weiter zum Trent Square fuhren, dachte Maggie ständig an das, was Caroline gesagt hatte. Waren es die aufreizenden Bemerkungen ihrer Schwester oder Johns Nähe, die dazu führten, dass Maggie ein Kribbeln an intimen Stellen fühlte? Und während der ganzen Zeit dachte sie daran, wie sie den Mut aufbringen sollte, sich so deutlich auszudrücken, wie Caro vorgeschlagen hatte.

Obwohl Caro sicher damit Recht hatte, dass solche Worte von einem Mann begierig aufgenommen werden würde, wusste Margaret doch, dass sie unfähig war, etwas von sich zu geben, was so offen erotisch war.

Nur ein einziges Mal hatte Margaret es geschafft, ihre eigene scheue Persönlichkeit zu unterdrücken und sich zu zwingen, sich so zu benehmen, wie sie dachte, dass Caro es tun würde. Sie musste zugeben, dass dieses Vorgehen überaus erfolgreich gewesen war. Sie hatte keinen Zweifel daran, dass ihr Erfolg ausschließlich ihrer Nachahmung von Caros Verhalten geschuldet war. Wenn die scheue Margaret versucht hätte, John dazu zu überreden, ihr zu erlauben, dass sie bei ihm einzog, würde sie noch immer das Schlafzimmer mit Caro am Berkeley Square teilen.

Margaret beschloss, dass sie, wenn es Abend wurde, den Mut, den sie während dieses Tages gesammelt hatte, zusammennehmen würde. Dann wollte sie ihre eigene Schüchternheit vergessen und mit ihm sprechen, wie Caro es vorgeschlagen hatte.

Morgen um diese Zeit hoffte sie, in jeder Weise verheiratet zu sein.

Als sie bei Nummer 7 ankamen, war Margaret überrascht, die schöne Kutsche der Herzogin nicht vor dem Haus zu sehen. Sie und Mrs. Leander sollten an diesem Morgen endgültig die neue Köchin aussuchen. Als Margaret und John das Haus betraten, eilte Clair herbei, um sie zu begrüßen. Margarets gesetzte, kluge Schwester hatte sich noch nie so überschäumend gezeigt. Sie flog die Treppen herab, ihr Haar flog in alle Richtungen und sie kicherte wie ein zehnjähriges

Mädchen. „Ihr werdet die wundervollen Dinge nicht glauben, die der heutige Tag gebracht hat!"

Margaret betrachtete ihre Schwester. „Es kann nicht sein, dass die Herzogin vier Monate zu früh entbunden hat, oder ich würde denken, dass das keine wunderbaren Nachrichten wären. Was ist so großartig und wundervoll?"

„Elizabeth ist bei Lady Haverstock."

„Sie bekommt ihr Kind?"

„Besser! Das Baby ist schon da. Lord Haverstock hat seinen Erben."

Margaret erinnerte sich an das letzte Mal, als die arme Lady Haverstock ein totes Kind zur Welt gebracht hatte. „Und das Kind ist wohlauf?"

Clair nickte. „Haverstock kam selbst heute Morgen eilends nach Aldridge House, um unserem Bruder zu erzählen, dass er der Vater des perfektesten kleinen Jungen ist. Ein Riesenbaby. Lord Haverstock meint, Lady Haverstock habe es zehn Monate lang getragen."

„Das sind wirklich wundervolle Neuigkeiten, nicht wahr, John?" Margaret sah zu ihrem Mann auf. Sie hatte wenig Zweifel, dass er diese Unterhaltung über Babys unglaublich langweilig finden musste, aber er bemühte sich, Interesse an dem Thema zu zeigen. „Ich freue mich sehr für Lord Haverstock. Welcher Mann wünscht sich keinen Sohn?"

Die Erwähnung von Mann und Sohn im selben Satz, der aus dem Mund ihres Mannes kam, ließ Margarets Herz rasen. War er nur höflich? Oder sehnte er sich nach einem Sohn? Hatte das Zusammensein mit der schönen Witwe und ihrem kleinen Jungen in John den Wunsch erweckt, eine Familie zu gründen? Mit ihnen? Würde John seinen eigenen Sohn mit Mrs. Weatherford haben wollen? Margaret wusste, dass die meisten Männer ihres Standes sich Mätressen hielten, die ihnen illegitime Kinder schenkten. Man sehe sich nur den Bruder des Prinzregenten an, den Herzog von Clarence. Er und die Schauspielerin Mrs. Jordan hatten zehn Kinder – die der Herzog alle offen anerkannte.

Eine Bewegung am oberen Ende der Treppe fiel Margaret ins Auge und sie schaute auf, um Caro graziös herabkommen zu sehen. „Hat dir Clair ihre eigenen umwerfenden Neuigkeiten erzählt?", fragte Caro, als sie die unterste Treppenstufe erreichte.

Aller Augen richteten sich auf Clair.

„Bevor er heute ins Unterhaus ging", sagte Clair, „kam Mr. Rothcomb-Smedley zu mir. Er hatte nicht schlafen können." Sie hob ihren Blick zu Caroline. „Es scheint, ich habe deinem Plan mit Mr. Perry viel zu verdanken. Mein lieber Richard sagte, dass er keinen ruhigen Moment mehr haben würde, bis ich nicht zustimmte, seine Frau zu werden."

Margaret flog ihrer Schwester um den Hals und erdrückte sie fast in ihrer freudigen Umarmung. „Das *ist* wundervoll! Ihr zwei seid füreinander gemacht."

John wartete, bis die Umarmungen alle beendet waren, und entbot dann seine Glückwünsche. „Ich nehme an, dass das heißt, dass Perry nicht länger vorgeben muss, Ihnen den Hof zu machen."

Clair nickte. „Ich muss ihm meinen Dank übermitteln. Ich verdanke diese Freude Mr. Perry."

Margaret zuckte mit den Schultern. „Ich vermute, Mr. Perry wird keinen Grund mehr haben, zu Almack's oder an andere solche Orte zu kommen."

Caro schaute sie böse an.

Aus Gründen, die Margaret selbst nicht verstand, fühlte sie sich dazu gereizt, ihre Lieblingsschwester zu ärgern – vielleicht, weil Caro so furchtbar belehrend war. „Du musst wissen, dass mein Mann und seine Freunde Gesellschaften und Bälle nicht genießen – nicht wenn das Zusammensein mit anderen Männern und ihre Unternehmungen ihnen so viel mehr Spaß machen."

Caro stampfte mit dem Fuß auf. „Ich weigere mich, das zu glauben – nicht, wo Mr. Perry doch so göttlich tanzt."

John warf den Schwestern einen fragenden Blick zu. „Perry tanzt göttlich?" Er begann zu lachen. „Verborgene Talente, muss ich sagen. Wartet, bis ich das Arlington und Knowles erzähle."

„Wir werden sehen", sagte Margaret zu Caro. „Mr. Perry wird dich vielleicht dennoch besuchen. Hast du mir nicht schließlich gesagt, dass Männer solche Themen, wie du zuletzt mit ihm diskutiert hast, genießen?" Wie schockierend, dass Caro Mr. Perry tatsächlich erklärt hatte, dass sie sich fühlte, als ob er ihr jedes Kleidungsstück ausziehen würde. Hatte sie kein Schamgefühl? Der bloße Gedanke ließ Margarets Wangen erglühen.

Dennoch bewunderte sie die Fähigkeit ihrer Schwester, dafür zu sorgen, dass sie bekam, was sie wollte. *Wenn ich doch nur mehr wie Caro sein könnte.*

Heute Abend werde ich das sein.

„Meine Güte", sagte Clair, „ich hoffe, dass Mr.

Rothcomb-Smedley nicht ihren Plan herausfindet, der ihn dazu veranlasste, mir einen Antrag zu machen, wenn Mr. Perry Caro weiterhin besucht."

Caroline setzte eine hochmütige Miene auf, als ihr Blick über sie alle schweifte. „Wenn Mr. Perry zeigen sollte, dass er an mir interessiert ist, werde ich ihn sagen lassen, dass er seine Zuneigung von der einen auf die andere Schwester übertragen hat."

John lachte wieder. „Perry war nie jemand, der sich herumkommandieren ließ, aber es liegt mir fern, wissen zu wollen, was in dem Kopf dieses Mannes vor sich geht. Wenn es um Perry geht, Lady Caroline, haben Sie mich schon einmal ins Unrecht gesetzt."

„Aber mein lieber Mann, meine Schwester ist deinem Freund mehr als gewachsen. Caro bekommt immer, was sie will."

Die Blicke der Schwestern blieben aneinander hängen.

Caroline warf ihren Kopf zurück und lachte. „Ha! Ich könnte nicht so eingebildet sein, dass ich versuchen würde, einen willensstarken Mann wie Mr. Perry zu manipulieren." Sie sprach offensichtlich zu John.

Und offensichtlich teilte sie auch den Respekt ihrer Schwester vor der Wahrheit nicht.

Inzwischen hatten sich mehrere der Witwen, vor allem die, die Söhne hatten, um sie herum versammelt, alle Jungen dazu, die begierig darauf waren, mit seiner Lordschaft Cricket zu spielen. Mrs. Weatherford drehte sich zu Clair um und knickste. „Erlauben Sie mir Ihnen zu Ihrer bevorstehenden Hochzeit zu gratulieren, Mylady. Ich hoffe, Sie werden in Ihrer Ehe so glücklich, wie ich es in meiner war."

So, wie die Witwe sprach, klang es, als würde sie ihren Mann noch immer lieben. War die Art, wie die Witwe sich zu John hingezogen zeigte, nichts anderes als ein eifersüchtiger Verdacht Margarets gewesen?

Als sich die Jungen um John sammelten, schaute Margaret ihm in die Augen. „Ich bin jetzt fort, um Klavierunterricht zu geben, und ich bin über dich verärgert, weil du mir Robbie gestohlen hast."

John zuckte mit den Schultern. „Kann ich etwas dafür, wenn die Jungen Cricket allem anderen vorziehen? Bei mir war es dasselbe, als ich noch ein Junge war."

„Und das ist es noch immer!" Sie hob sich auf die Zehenspitzen und hauchte ihm einen Kuss auf die Wange, bevor sie die Treppe hinaufging.

Clair sah zu Abraham, sprach aber, als hätte sie eine Ankündigung von großer Bedeutung zu machen. „Ich wollte sagen, dass ich gehe, um mit Carter am Haushaltsbuch zu arbeiten, aber mir scheint, der Schüler hat den Lehrer überflügelt."

„Das ist nicht wahr, Mylady", sagte Abraham Carter kopfschüttelnd. „Aber der Schüler hatte eine ausgezeichnete Lehrerin."

„Ich weiß aus eigener Erfahrung, was für ein guter Schüler Sie sind, Carter", sagte Mrs. Hudson. „Es gibt etwas, was ich mit Ihnen besprechen wollte. Würden Sie so freundlich sein, mich auf einen Spaziergang um den Platz herum zu begleiten?"

„Selbstverständlich, Madam."

* * *

Während seine Frau und ihre Schwester sich das neue Haverstock-Baby anschauen gingen, fuhr John nach Hause. Sanford kam ihm im Gang mit einem beunruhigten Gesichtsausdruck entgegen. „Ich hoffe, ich habe das Richtige getan, Euer Lordschaft. Ihre Besucherin bestand darauf, auf Ihre Rückkehr zu warten."

Eine Besucherin? Er hoffte zu Gott, dass es nicht Mary Lyle war. Etwas in dem verstörten Blick seines Butlers sagte John, dass dieser weibliche Besuch nicht von der Art war, den er gewöhnlich in einem eleganten Haus in Mayfair sah. „Wie ist der Name der Dame?"

„Miss Margaret Ponsby."

Kapitel 20

Er hatte an den Namen der alten Jungfer aus Windsor seit mehreren Wochen nicht mehr gedacht. Wie hatte sie ihn gefunden? Er war so vorsichtig gewesen, in dem Vertrag nur seinen Familiennahmen Beauclerc zu verwenden. Wie hatte sie erfahren, dass der Mann, den sie zu heiraten beabsichtigt hatte, der Earl of Finchley war?

Warum war sie heute gekommen? Plötzlich fiel ihm ein, dass die Frau die hundert Pfund, die er ihr versprochen hatte, nie erhalten hatte.

Er marschierte zur Bibliothek und öffnete die Tür. Sie hatte sich nicht hingesetzt, sondern betrachtete die Bücher in seiner Bibliothek. „Miss Ponsby?"

Sie drehte sich um. Die Frau war alt genug, um seine Mutter zu sein. Mit ihrem schwarzen Haar, das schon leicht mit grauen Fäden durchzogen war, war sie hässlich. Was für ein Gegensatz zwischen den beiden Margarets!

Seine Gedanken huschten zurück dazu, wie bestürzt er gewesen war, nachdem er Maggie geheiratet hatte. Jetzt wurde ihm klar, dass eine Höhere Macht gewusst haben musste, was an jenem Tag das Beste für ihn war und das makelloseste Geschöpf zu ihm geführt hatte, um seine Frau zu werden. Was hatte John je getan, um einen solchen Segen zu verdienen?

„Lord Finchley, ich glaube, sie haben sich des

Vertragsbruchs mir gegenüber schuldig gemacht."

„Bitte, nehmen Sie doch Platz."

Er sank auf einen Stuhl an seinem Schreibtisch und betrachtete sie. „Ich muss Sie um Verzeihung bitten. Ich bin verpflichtet, Ihnen einhundert Pfund zu zahlen. Sie sollen zweihundert bekommen. Es tut mir leid, dass Sie den ganzen Weg von Windsor herkommen mussten." Offensichtlich wusste die Frau, dass die Beauclercs die Earls of Finchley waren.

Sie schaute ihn böse an. „Ich will eine jährliche Rente."

„Ich bin kein reicher Mann. Der Grund, aus dem ich zu heiraten wünschte, war, das Geld meiner Großmutter in die Hände zu bekommen. Das ist mir nicht gelungen."

„Aber Sie haben jetzt eine Erbin geheiratet. Die Tochter eines Herzogs. Ich denke, Sie werden zahlen. Ich werde sonst Ihrer Großmutter – und dem Herzog von Aldridge – von Ihren Heiratsplänen erzählen."

Sie bluffte. Außer ihm selbst wusste niemand von diesem Plan als Maggie, Perry und sein Verwalter. Alle waren völlig vertrauenswürdig. Alles, was sie zu wissen meinte, war bloße Vermutung. Selbst, wenn sie den Nagel direkt auf den Kopf getroffen hatte. „Es steht Ihnen frei, das zu tun. Aber dann bekommen Sie von mir nicht einen Penny."

Ihre Schultern sanken hinab. Sie sah bemitleidenswert geschlagen aus. Er fühlte sich scheußlich, weil er vergessen hatte, ihr die hundert Pfund zu schicken. Sie sah aus, als könnte sie sie gebrauchen. „Es war unverzeihlich von mir, Ihnen das Geld nicht zu schicken." Er schloss die Schreibtischschublade auf, in der er

einen Beutel mit Sovereigns aufbewahrte.
Mindestens hundert Stück. „Bitte, Miss Ponsby,
nehmen Sie dies als Teilzahlung meiner Schulden
bei Ihnen an. Es sind hundert. Ich werde Ihnen
von meinem Verwalter noch in dieser Woche
weitere hundert nach Windsor bringen lassen."
Diesmal würde er die unglückliche Frau nicht
vergessen.

Er stand auf und ging zu ihr hinüber.

Sie stand auf, nahm den Beutel auf und
schickte sich an, den Raum zu verlassen. Als sie
die Tür erreicht hatte, drehte sie sich wieder um.
„Sie haben sich in Lady Margaret verliebt, nicht
wahr?"

Seine Augen weiteten sich. Und er nickte.

John Beauclerc, der Earl of Finchley, log
niemals.

* * *

Margaret und Caroline fuhren nach Haverstock
House, um das neue Baby zu bewundern. Die
Marquise, in weiße Spitzen gekleidet, saß von
Kissen gestützt in ihrem Bett, umgeben von
denen, die sie liebten. Der Marquis saß auf der
Bettkante und hielt die Hand seiner Frau. Lag es
am Sonnenschein, der durch die Fensterscheiben
hereinströmte und sie wie Götter in Renaissance-
Gemälden beleuchtete, oder glühten die beiden
tatsächlich, fragte Margaret sich.

Ihr Baby schlief in einer Wiege neben dem Bett
und Lady Lydia schenkte ihm ihre volle
Aufmerksamkeit.

„Du hast die Herzogin gerade verpasst", sagte
Lady Haverstock. „Sie war den ganzen Tag hier,
aber Aldridge bestand darauf, dass sie nach
Hause gehen und sich ausruhen solle."

„Mein Freund", erklärte Lord Haverstock, „sorgt

sich um das Kind, das meine Schwester trägt."

„Er ist genauso schlimm, wie Morgie es war", sagte Lady Lydia kopfschüttelnd.

„Wo *ist* Morgie?", fragte Lord Haverstock.

Lydia lächelte. „Er beschloss, dass er seinen Sohn auf eine Fahrt durch den Park mitnehmen wollte. Er würde es nicht zugeben, aber er ist furchtbar stolz auf den kleinen Simon."

Lord Haverstock verdrehte die Augen. „Er mag es nicht zugeben wollen, aber er ist der stolzeste Papa. Jeder bei White's weiß, dass das erste Wort des kleinen Kerls ‚Papa' war."

Jetzt verdrehte Lydia die Augen. „Ich wage zu behaupten, dass jeder es müde ist zu hören, wie unglaublich sportlich Simon ist, weil er so früh zu laufen begonnen hat."

Margaret kam näher, um sich an die Wiege zu stellen und das schlafende Baby zu betrachten. Wie seine Eltern hatte es dunkle Haare, nur waren die Strähnen viel feiner, wie Flaum. Er war so klein, obwohl er für ein Neugeborenes groß war. Er hatte auch nicht die rote Farbe, die für Babys frisch aus dem Mutterleib typisch war. Mit seiner weichen, hellen Haut sah er aus, als wäre er schon einen Monat alt. Er war unglaublich niedlich. „Ihr beide habt ein wunderschönes Baby."

„Danke", sagte die Marquise leise. Dann schaute sie zu ihrer Schwester. „Ich kann es nicht länger aushalten. Ich glaube, es ist mehr als eine halbe Stunde her, dass ich unser Lämmchen im Arm hatte. Bitte, bringe ihn mir."

Lydia strahlte. „Jede Entschuldigung dafür, ihn hochzunehmen, ist mir recht." Sie streckte ihre Arme aus und faltete eine dünne Decke um das Baby, hob ihn hoch, gurrte und gab ihm zarte

Küsse auf seinen Kopf, bis sie ihn seiner Mutter gab. „Es scheint erst letzte Woche gewesen zu sein, als Simon noch so winzig war."

Lady Haverstocks Gurren und Küssen des schlafenden Babys konnte man von Lady Lydias kaum unterscheiden, dachte Margaret. Was für eine schöne Mutter sie war, in ihren weißen Spitzen und den dunklen Locken, die sich um ihr schönes Gesicht ringelten. Das Bild, das sie abgab, als sie anbetend auf ihr Kind sah, mit ihrem Mann, der sich über die beiden beugte, war eines Raffaels würdig.

Wie gerne Margaret das Kind im Arm gehalten hätte! Aber Lady Haverstock hatte so lange auf diesen Tag gewartet, dass Margaret nicht das Herz hatte, ihn ihr abzunehmen. Vielleicht beim nächsten Mal.

„Ich hoffe, er wird das gute Aussehen seiner Mutter haben", murmelte Lord Haverstock.

Lady Haverstock schüttelte lachend den Kopf. „Ich wünsche mir, dass er das Ebenbild seines Vaters wird."

„Es ist unwichtig, was ihr beide wollt", tadelte Lydia.

Als sie dort im Schlafzimmer der Marquise stand, wurde Margaret von einem tiefen Gefühl der Leere ergriffen. Sie wollte, dass John sie so liebte, wie Haverstock seine Anna, wie Morgie Lydia liebte. Sie wollte einen Sohn, seinen Sohn, geboren aus ihrer Liebe. Wie bei den Haverstocks und Morgans. Als sie dort inmitten all dieses Glücks und dieser Freude stand, hatte sie sich noch nie so alleine gefühlt.

Als sie nach Finchley House zurückkehrte, sagte sie sich, dass dieser Schleier der Melancholie sich heben würde, wenn John zu

Hause wäre. Sie war entschlossen, sich so zu verhalten, als wäre sie Caro. Sie würde all ihren Mut zusammennehmen und ihm verraten, welches Verlangen sie durchströmte, wann immer sie mit ihm zusammen war. Sie wusste genug über Männer und ihre Bedürfnisse, um sich darüber im Klaren zu sein, dass es für einen Mann schwer sein würde, ein solches Angebot abzulehnen.

Als sie zu Hause ankam, war das Haus still. Sie stieg die Treppen zu ihrem Schlafzimmer hinauf, hörte aber kein Geräusch, was angedeutet hätte, dass John dort wäre.

Aus Gewohnheit ging sie zuerst in ihr Zimmer. Annie hatte eine Kerze neben dem Bett brennen lassen und ein Feuer knisterte im Kamin. Ihre Augen schweiften zu ihrem Ankleidezimmer – das an das Ankleidezimmer ihres Mannes grenzte. *Ich muss tun, was Caro tun würde.* Sie holte tief Luft, um Kraft zu schöpfen.

Mit frischem Mut schritt sie durch ihr Ankleidezimmer, durch seines und kam in sein Schlafzimmer, wo sein Kammerdiener dabei war, die Stiefel ihres Mannes vom Boden aufzuheben.

„Oh, Mylady, Sie haben seine Lordschaft gerade verpasst."

„Ist er ... schon ausgegangen?"

„Ja. Er sagte, ich brauche nicht auf ihn zu warten."

Jetzt fühlte sie sich noch einsamer, wenn das überhaupt möglich war. Ihre geheime Hoffnung, ihre Ehe in dieser Nacht zu vollziehen, waren zerstört.

* * *

White's war an diesem Abend schwach besucht. „Wo zur Hölle sind sie alle?", wollte John von Arlington wissen.

Knowles antwortete. „Das Unterhaus stimmt heute Abend über das Steuergesetz ab."

Obwohl er bisher wenig Interesse für das politische Geschäft gehabt hatte, war John sich bewusst, dass die Schwester seiner Frau bald mit dem mächtigen Mr. Rothcomb-Smedley verheiratet sein würde und John wollte nicht der Dummkopf der Familie sein. „Was sagt ihr dazu, dass wir heute Abend uns alle dort auf die Galerie setzen?"

Perry zog die Brauen zusammen. „Kennst du mich nicht schon seit zwei Jahrzehnten?"

„Allerdings", antwortete John.

„Und habe ich in diesen zwanzig Jahren jemals das geringste Interesse an Staatsangelegenheiten gezeigt?"

„Dein Interesse galt stets nur dem Spielen, Trinken und Herumhu..."

Knowles schnitt Arlington das Wort ab. „Jedenfalls hast du dich nie fürs Lernen interessiert."

Perry warf einen langen Blick zu der Pharo-Schachtel auf dem nächsten Tisch und schaute dann Knowles böse an. „Bitte, kläre mich auf, warum es für mein Leben notwendig ist, Latein zu sprechen. Oder Griechisch. Ich bin seit sieben Jahren aus der Universität und kann mich nicht an einen einzigen Moment erinnern, wo ich solches Wissen benötigt hätte."

Knowles zuckte mit den Schultern. „Es ist eine der notwendigen Fähigkeiten eines Gentlemans."

Perry lachte. „Ich wäre lieber ein Lebemann." Er wandte sich zu John und schaute ihn an. „Und als solcher habe ich für dich etwas besonders Schönes in petto, alter Junge."

„Und das wäre?"

„Wir fahren morgen alle nach Brighton, um das Steeplechase-Rennen von Brighton nach Hove zu sehen. Ich habe dort ein Haus für uns gemietet – und wir werden alle weibliche Gesellschaft haben, die ein Mann sich nur wünschen kann. Wusstest du, Finch, dass Mary Lyle sagt, dass sie dich wiederhaben möchte? Ich habe arrangiert, dass sie kommt."

„Und", fügte Arlington hinzu, „ich glaube nicht, dass Aldridge Spitzel an der Küste hat. Du kannst dich dort nach Herzenslust vergnügen."

Wenn er sich so vergnügen wollte.

Als John dort stand und auf seine langjährigen Freunde schaute, begann er, sich wie ein Außenseiter zu fühlen. Er wollte nicht nach Brighton fahren. Er wollte Mary Lyle oder Frauen ihrer Art nie wiedersehen. Er würde heute Abend viel lieber das Geschehen im Unterhaus beobachten, als hier bei Whites zu bleiben, um mit seinen ausschweifenden Freunden Brandy zu trinken und Pharo zu spielen.

Seit er ein Junge von acht Jahren war, hatte er sich von dem beliebten Christopher Perry herumkommandieren lassen. Das war vorbei.

Er machte einen tiefen Atemzug. „Wenn niemand mitkommen will, um sich die Abstimmung im Parlament anzusehen, gehe ich alleine."

Perry hob eine seiner Brauen. „Wir fahren morgen sehr früh nach Brighton ab."

John musterte Perry. „Ich komme nicht mit."

„Aldridge wird schon keine Spitzel in Perrys Quartier haben", sagte Arlington. „Wir werden dafür sorgen, dass die Frauen drinnen bleiben, wenn es das ist, was dir Sorgen macht."

Johns Blick schweifte über seine drei Freunde. „Mein Entschluss hat nichts mit dem Herzog von Aldridge zu tun."

Perry begann zu kichern. „Ich sehe schon. Du hast endlich mit Lady Finchley geschlafen."

„Und warum sollte ein Mann nicht mit seiner eigenen Frau schlafen?", konterte John. Es war nichts anderes als eine Lüge. Er belog Perry nicht, niemals. Aber an diesem Abend wollte er, dass Perry glaubte, dass er und Maggie auch in dieser so wichtigen Hinsicht verheiratet waren. „Ist euch nie der Gedanke gekommen, dass ein Mann der Zerstreuungen müde werden könnte?"

Er dachte an George Weatherford, daran, ein Vater zu sein. Er dachte an Rothcomb-Smedley und seine Pflichten im Parlament. Er dachte an die ernsthaften Männer wie Haverstock und Aldridge, von denen niemand bezweifeln konnte, dass sie ehrenwerte Männer waren.

Er fühlte sich weniger wie ein Mann als wie ein Junge.

„Ich möchte, dass meine Großmutter und meine Frau stolz auf mich sind. Ich habe sogar darüber nachgedacht, meinen Sitz im Oberhaus einzunehmen."

„Lege deine Hand auf seine Stirn", befahl Perry. „Finch muss vor Fieber irre reden."

„Ich habe mich nie wohler gefühlt. Ich habe mich entschlossen, mich wie ein Mann zu benehmen." Er wandte sich ab und ging.

Er schämte sich fast zuzugeben, dass er sechsundzwanzig Jahre alt war und noch nie genug Interesse an den Verhandlungen im Unterhaus gezeigt hatte, um wirklich einmal eine Sitzung in der St. Stephen's Kapelle im Palast von Westminster zu besuchen. Er verlief sich ein paar

Mal, bis er es schaffte, St. Stephen's zu finden und erstieg dann die Treppen zu der Galerie, wo er sich auf einen der letzten freien Plätze quetschte.   Unten   diskutierten   die Parlamentsmitglieder – manche lautstark – die Vorzüge des Steuergesetzes.

Er stellte fest, dass er Rothcomb-Smedley bewunderte. Der Mann konnte nicht älter als fünfundzwanzig sein und hatte schon eines der wichtigsten Ämter in der Regierung inne. Alles durch Entschlusskraft und edlen Charakter.

Flüchtig fragte John sich, ob nächstes Jahr zu dieser Zeit Rothcomb-Smedley und Lady Clair bereits einen Sohn haben würden. Wie reich ihr Leben dann wäre!

Vor allem im Vergleich zu Johns.

Während es unten etwas stiller wurde, wanderte sein Blick umher und traf auf den des Herzogs von Aldridge. Sein Schwager saß nicht mehr als zwanzig Fuß von ihm entfernt. Ihre Augen trafen sich. Der Herzog nickte, sagte dann etwas zu dem Mann neben ihm, der Platz machte. Aldridge bedeutete John, zu kommen und sich neben ihn zu setzen.

Er bat seine Nachbarn um Verzeihung und einen Moment später ließ er sich auf der Bank neben Aldridge nieder.

„Ich wusste nicht, dass Sie sich für Dinge wie Steuergesetze interessieren", sagte der Herzog.

„Meine Interessen scheinen sich zu verändern. Tatsächlich denke ich ernsthaft daran, meinen Sitz bei Ihnen im Oberhaus einzunehmen."

Langsam breitete sich ein Lächeln über dem Gesicht des Herzogs aus. „Ich werde Ihnen helfen, so gut ich irgend kann."

„So wie ich Ihnen."

Aldridge betrachtete ihn länger. „Dann sind Sie für die Steuererhöhung?"

„Wie könnte ich nicht, wenn sie so notwendig ist?"

Das Lächeln, mit dem Aldridge ihn jetzt bedachte, ließ John sich fühlen, als wisse er, was es hieß, gekrönt zu werden.

Nachdem die Stimmen gezählt und verkündet worden war, dass der Entwurf verabschiedet war, begannen alle Männer um sie herum mit zufrieden strahlenden Gesichtern die Hand des Herzogs zu schütteln. „Sie müssen sehr stolz sein", sagte ein Mann zu Aldridge, „da Sie ja die treibende Kraft hinter diesem Gesetz sind."

„Wellington wird Ihnen zu Füßen liegen", sagte ein anderer.

„Es ist sicherlich ein bedeutender Tag", sagte der Herzog.

John dachte an Rothcomb-Smedleys Heiratsantrag und an Haverstocks neues Baby. Und jetzt die erfolgreiche Verabschiedung des Steuergesetzes. Es war wirklich ein bedeutender Tag.

Gerne wäre er nach Hause geeilt, um die guten Nachrichten mit Maggie zu teilen. Sie würde so stolz auf den Erfolg ihres Bruders sein. Aber als er St. Stephan's verließ, war es nach drei Uhr morgens. Maggie würde schon in ihrem Bett liegen und schlafen.

Kapitel 21

Als sie am folgenden Morgen erwachte, überreicht ihre Zofe ihr eine Nachricht ihres Mannes. Obwohl sie nun fast seit zwei Monaten verheiratet waren, hatte sie noch nie seine Handschrift gesehen. Ein Lächeln kräuselte ihre Lippen, als ihr Blick über das Blatt flog. Seine Schrift passte genau zu der flotten, sorglosen, jugendlichen Art, die Johns Naturell ausmachte. Sie sah nicht anders aus als die eines sechzehnjährigen Jungen.

Liebste Maggie,

ich werde heute meinen Besuch am Trent Square verpassen, da es andere wichtige Angelegenheiten gibt, die meiner Aufmerksamkeit bedürfen. Ich gehe davon aus, dass ich den ganzen Tag unterwegs sein werde, aber ich möchte Dich bitten, Dich mit mir zum Abendessen im Hause meiner Großmutter zu treffen. Ich habe ihr einen ähnlichen Brief geschrieben und sie von meiner Absicht, den Abend mit den beiden wichtigsten Frauen in meinem Leben zu verbringen, informiert. Wenn alles gut geht, werde ich dann eine Ankündigung machen können, die Euch beiden Freude machen wird, wie ich hoffe.

Herzlichst

John

Es konnte ihr noch immer das Herz erwärmen,

dass sie der einzige Mensch war, der ihn John nannte und er der einzige, der Maggie zu ihr sagte. Wie ärmlich, dass sie sich über solch kleine Dinge freuen musste.

Die Freude, die sie angesichts der Nachricht ihres Mannes empfand, war jedoch keine geringe. Er hatte gesagt, sie sei eine der beiden wichtigsten Frauen in seinem Leben! Er wollte den ganzen Abend mit ihr verbringen. Weitere Steine wurden dem Fundament ihrer Ehe hinzugefügt.

Wie geheimnisvoll sein Brief war. Was für eine Art von Ankündigung könnte er machen wollen, die beiden Frauen gefallen würde? Hatte er den festen Vorsatz gefasst, nicht mehr hoch zu spielen? Hatte er – dem Tod seines verstorbenen Vaters eingedenk – beschlossen, keinen Alkohol mehr zu trinken? Obwohl sie gerne sein Versprechen gehabt hätte, dass er sich von leichten Mädchen fernhalten würde, kannte sie ihren Mann gut genug, um zu verstehen, dass er ein solches Thema nie in der Gegenwart seiner Großmutter diskutieren würde.

Es war wirklich unglaublich, wie sie gelernt hatte, ihn so gut zu verstehen. Sie war früher nie ein besonders intuitiver Mensch gewesen, aber bei ihm war sie es. Es war, als gäbe es zwischen ihnen eine Art magischer Verbindung. Sie konnte sich an keinen einzigen Moment erinnern, wo ihre Intuition sie bei ihm getrogen hätte.

Von Beginn an hatte sie seine tiefe Abneigung gegen die Ehe verstanden. Sie wusste, dass seine Freiheit, sich seinen Vergnügungen zu widmen, ihm sehr am Herzen lag. Sie hatte erkannt, dass er lieber mit seinen Freunden zusammen war, als sich in der feinen Gesellschaft zu tummeln.

Sie hatte auch verstanden, dass, obwohl er

seinen Ruf als Lebemann verdiente, seine innere Güte nicht zu den Handlungen passte, die sein Leben während des letzten Jahrzehnts bestimmt hatten. Seine Großmutter durchschaute das leichtsinnige Verhalten und sah den guten Mann, der er wirklich war.

Für Margaret hatte immer eine besondere Bindung zu ihm bestanden. Seit sie denken konnte, hatte sie sich zu ihm hingezogen gefühlt. Niemand, kein Hindernis, nichts hatte die Tiefe dieser Zuneigung je mindern können.

Sie wünschte, seine Großmutter könnte ihn mit Georgie und den anderen Jungen sehen. Etwas in ihr schmolz dahin. Wie sehr sie sich wünschte, dass er einen eigenen Sohn haben könnte. Was für ein wundervoller Vater er wäre. Seine Großmutter wusste das.

Jetzt wusste Margaret das auch. So sehr sie sich einen eigenen Sohn wünschte, noch leidenschaftlicher wollte sie, dass John Vater wurde.

Ich muss Caro nachahmen.

Die Möglichkeit, diesen Traum wahr werden zu lassen, lag in ihren Händen. Wenn sie ihn nur verführen könnte. Es wäre alle Tricks wert, wenn sie ihn dazu bekommen könnte, sie zu schwängern, denn er würde einen eigenen Sohn anbeten. Ebenso wie sie. Und Grandmère würde einen Urenkel vergöttern.

Nachdem sie sich angekleidet hatte, huschte sie nach unten und fand Mrs. Primm. „Wissen Sie, ob wir Champagner in Finchley House haben?"

„Ich glaube, im Weinkeller steht noch eine Kiste."

„Bitte lassen sie sie zum Haus der verwitweten Lady Finchley am Berkeley Square bringen,

zusammen mit der Nachricht, dass Lady Finchley
sie für die Feier am heutigen Abend geschickt
hat."

So entschlossen Margaret war, sie wusste, dass
sie alle Hilfe brauchen konnte, die zu haben war.

* * *

Es war das erste Mal seit Wochen, dass sie zum
Trent Square kam und ihren Mann nicht dort
fand. Alle Jungen waren furchtbar enttäuscht.

Ebenso Mrs. Weatherford, dem enttäuschten
Blick auf ihrem Gesicht nach zu urteilen. „Ich
denke", sagte Mrs. Weatherford, „dass ich genug
über Cricket gelernt habe, um sie heute mit nach
draußen zu nehmen."

„Es ist ein wunderschöner Tag", sagte
Margaret.

„Kommen sie mit uns, oder ist heute Ihr Tag
für den Klavierunterricht."

„Es ist Klaviertag", sagte Margaret und tat, als
bedauere sie das.

Mikey kam auf sie zu gerannt, seine kleinen
Arme in die Luft gereckt. Obwohl er Margaret über
alles liebte, wusste sie doch, dass er vor allem
hoch in die Luft geschwungen werden wollte. Sie
umarmte ihn einen Moment lang fest, bedeckte
seine Wangen mit Küssen und wirbelte ihn dann
durch die Luft, bis er quietschte.

Seine Mutter stand da und beobachtete das mit
einem Lächeln auf ihrem Gesicht.

Margaret setzte ihn ab und betrachtete seine
Mutter. „Wie ist die neue Köchin?"

„Wir sind sehr zufrieden mit ihr."

Margaret half Mrs. Weatherford, die Cricket-
Ausrüstung, die John im Haus gelassen hätte,
zusammenzusuchen und alle Jungen hinüber in
den Park zu bringen.

Als sie wieder ins Haus zurückkehrte, kam Mrs. Hudson die Treppe herabgestiegen, mit einem träumerischen Ausdruck auf ihrem Gesicht.

Aus einem unerfindlichen Grund schweifte Margarets Blick zu der linken Hand der Witwe. Jeden Tag, seitdem die beiden Frauen sich vor einem Jahr kennengelernt hatten, hatte Mrs. Hudson dort den einfachen, goldenen Ehering ihres verstorbenen Mannes getragen.

Aber heute nicht.

Margaret sah lächelnd zu ihr auf.

„Düfte ich kurz mit Ihnen sprechen, Mylady?"

„Möchten Sie einen kurzen Spaziergang entlang der Straße machen?", fragte Margaret. „Es ist ein so wundervoller Tag."

„Ja, das würde ich gerne." Ihr Blick wanderte zu Carter. „Würden Sie nach Louisa sehen?"

Er schaute sie mit ähnlich verträumtem Gesichtsausdruck an. „Das brauchen Sie doch nicht zu fragen."

„Ich bin so glücklich, Carter in Louisas Leben zu haben. Kein leiblicher Vater könnte liebevoller sein."

Die Frauen verließen Nummer 7 und begannen, vor den Häusern um den Platz zu spazieren.

„Ich wollte, dass Sie die erste sind, die es erfährt", sagte Mrs. Hudson.

„Dass ich Recht damit hatte, dass Abraham Carter Sie liebt?"

Mrs. Hudson nickte scheu. „Nachdem Sie an jenem Tag mit mir gesprochen hatten, wurde mir klar, dass meine Gefühle für ihn sehr ... zart waren."

„Aber Sie waren beide zu schüchtern, diese Gefühle offen auszusprechen."

Die andere Frau nickte ernst. „Er hat so eine anständige Haltung, ich wusste, er würde nie den ersten Schritt machen."

„Also was haben Sie getan?"

„Ich habe zu Gott gebetet, dass er mir den Mut geben möge, ihm meine Gefühle zu eröffnen. Ich habe das, was ich sagen wollte, tagelang geübt. Und schließlich sagte ich mir, dass ich die Schlüssel zu meinem Glück in meinen Händen hielt. Wenn ich es unterließe, etwas zu tun, würde ich uns alle drei bestrafen, würde uns um alle Dinge bringen, die ich einmal mit dem lieben Harry teilen durfte."

„Also haben Sie endlich erkannt, dass Sie dazu bestimmt sind, wieder zu heiraten?"

Mrs. Hudson nickte. „Ich kann mir keinen besseren Mann als Abraham vorstellen, mit dem ich eine Ehe eingehen könnte."

„Das ist er, in der Tat." Margarets Schritte verlangsamten sich. „Demnach hat der Herr Ihnen den Mut gegeben? Bitte, wie haben Sie das geschafft?" Vielleicht konnte Margaret von dieser Frau etwas lernen.

„Zuerst musste ich es einrichten, mit ihm alleine zu sein." Sie schluckte. „Da Sie eine verheiratete Frau sind, kann ich Ihnen sagen, dass ich mich mit körperlicher Nähe auskenne, nachdem ich schon einmal verheiratet war. Ich weiß, wie man die Reaktion eines Mannes darauf einschätzen kann."

Das war genau die Art von Information, die Margaret hören wollte. „Bei einem wahren Gentleman muss oft die Frau den ersten Schritt machen." Margaret dachte an DEN Kuss. So sehr John ihn genossen hatte – und daran hegte sie keinen Zweifel – hatte er doch nicht die Initiative dazu ergriffen. Das würde er auch nicht. Er respektierte sie viel zu sehr. Um so schlimmer. „Was haben sie denn gemacht?"

„Zuerst bat ich ihn, mit mir einen Spaziergang zu machen, so wie Sie und ich jetzt. Ich sagte ihm, ich müsste etwas wegen der Haushaltsbücher mit ihm besprechen. Dann arrangierte ich es, dass ich meinen Arm durch seinen schob. Das war das erste Mal, dass wir uns in nahezu einem Jahr, seit wir uns zuerst getroffen haben, berührten. Trotzdem, es war steif und irgendwie formell." Die Witwe errötete. „Dann, und es macht mich verlegen, es ihnen zu gestehen, aber ich habe es so eingerichtet, dass mein Busen ihn seitlich berührte."

Margaret überlegte, ob Mrs. Hudson dann den unteren Teil von Abrahams Körper beobachtet hatte, um zu sehen, ob dort dieser Kanonenrohreffekt zu sehen war, von dem Caro erzählt hatte.

„Ich ... ich denke, er fühlte sich von meiner Nähe nicht unberührt."

Also hatte sie genau an diese Stelle geschaut! Wirklich, Margaret hätte nicht an die intimen Stellen ihres früheren Dieners denken sollen.

„Nachdem ich die Lieferungen besprochen hatte, die an dem Tag zu bezahlen waren, kehrten wir wieder nach Nummer 7 zurück. Als wir die Stufen am Eingang erreicht hatten, hielt ich an. Ich hob mich auf die Zehenspitzen und hauchte ihm einen Kuss auf die Wange.

„Sagten Sie irgendetwas?"

„Ich dankte ihm dafür, dass er der wichtigste Mann in meinem Leben wäre."

„Und er ließ Sie einfach so ins Haus gehen?"

Ein Lächeln erhellte Mrs. Hudsons Gesicht. „In

der Tat, nein. Er sagte zu mir, dass ich die wundervollste Frau wäre, die er je kennengelernt hätte und wenn ich nicht noch um meinen Mann trauern würde, wollte er gerne für immer für mich sorgen."

„Also werden Sie heiraten?"

Die Witwe nickte glücklich. „Wir wollten damit warten, es den anderen zu sagen, bis ich die Gelegenheit hatte, mit Ihnen zu sprechen." Mrs. Hudson ergriff Margarets Hand. „Wir schulden Ihnen unser Glück."

Margaret hielt beide Hände der anderen Frau fest. „Wahre Liebe wie die Ihre hätte schon einen Weg gefunden, aber ich freue mich, dass ich es beschleunigen konnte. Ich kann nicht sagen, wie sehr es mich freut. Ich weiß, dass Sie beide zusammen sehr glücklich sein werden."

* * *

Später am Tag ließ Margaret ihren Kutscher am St. George's Square anhalten. Sie dachte ständig an die Worte Mrs. Hudsons, dass der Schlüssel ihres Glücks in ihren Händen läge. Genau wie bei Margaret. Wie Mrs. Hudson musste sie um den Mut beten, John zu der Einsicht zu verhelfen, wie gut eine Ehe zwischen ihnen sein könnte.

Es war jetzt in der Kirche viel wärmer, als es an jenem Tag gewesen war, dem Tag ihrer Hochzeit mit John. Damals war es kalt gewesen.

Wie an jenem Tag hatte sie die Kirche für sich alleine und wie an jenem glücklichen Tag ging sie zu den Kerzen an der Seite der Kirche hinüber, entzündete eine und kniete dann zum Gebet nieder.

Lieber Gott, Du hast mir einmal den Mut gegeben, mich wie meine Schwester zu benehmen und das hat mir meinen größten Wunsch erfüllt. Jetzt bitte ich wieder, dass Du mir die Fähigkeit gibst, mit meinem Mann so zu sprechen, wie eine richtige Ehefrau es tun sollte. Ich bete um den gesegneten Vollzug dieser Ehe, die ich mir mein ganzes Leben lang gewünscht habe – und von der ich weiß, dass sie auch für ihn gut sein kann. Ich bitte um all dies in Deinem Namen.

* * *

Margaret hatte nicht vor, etwas dem Zufall zu überlassen, als sie das Kleid für die geheimnisvolle Feier an diesem Abend auswählte. Sie trug das Kleid, das sie als ihr Brautkleid bezeichnet hatte. Es war das, was sie für den Ball der verwitweten Lady Finchley hatte anfertigen lassen. Es war das, das sie in dem Moment getragen hatte, als sie und John das einzige Mal sich leidenschaftlich geküsst hatten.

Ihren einzigen Kuss.

Sie erinnerte sich noch daran, wie anerkennend er sie an jenem Abend angesehen hatte, erinnerte sich noch an ihre aufgeregte Freude über seine ernst gemeinten Komplimente. Es war die romantischste Nacht ihrer Ehe gewesen.

Heute sollte es noch romantischer werden.

Nachdem sie angekleidet war, legte ihre Zofe ihr die Diamantenkette um den Hals und trat zurück, um ihre Herrin zu betrachten. „Oh, Mylady, Sie sehen wunderschön aus!"

Margaret wusste, dass sie nicht besser aussehen konnte.

Sie stand auf und warf einen langen Blick in ihren Spiegel.

Jede einzige Waffe in diesem Liebeskrieg würde genutzt werden.

Einschließlich Champagner.

Kapitel 22

„Wie wundervoll du aussiehst, meine Liebe", rief die Witwe aus, als Margaret in ihren Salon rauschte. „Bitte komm, setz dich zu mir." Sie klopfte auf das seidenbezogene Sofa, auf dem sie saß.

„Ich wollte für diesen Anlass mein bestes Kleid tragen."

„Es ist das, das du auf dem Ball hier getragen hast, nicht wahr?"

Margaret nickte.

„John Edward konnte den ganzen Abend seine Augen nicht von dir abwenden. Selbst als er mit deinen Schwestern tanzte, war es immer das Bild deiner Schönheit, das den ganzen Abend seine Aufmerksamkeit anzog."

„Ich wünschte, ich hätte das gemerkt." Sie hatte sich nie schöner gefunden als an jenem Abend. Sie hatte gewusst, dass John sie hübsch fand, hatte gewusst, dass er sie begehrenswert fand. Heute wollte sie all diesen Zauber zurückholen.

Und einen Schritt weitergehen.

„Ich nehme an, dass John Edward bald eintreffen wird?"

„Ich weiß nicht mehr als du."

Die Augen der alten Dame weiteten sich. „Dann weißt du auch nicht, was die Überraschung sein soll?"

Margaret schüttelte den Kopf. „Ich tappe völlig

im Dunklen."

„Aber du erwartest eine schöne Ankündigung?"

„Ja. Ich weiß nicht, was es ist, aber ich weiß, wie sehr sich vieles bei ihm in den letzten beiden Monaten geändert hat. Ich glaube, er *wird* dich stolz auf ihn machen."

„Ich nehme nicht an, dass *du* etwas anzukündigen hast?"

Margaret schüttelte traurig ihren Kopf. „Nichts könnte mich glücklicher machen." Nun, da war etwas ...

„Möchtest du Champagner trinken?"

„Ja, und ob."

„Wie rücksichtsvoll von dir, ihn für unsere Feier zu schicken. Worum es sich auch immer handeln mag."

Als Margaret ihr erstes Glas Champagner getrunken hatte, hörte sie die schweren Schritte eines Mannes im Gang. Johns Schritte. Sie hatte gelernt, seine Tritte von denen aller anderen Männer zu unterscheiden. Ihr Herz raste, als sie die Tür beobachtete.

Obwohl er sich nicht zum Dinner umgekleidet hatte, sah er doch in seinen taubengrauen Hosen und dem dunkelblauen Jackett teuflisch gut aus. Der leichte Hauch dunklen Bartwuchses auf seinem Gesicht ließ ihn so männlich wirken, das ihr Herz noch lauter klopfte.

Er stand im Türrahmen und ließ seinen Blick über den Raum schweifen, bis er auf ihr zu ruhen kam. Sein Gesichtsausdruck wechselte von gleichmütig zu gefühlvoll. Seine dunklen Augen glühten, als sie über sie hinwegglitten. Dann schaute er auf. Ihre Augen trafen sich und er lächelte. „Wie schön du aussiehst."

„Danke", murmelte sie.

„Du kommst gerade pünktlich zum Dinner", sagte die Witwe. „Bitte, hilf einer alten Dame hoch."

Er eilte zu seiner Großmutter und war ihr behilflich. „Es wird mir eine Ehre sein, euch beide hübschen Damen zum Esszimmer zu begleiten."

Als sie sich in diesen Raum begaben, sagte die Witwe: „Willst du nicht fragen, was wir essen werden?"

„Ich nahm an, dass meine Großmutter ihrem Enkelsohn sein Lieblingsessen servieren lassen würde."

Margaret fühlte sich kurz ausgeschlossen. Dies war endlich etwas, was sie nicht intuitiv über ihren Mann wusste.

Die alte Frau seufzte. „Ich scheine dich nie überraschen zu können. Du liest in mir wie in einem Minerva-Roman."

Die Witwe hatte die Stühle so arrangieren lassen, dass sie ein gemütliches Essen einnehmen konnten und nicht über die Länge des Tischs einander zurufen mussten. Margaret saß links von John, seine Großmutter rechts.

„Wusstest du, dass deine Frau eine Kiste Champagner für uns heute Abend herübergeschickt hat?"

Johns blitzende Augen trafen die Margarets. „Danke, dass du daran gedacht hast."

Ein Diener begann, jedem ein Glas Champagner einzuschenken, als ein anderer eine Terrine klarer Schildkrötensuppe hereinbrachte.

Als ihre Schalen gefüllt waren, wandte sich die Witwe an ihren Enkel. „Nun, John Edward, ich kann nicht länger warten. Was ist die wunderbare Neuigkeit, die du uns mitteilen willst?"

* * *

Er holte tief Luft. „Ich hoffe, dass sie euch beiden Freude macht." Sein Blick ruhte auf seiner Großmutter. „Du hast mir seit einiger Zeit ans Herz gelegt, etwas Reife zu zeigen."

„Ich will nicht, dass du vor deiner Zeit stirbst, wie dein leichtsinniger Vater."

Er nickte und wandte sich dann zu Maggie. Ihr süßes Gesicht wurde von dem weichen Licht der Kerzen auf dem Leuchter, der über ihnen hing, erhellt. „Und du sagtest vor einiger Zeit etwas, das zu einer Idee führte, die sich bei mir festsetzte."

Ihre Brauen hoben sich fragend.

Er tätschelte ihre Hand. „Du bist eine viel zu perfekte Ehefrau, um zu versuchen, mir etwas zu befehlen. Du sagtest nur ..."

„Du würdest ein großartiges Mitglied des Parlaments sein können?"

Ein Lächeln breitete sich auf seinem Gesicht aus. Diese Frau, die ihn so durch und durch kennengelernt hatte, konnte sogar seine Sätze beenden. „Ja."

„Soll das bedeuten ...?" Seine Großmutter musterte ihn und ihre hellen Augen glänzten vor Freude.

Er nickte verlegen. „Ich habe den Tag damit verbracht, mich darüber zu erkundigen, wie man es anstellt, ein bedeutungsvolles Mitglied des Oberhauses zu werden." Er schaute wieder zu Maggie. „Ich habe den Morgen bei deinem Bruder begonnen. Er war unglaublich hilfreich. Dann habe ich mich mit Lord Haverstock getroffen."

„Zwei der besten Männer im Königreich", sagte die Witwe.

„Seit ich dich geheiratet habe", sagte er zu Maggie, „ist mir bewusst geworden, dass es wichtigere Dinge gibt, als ständig nur an sein

Vergnügen zu denken. Wenn ich nur halb so gewissenhaft sein könnte, wie dein Bruder oder Lord Haverstock, würde ich mich für erfolgreich halten."

„Ich weiß, dass du das schaffen wirst, mein Junge. Ich habe immer gesagt, du hast Ehre im Leib."

Maggie nippte an ihrem Champagner. „Deine Großmutter hat Recht."

Ein Diener betrat das Zimmer, der ein abgedecktes Tablett trug.

„Was ist dein Lieblingsessen, Liebster?", fragte Maggie.

Er hatte sich schließlich daran gewöhnt, Maggies Liebster zu sein – so sehr gewöhnt, in der Tat, dass er enttäuscht wäre, hätte sie es unterlassen, ihn so anzureden. „Und ich dachte, du wüsstest alles über mich."

„Du musst zugeben, dass du noch nie viel Interesse daran gezeigt hast, mit deiner Frau zusammen zu essen."

„Du bist ein Engel, dass du es mit mir aushältst."

Sie stellte ihr Champagnerglas hin. „Ich liebe es, mit dir verheiratet zu sein."

Maggie log nie. Konnte sie wirklich meinen, dass sie es liebte, verheiratet zu sein? Sein Herzschlag wurde wild. Sollte das etwa bedeuten, dass sie ihn liebte?

Zu lange hatte er geleugnet, wie sehr er sich von dieser Frau, die er geheiratet hatte, angezogen fühlte. Es gab keine Frau auf der Welt, die er ihr vorzog. Als er gesagt hatte, sie sei die perfekte Frau, hatte er die Wahrheit gesagt.

Er dachte auch an sie, wie sie mit Mikey umging. Gott, er wollte, dass sie einen eigenen

Sohn hätte. Seinen Sohn. Gott, er wollte sie in jeder Weise als seine Frau haben.

Sie holte tief Atem. „Erlaube mir zu raten. Hummer."

Er kicherte und warf dann seiner Großmutter einen Blick zu. „Diese Frau, die ich geheiratet habe, kennt mich noch besser als du. Manchmal glaube ich, sie kann meine Gedanken lesen."

„Das, mein Junge, ist in guten Ehen so. Du wirst auch noch so weit kommen, ihre Gedanken lesen zu können."

Es war eine Fähigkeit, die er zu erlernen zu beginnen schien.

Er hob den Deckel von dem Tablett und fing an, die Platte mit dem Hummer herumzureichen.

„Ein Mann, der ein wichtiges Mitglied des Parlaments sein will, braucht ein Vermögen zu seiner Verfügung", sagte Grandmère.

Was zum Teufel wollte sie damit sagen? Wollte sie *nicht*, dass er ins Oberhaus ginge? Er schaute sie unter zusammengezogenen Brauen an.

„Ich werde morgen meinen Anwalt herbestellen, damit ich meinem liebsten Enkel eine großzügige Summe überschreiben kann."

Die Luft, die er angehalten hatte, zischte förmlich nach draußen. „Ich wäre dir sehr dankbar dafür und schwöre, dass ich keinen Penny verschwenden werde."

Grandmères kleiner rosa Mund verzog sich zu einem Lächeln und ihre blauen Augen funkelten befriedigt. „Ha, mein Junge, das ist eine Premiere."

„Was?"

„Du hast geschworen. Bei deiner ehrlichen Art ist das so gut wie ein unterschriebener Vertrag."

Während des Essens füllte er ständig das

Champagnerglas seiner Frau nach und erinnerte
sich die ganze Zeit daran, wie sie letztes Mal große
Mengen von Champagner genossen hatte. Sie
hatte ihn gebeten, sie zu küssen. Er wollte sie
wieder küssen.

Kein Kuss hatte ihn je so angerührt wie DER
Kuss. Als das Essen beendet war, konnte er an
nichts anderes denken als mit Maggie in der
Kutsche alleine zu sein. Sie zu küssen. Sie zu
lieben.

* * *

Maggie war nicht so beschwipst, wie sie es beim
ersten Mal gewesen war, als sie reichlich
Champagner zu sich genommen hatte, aber er
fühlte sich doch veranlasst, sie zu stützen, als sie
zu ihrer Kutsche gingen. Drinnen rutschte sie so
dicht zu ihm herüber wie möglich.

Endlich. Sie waren allein in der Kutsche. Als er
dort saß und nachdachte, wie er den ersten
Schritt machen sollte, überraschte seine Frau ihn.
Ihre Hand legte sich auf die inneren Muskeln
hoch an der Innenseite seines Oberschenkels und
fing an, aufreizend im Kreis zu streicheln.

Sein Atem ging heftig. Er war sofort erregt.

Ihre Lider hoben sich und sie sprach mit
weicher Stimme: „Magst du mein Kleid?"

„Es ist schön. Du bist schön."

„Solche Kleider laden zu näherer Betrachtung
ein. Ich würde gerne deine Lippen an meinem
Hals, meiner Brust ... und tiefer spüren", sagte
sie, und es war nur noch ein verführerisches
Flüstern.

Er stöhnte auf und riss sie für den
leidenschaftlichsten Kuss seines Lebens in seine
Arme. Ihr Mund öffnete sich bereitwillig, begierig,
und er verlor sich in wirbelnden Gefühlen nahezu

unerträglicher Lust.

Seine Lippen glitten über ihren eleganten Hals, ihre weichen Schultern, dann tiefer. Er schob das Mieder ihres Kleids nach unten und legte eine Brust frei. Ihr Atem stockte, als sein Mund sich über einer harten Brustwarze schloss.

Er hätte vor Verlangen verrückt werden können.

Als die Kutsche Augenblicke später vor ihrem Haus vorfuhr, brachte er ihr Kleid in Ordnung und dann schlang sie beide Arme um ihn. „Lady Finchley lädt Lord Finchley in ihr Bett ein."

Er konnte nicht glauben, dass dies seine Maggie war. Seine scheue Frau. Er schwor, dass ihm der Champagner nie mehr ausgehen sollte. Er hatte sich niemals etwas mehr gewünscht, aber ... „Ich würde nicht gerne eine Frau ausnutzen, die zu viel Champagner getrunken hat."

Ihre Hand legte sich über die Schwellung in seiner Hose und sie sagte heiser: „Ich habe den Champagner genau deshalb getrunken, damit so etwas passiert."

Er griff nach ihrer Hand. „Du bist wirklich die perfekte Ehefrau.

* * *

Kaum, dass sich die Tür zu ihrem Schlafzimmer hinter ihnen geschlossen hatte, warf sie sich in seine Arme. Als er dort stand und sie fest umfangen hielt, wusste er, dass dies der Ort war, wo er am liebsten sein wollte, sie die Frau war, die er am meisten lieben wollte. „Wir sollten ein so schönes Kleid nicht zerdrücken. Erlaube mir, dir aus deinem Kleid zu helfen."

Er hätte es vorgezogen, sie langsam zu entkleiden, jedes köstliche Stück von ihr in kleinen Schritten zu enthüllen, aber er befürchtete, er könne vor Verlangen explodieren. Er lockerte ihr Kleid, bis es zu ihren Füßen zusammenfiel, dann begann er, ihr Korsett aufzuschnüren. Als ihre Brüste heraushüpften, keuchte er auf, schwang sie auf seine Arme und trug sie mit großen Schritten zum Bett.

„Möchtest du, dass ich die Kerze ausblase?", fragte er leise, während sein erhitzter Blick über die weichen Kurven ihres seidigen Körpers schweifte. Sie war die schönste, begehrenswerteste Frau, die er je gesehen hatte.

„Sobald ich deine Kanone gesehen habe."

Kanone? Wovon zum Teufel sprach sie? „Meine Kanone?"

Mit glühenden Augen nickte sie langsam. „Caro sagt – nicht aus eigener Erfahrung, natürlich – dass, wenn ein Mann eine Frau begehrt, sein Ding wie eine Kanone nach oben schnellt."

Trotz der Zartheit des Moments brach er in herzliches Gelächter aus.

Er kam noch näher und nahm ihr hübsches Gesicht ehrfürchtig in seine Hände, als er sanft antwortete: „Ich liebe es, wenn meine Frau Champagner trinkt. Ich liebe es, wenn meine Frau ihre Schüchternheit ablegt und offen spricht. Und ich liebe es, wenn meine Frau scheu ist. Ich glaube, ich bin so weit, dass ich alles an dir liebe."

Die Vorstellung, wie eine Jungfrau auf sein von Verlangen angeschwollenes Glied schauen würde, störte ihn. Er musste bei einer Unschuld wie ihr langsam vorgehen. Selbst, wenn sie die begehrenswerteste Frau war, die er je gekannt hatte. „Ich schlage vor, dass wir die Kerze ausblasen. Dann ziehe ich mich aus. Und dann hat Mylady die Erlaubnis, meine Kanone zu *spüren.*"

Mit Augen, deren Lider vor Leidenschaft schwer waren, nickte sie.

Bald lag sein nackter Körper ausgestreckt neben ihr, während er sie in die Arme nahm und gierig küsste. Er genoss das Gefühl, wie der schlanke Körper seiner Frau an seinen gepresst neben ihm zu spüren war.

Er drückte sie vorsichtig rücklings in die Kissen und drängte sacht ihre Schenkel auseinander, legte sich dann über sie. Er ergriff ihre Hand und führte sie so, dass sie sein Glied halten konnte und ihre Finger schlossen sich instinktiv darum.

Seiner unschuldigen Frau gelang es, genau jene besondere Stelle zu finden, von wo sie beide an einen Ort aufstiegen, der tausend Mal wundervoller war als ein Gewinn beim Spiel.

Lange danach hielt er sie noch im Arm und wünschte sich nur zu sehr, dass diese Nacht nie enden würde. „Danke, meine Liebe, dafür, dass du die perfekte Ehefrau bist."

* * *

Seine Worte hatten sie schließlich aus der Wolke unvorstellbarer Seligkeit gerissen. Sie legte zärtlich ihren Kopf auf seine Brust und küsste die dunklen Haare, die dort verstreut wuchsen. Dann murmelte sie: „Wenn du mich deine Liebe nennst, was meinst du damit?"

„Ich denke, es bedeutet, dass du meine Liebe bist."

„Ist das dasselbe, wie zu lieben?"

„Bis ich dich kennenlernte, habe ich nie geliebt, aber ich denke, das beschreibt, wie ich für dich fühle."

„Und mein ehrenhafter Ehemann würde nie lügen. Nicht wahr?"

„Einmal. Vor kurzem. Ich wollte Perry glauben lassen, dass ich mit dir geschlafen hätte."

„Heißt das, dass du schon vor heute Nacht mit mir schlafen wolltest?"

„Ja."

„Ich muss dir etwas gestehen. Ich habe dich angelogen."

„Wann?"

„Als ich dich überredet habe, dich mit unserer Ehe abzufinden. Ich log, als ich sagte, dass ich keine wirkliche Ehe wollte."

„Du wolltest wirklich mit mir verheiratet sein?"

„Immer. Nur mit dir."

Er drückte sie fest an sich. „Dann muss ich der glücklichste Mann im ganzen Königreich sein."

Sie küsste seine Wange. „Und ich bin die glücklichste Frau."

Kapitel 23

Er liebte das Gefühl, wenn sie in der Kutsche so dicht neben ihm saß, als könne er ihre Haut fühlen. Er ergriff Besitz von ihrer schlanken, behandschuhten Hand und führte sie an seine Lippen. „Du bist so still heute Nachmittag ...“

Sie nickte nachdenklich. „Traurig, aber so bin ich. Ich muss dir noch etwas gestehen ...“

„Du hast mir noch eine Unwahrheit gesagt?“

„Nicht direkt. Aber zweimal habe ich mich gezwungen, so zu tun, als wäre ich Caro, damit ich kämpferisch dafür sorgen konnte, dass ich das bekam, was ich mir am meisten wünschte.“

Die bloße Vorstellung, dass *er* das war, was sie sich am meisten gewünscht hatte, machte ihn fast wahnsinnig vor Stolz. Er zog sie in seine Arme um hielt sie fest umschlungen. *Zweimal?* Das erste Mal an dem Tag, als sie zu ihm kam, um ihre Ehe zu bestätigen. Das zweite Mal ... er holte in der Erinnerung an die letzte Nacht tief Luft. „Dann stehe ich in der Schuld deiner Schwester und ich werde ihre selbstherrlichen Manieren nie wieder falsch einschätzen.“

„Jetzt, wo ich die glücklichste Frau im Königreich bin, werde ich keine solche Verstellung mehr nötig haben.“

Er zog seine Brauen in gespielter Empörung zusammen. „Aber letzte Nacht hat Mylady sicher kein Theater gespielt.“

Ihre Wimpern hoben sich und sie schenkte ihm

ein glückseliges Lächeln. „Wenn ich in deinen Armen bin, bin ich nicht Caro, auch nicht die schüchterne Margaret. Dann bin ich Lord Finchleys Lady."

Er küsste ihre Hand und sprach aus seinem Herzen. „Die Lord Finchley zum glücklichsten Mann des Königreichs gemacht hat."

Ihre Kutsche bog vom geschäftigen Piccadilly ab und begann, sich ihren Weg durch die ruhigeren Stadtviertel in Richtung Bloomsbury zu suchen. „Was hast du an jenem Tag in St. George's gemacht?", fragte er.

„Ich betete, dass ich heiraten könnte. Ich betete, dass ich mehr wie Caro sein würde."

„Hast du darum gebetet, mich zu heiraten?"

„Ich bat den Herrn darum, mich zu einem anständigen Mann zu führen."

„Und gleichzeitig glaubtest du, ich sei ein Lebemann?" Was er vermutlich auch gewesen war.

„Ich dachte, ja, vielleicht. Aber unser himmlischer Vater wusste, dass du ehrenhaft bist, und er schickte dich zu mir." Ihre Lider hoben sich. „Ich kam gestern hierher zurück, nach St. George, um für meine Imitation von Caro am Abend um Hilfe zu bitten, Hilfe, um dich zu verführen."

Er stöhnte. „Rede bitte nicht von Verführung. Du hast meine schlafende Kanone geweckt."

Sie kicherte.

„So viele Male, wie wir uns letzte Nacht geliebt haben, ist es möglich, dass ..." Er dachte daran, wie sie ihr eigenes Kind im Arm halten würde. Sein Kind.

„Dass ich schwanger sein könnte?"

Er nickte. „Ich verdanke George Weatherford so

viel. Er wusste immer, was für mich das Beste war, und jetzt glaube ich, dass er wusste, wenn er mich bat, mich um das Wohl seines Sohnes zu kümmern, würde ich lernen, was im Leben wirklich wichtig ist."

„Wie ein eigener Sohn?"

Er nickte. „Du wirst die wundervollste Mutter sein, die je ein Kind hatte."

Sie lachte wieder leise. „Ich bin so glücklich."

„Es ist ein Jammer, dass meine Freunde nicht verstehen können, dass es millionenfach befriedigender ist, mit der eigenen Frau zu schlafen, als sich mit einem Flittchen herumzutreiben."

Zu ihrem Erstaunen stand, als sie bei Nummer 7 ankamen, Perrys luxuriöse Kutsche schon dort. John hob eine Braue und betrachtete seine Frau. „Mein Freund muss wirklich völlig verknallt in deine Schwester sein."

Maggie zuckte mit den Schultern.

Als er und seine Frau sich dem Hauseingang näherten, öffnete sich die Tür und herausmarschiert kamen Perry, Arlington und Knowles, die alle Cricketsachen trugen, gefolgt von einer Gruppe aufgeregter Jungen.

Perry betrachtete ihn prüfend. „Behältst allen Spaß für dich, wie, alter Junge?"

„Ich dachte nicht, dass dich das interessieren würde."

„Wer möchte schon in einer stinkigen Fechthalle eingesperrt sein, wenn er Cricket spielen kann?"

Knowles kam als nächster auf ihn zu. „Warum hast du uns nicht erzählt, dass du der Vormund von Weatherfords Sohn bist?"

Bevor er antworten konnte, stellte Arlington

sich in seinen Weg. „Warum hast du mir nicht gesagt, wie umwerfend Weatherfords Witwe ist? Du weißt, wie schwach ich bei kupferhaarigen Schönheiten werde."

„Ihr könntet nichts Besseres tun, als zu heiraten", sagte John. „Ich habe mich davon überzeugt, dass es sehr empfehlenswert ist." Er wandte sich an Perry. „Versucht Lady Caroline, dir Zügel anzulegen?"

„Ich muss zugeben, dass von ihrer Seite das starke Bestreben dazu besteht, aber Lady Caroline ist eine Frau, die auf Treue bestehen würde."

„Ich bin zu der Ansicht gelangt, dass ich Treue großartig finde." John drehte sich um, seine Augen strahlten vor Liebe, und trafen sich mit Maggies sanftem Blick, als sie dort mit Mikey auf dem Arm stand und ihn beobachtete.

Wie lange würde es dauern, bis sie ihren gemeinsamen Sohn halten würde?

Epilog

Ein Jahr später ...

Die Familien Haverstock und Aldridge waren alle in Glenmont Hall, dem Sitz des Herzogs, zur Taufe von Ann Clair Rothcomb-Smedley versammelt, weil Clair wünschte, dass ihr erstes Kind dieses Sakrament ebenso in der mittelalterlichen Kapelle von Glenmont empfangen sollte, wie sie und ihre zahlreichen Geschwister.

John war nie bei einem Familientreffen mit so vielen Babys gewesen, obwohl er annahm, dass der kleine Simon Morgan nicht länger als Baby galt. Der Sohn des Herzogs von Aldridge – der Marquis von Ramsbury, der Ram gerufen wurde – hatte gerade erst zu laufen begonnen und er wechselte dazwischen, seinem etwas älteren Cousin, Charles Upton, dem zukünftigen Marquis von Haverstock, hinterherzulaufen und seine einzige Cousine zu beobachten, deren Winzigkeit und leise Geräusche ihn faszinierten.

Erst vor einem Monat hatte sich die Familie hier zur Taufe von Johns eigenem Sohn versammelt, der Frederick genannt worden war, zu Ehren des ersten Grafen in der Familie. Der kleine Charles Upton hatte kaum Gelegenheit, sich mit dem Baby Frederick zu beschäftigen, da Fredericks eigene Eltern sich förmlich um die Gunst stritten, ihren Sohn im Arm halten zu dürfen.

Christopher Perry, Lady Carolines Gast, schlenderte heran, um sich neben John zu stellen. Seine Augen wanderten zu dem schlafenden Baby in Johns Armen. „Ich vermag nicht zu erkennen, warum es so verdammt großartig sein soll, ein Baby zu haben. Es ist ja nicht so, als ob man auch nur schon Cricket mit ihm spielen könnte."

„Vor einem Jahr noch hätte ich dir aus ganzem Herzen Recht gegeben." Johns zärtlicher Blick flog zu Maggie hinüber, die auf ihn zu kam, zweifellos, um Frederick aus seinem Arm zu stehlen. Er hatte gewusst, dass sie eine wundervolle Mutter sein würde, aber die Größe ihres Herzens war noch grenzenloser, als er es je für möglich gehalten hätte. Er wusste jetzt, was es bedeutete, mit unstillbarer Leidenschaft geliebt zu werden, und wusste, was es bedeutete, sie ebenso zu lieben. Er betrachtete ihren Sohn und seine Brust wurde weit. Kein Mann konnte glücklicher sein.

Er schaute Perry an. „Eine gute Frau zu lieben und einen eigenen Sohn zu haben, schlägt es, ein Pferd zu besitzen, dass das Derby gewinnt, die Pharo-Bank bei White's zu plündern oder jede andere Vergnügung, die ich mir denken könnte."

Perry schüttelte den Kopf, auf seinem Gesicht lag ein säuerlicher Ausdruck. „Ich habe mich verliebt."

„In Caro?", fragte John.

„Ja. Aber so sehr meine Familie die Verbindung zu einem Herzog schätzen würde, ich fürchte Aldridge sehr. Wie kommst du mit ihm zurecht?"

Johns Stimme wurde weich. „Wir sind zu Brüdern geworden. Wir wünschen uns dieselben Dinge." Johns Freundschaft zu Aldridge war ebenso fest wie die zu Perry. Durch die Heirat mit Maggie *hatte* er einen Bruder gewonnen.

„Demnächst wirst du wünschen, dass ich mich für das Parlament aufstellen lasse", sagte Perry mit schmalen Augen.

„Ich werde mich nie dazu versteigen, dir zu sagen, was du zu tun hast – nicht, wenn Lady Caroline so gut darin ist."

Lady Caroline und Maggie kamen zu ihnen, Perry und Caro gingen dann in Richtung auf den künstlichen Hügel zu. John fragte sich, ob dies der Tag war, an dem Perry um Caros Hand anhalten würde.

Maggie stahl ihren schlafenden Säugling von ihm und bedeckte seine dunklen, flaumigen Locken mit sanften Küssen. „Ich wünschte, sie blieben immer so klein."

John legte einen Arm um sie. „Ich verspreche dir, sobald er groß genug ist, um Cricket zu spielen, werde ich dich die nächsten zwanzig Jahre mit Babys versorgen. Ich wollte immer schon eine große Familie haben."

Er drückte ihr einen Kuss auf die Schläfe. „Noch etwas, was ich durch die Heirat mit meiner Maggie gewonnen habe. Ich liebe deine Familie."

„Das *ist* jetzt unsere Familie, mein Liebster."

„Ich bin so glücklich, dass ich meine Freude teilen möchte. Ich habe daran gedacht, wie viel ich Miss Margaret Ponsby schulde, weil sie auf meine Zeitungsanzeige antwortete. Ohne sie, ohne den Zufall mit den gleichen Namen, hätte ich dich nie so in St. George's gefunden." Er zögerte. „Würdest du etwas dagegen haben, wenn ich ihr eine jährliche Rente aussetze?"

„Ich finde, das ist eine wundervolle Idee."

„Habe ich dir schon gesagt, dass der

glücklichste Tag meines Lebens der war, als ich mein Herz in St. George's fand?"

„Es wird Zeit, dass du einsiehst, was ich schon immer wusste."

Ende

Liebe Leser,

Ich hoffe, Sie haben dieses dritte Buch aus der Reihe „Das Haus Haverstock" genossen. Wenn Sie das erste, *Zufällig eine Lady*, noch nicht gelesen habe, hoffe ich, dass sie es ebenso wie das zweite, *Herzogin aus Versehen,* auch gerne lesen wollen werden. Die Weihnachtsnovelle, *Ex-Spinster by Christmas*, ist die Geschichte von Caro und Christopher, die vorläufig nur in Englisch, aber bald auch in Deutsch erhältlich sein wird. Mehr Informationen gibt es auf meiner Website www.cherylbolen.com.

Mit romantischen Grüßen,
Cheryl Bolen

Cheryl Bolen Biografie

Cheryl Bolen ist eine New York Times- und USA Today-Bestsellerautorin und hat mehr als zwei Dutzend historischer Liebesromane geschrieben, von denen die meisten in der Regency-Zeit spielen. Ihre Bücher wurden in acht Sprachen übersetzt und erlangten Platzierungen in verschiedenen Schreibwettbewerben, so etwa auch im Daphne du Maurier Wettbewerb. 1999 wurde Cheryl als "Notable New Author" ausgezeichnet und gewann im Jahr 2006 die Holt Medallion in der Kategorie "Bester historischer Kurzroman". 2012 gewann sie den International Digital Award – eine Auszeichnung speziell für E-Bücher – im Bereich "Bester historischer Roman", und im Jahr darauf erzielte eine ihrer Novellen den ersten Platz in der Kategorie "Beste historische Novelle". Zahlreiche ihrer Bücher wurden zu Bestsellern bei Barnes & Noble und auf Amazon.

Sie ist eine ehemalige Journalistin mit einer Faszination für tote englische Damen und schreibt regelmäßig Beiträge für The Regency Plume, The Regency Reader und The Quizzing Glass. Viele ihrer Artikel kann man auch auf ihrer Webseite (www.CherylBolen.com) finden sowie auf ihrem Blog (www.CherylsRegencyRamblings.wordpress.com), wo sie ihre aktuellen Artikel einstellt. Leser sind an beiden Orten ganz herzlich willkommen.

www.ingramcontent.com/pod-product-compliance
Lightning Source LLC
Chambersburg PA
CBHW021944170626
46808CB00001B/20